L'APPEL

FANNY WALLENDORF

L'APPEL

FINITUDE

L'auteur a bénéficié pour l'écriture de ce livre
d'un soutien de la Région Grand Est.

Illustration de couverture :
© 123RF / Pedro Antonio Salaverria Calahorra

ISBN 978-2-36339-107-0

Tout a commencé par une photo du visage de Dick Fosbury aux J.O. de Mexico en 68. Les mains sur la bouche, il est tout entier dans ce qu'il regarde, c'est-à-dire dans la vision du saut qu'il s'apprête à accomplir et qui le couronnera. Son expression humble et concentrée, l'intensité de son regard, tout m'a touchée : j'y ai reconnu cet état de présence totale, d'absorption dans l'instant que requiert la création. Fosbury a créé un saut inédit et sublime ; comme Rimbaud, il a ouvert une brèche.

J'ai voulu écrire la naissance et le déploiement d'une vocation, cet appel intime qui donne forme à un parcours et à une œuvre, qu'elle soit artistique ou sportive – le sport, comme la création, nécessite d'atteindre des états singuliers, et promet aventures, batailles et enchantements.

L'Appel *est un roman, il trace l'itinéraire d'un adolescent jusqu'à un point culminant de son existence. Surnommé « l'Hurluberlu », parce que gaiement obsédé par le désir de suivre sa propre voie, Richard est un personnage fictif. Je n'ai gardé, de la vie de Fosbury, que les faits sportifs et quelques détails qui servent la vérité du livre et de mon personnage. Lui-même incarne, dans toute sa simplicité, quelque chose de plus grand que lui.*

F. W.

à Lucas Tarpan
« Tout sera démontré »

à Egon

« Honore ce qu'il y a de
plus puissant en toi. »

MARC AURÈLE

I

Oregon, 1957.

— Coordonne tes mouvements ! Monte les genoux et balance les bras ! Tu prépares ton appel à la cinquième foulée, pas avant ! Et respire, sinon tu n'atteindras pas ta vitesse maximale ! Bordel, ce gamin dépasse tout le monde d'une tête mais il est souple comme un verre de lampe...

Richard s'éloigne du sautoir en trottant. Le soleil qui émerge d'un nuage le frappe en pleine figure, et il tente de le regarder en face. Trois secondes plus tard il capitule, vaincu. Des halos luminescents se superposent au paysage qui brûle par endroits, et devant lui, l'entraîneur n'est plus qu'une ombre. En plissant les yeux, il distingue son air dépité. Pas une idée glorieuse, cette inscription au club de saut en hauteur pour ses dix ans, mais son père y tenait.

Effectuer un parcours d'obstacles était amusant, bondir à cloche-pied au coup de sifflet du professeur aussi, mais dès qu'ils attaquent la course d'élan qui précède le saut, Richard est dépassé. Décomposer chaque mouvement au lieu de courir librement, compter ses pas en inspirant à des moments précis, décoller les bras, lever la jambe en appuyant suffisamment sur le pied d'appel — lequel déjà ? — et exécuter ce ciseau à la noix pour passer la barre, tout lui semble invraisemblable et il s'emmêle les crayons. Il a peur de s'étaler sur le sautoir, ce qui fait rire ses camarades, et lui avec. C'est à la fois l'enfer et la cour de récréation. Même à l'échauffement, les autres pouffent de rire devant ses cabrioles dignes d'une course en sac à patates, et comme l'ambiance est bon enfant, Richard continue de faire à sa façon. La seule chose qui l'intéresse dans le sport, comme il le confie, haletant, à Dan Cunningham pendant les levées de genoux, c'est de se faire des amis. Aussi quand Dan l'invite à passer chez lui le week-end suivant, Richard enchaîne des sprints du feu de dieu en braillant, tandis que l'entraîneur voit rouge. C'est la meilleure nouvelle de la semaine avec son 9 sur 10 en sciences.

L'éblouissement passe un peu quand il reprend son souffle, et les contrastes se reforment. Au loin, de grosses nuées oranges surplombent la ville. C'est alors qu'il l'aperçoit. À cheval entre l'horizon et le dernier pâté de maisons, une créature gigantesque est là qui les observe. Un oiseau de feu, immobile, un phœnix de la plus belle espèce.

Sur le trajet du retour, Richard se repasse le film de la séance d'entraînement. Il tente quelques foulées sur le trottoir, mais à chaque fois qu'il essaie de faire coïncider son mouvement avec les consignes du coach, il a l'impression de se démembrer et ça ne ressemble à r...

— Bon sang ! Tu ne peux pas faire attention !? claironne une passante qu'il manque de renverser à l'angle de Second Street.

Il lui adresse son plus beau sourire, en dévoilant ses dents comme le lui a appris sa mère, mais la grimace est sans effet. La dame pousse son sac de sport avant de s'engouffrer chez Shield's, le meilleur épicier de la ville.

Bientôt il arrive devant la maison des Jones où il retrouve Jack, le labrador qu'il vient voir chaque jour. Il passe la main entre les lattes de la clôture pour caresser le pelage soyeux, tandis que les yeux sombres le fixent et que la truffe s'imprègne d'une légère sueur. Richard palpe le front dur, descend sur le cou, et bientôt le chien frémit et s'impatiente. Il enlève très vite sa main pour qu'elle ne se retrouve pas écrasée contre la barrière, le cœur retourné d'avoir touché une bête aussi impressionnante que le gorille du zoo de Forest Park. Alerté par les aboiements, monsieur Jones sort sur le perron et Richard prend la poudre d'escampette.

Rentré chez lui, il se défoule. Il entame une de ses danses de Saint-Guy rituelles, gesticulant au rythme d'une musique imaginaire, se contorsionnant comme un ver pour éviter d'envoyer voler un vase ou de se cogner dans la table. Son père enfonce le nez dans son journal pendant que sa mère, vigie frémissante, guette le moment où il devra impérativement cesser de s'agiter, pour ne pas s'attirer les foudres paternelles. Il ouvre régulièrement les yeux au milieu de sa transe, et lorsqu'elle lui fait signe, il s'arrête et grimpe quatre à quatre l'escalier qui mène à sa chambre. Dès qu'il en franchit le seuil, il se regarde dans le miroir en pied. Il a les joues rouges, les yeux brillants, et le sourire jusqu'aux oreilles. Il exécute quelques montées de genoux en s'observant, mais le sol tremble sous ses pieds et il file prendre sa douche.

*

— Je ne demande pas une révolution, mais un semblant d'é-vo-lu-ti-on !

Derrière la porte des vestiaires, Richard devine que son entraîneur parle encore de lui avec ses collègues. Il fourre sa serviette dans son sac et n'ose plus sortir.

— Ça fait quatre ans que je ne sais pas quoi faire de ce gosse.

— Je le vois s'entraîner depuis ses dix ans, répond le deuxième coach. Sa course d'appel n'est pas terrible, et son impulsion ne lui permet pas de monter le bassin assez haut.

— Ouais, y'a un truc qui cloche au niveau de son centre de gravité.

— T'es sûr qu'il n'y a pas un truc qui cloche tout court ?

— ...

— Ce gamin n'est tout simplement pas fait pour le sport.

— Il est plutôt docile, et même gentil, répond son entraîneur.

— Il est nonchalant, tu veux dire ! Et c'est incompatible avec le saut.

— Il n'est pas nonchalant, le coupe le troisième coach, il est flegmatique. Pour ne pas dire mou. Il n'aurait pas du sang anglais, par hasard ?

Comme un groupe de garçons entre dans les vestiaires pour se changer, Richard est contraint de sortir. Il envoie un signe de main furtif à son entraîneur en évitant son regard, mais hélas, le coach lui demande d'approcher. La plaie : il voulait faire un tour sur Second Street avant de rentrer, pour aller voir les affiches de cinéma. Trois paires d'yeux le dévisagent.

— Richard, est-ce que ton père pourrait m'appeler demain, vers 18 heures ?

— Bien sûr.

— Il faut qu'on parle lui et moi... Tu ne me demandes pas de quoi ?

Les entraîneurs continuent de le fixer avec curiosité.

— Si ! De quoi ?

— Richard, l'année scolaire va se terminer et tu n'as pas progressé d'un pouce. Ça fait quatre ans que tu plafonnes à 1,62 mètre. Pas un an, quatre. Et pas à 1,80 mètre, mais à 1,62 mètre, soit soi-xan-te cen-ti-mè-tres de moins que le record du monde. Je ne t'en demande pas tant, mais... Tu as aujourd'hui quatorze ans, et depuis tes dix ans, ton saut n'a pas gagné un demi-centimètre.

— Même au dix-neuvième siècle, ta performance aurait prêté à sourire, renchérit le deuxième coach d'un air narquois.

— Même durant la première moitié du dix-neuvième siècle, enchaîne l'autre.

— Mon père vous appellera demain à l'heure dite !

Et il s'éclipse en direction de la sortie.

Une fois le gymnase dépassé, il prend son temps pour rentrer. Il fait un détour par la propriété des Jones, dans l'espoir de découvrir un nouveau chien derrière la clôture. Jack, le labrador, est mort à la fin de l'hiver. Quand il a appris la nouvelle, il a éprouvé une sensation étrange : sa disparition était aussi impensable que celle de son école ou de sa maison. Mais le jardin est toujours vide, et il poursuit son itinéraire tranquillement. Le trajet entre le gymnase et chez lui, effectué chaque jour de la semaine dans un sens puis dans l'autre, est ce qu'il préfère dans l'entraînement. Il en aime tous les détails, inépuisables, il guette leurs variations dans les lumières des saisons. C'est comme une immense chasse au trésor, sans qu'il sache après quel butin il court. Il en ressort invariablement avec une sensation de récompense, de gratification, de confirmation d'une joie obscure en lui. Son parcours est divisé en sections qui délivrent chacune un horizon précis, depuis une station connue de lui seul. Bientôt il arrive à la station 10, la dernière du parcours dans ce sens : la maison abandonnée des Thompson, avec son porche en bois délavé et son silence qui fiche la frousse. Du haut de la troisième marche du perron, on voit le ciel écarter les bâtiments de High Street et forcer le passage entre les briques, comme si les édifices bougeaient. Le plaisir qu'il éprouve à explorer ce circuit est incorruptible. Rien ne l'amoindrit : ni le froid, ni la fatigue, ni aucune circonstance de la vie.

S'il est renvoyé de l'entraînement, se dit-il en shootant dans une bouteille qui dévale la rue, il reviendra quand même chaque jour effectuer ce trajet. Il l'aime autant, désormais, que la forêt saturée d'oiseaux qui respire jour et nuit au cœur de la ville, et qui abrite le zoo de son enfance. Cet endroit où il s'est rendu tant de fois hante encore ses rêves : l'éléphant offert par le roi de Thaïlande, la grue Antigone qui l'avait tant impressionné visitent régulièrement ses nuits. Avec le labrador Jack, il retrouvait le silence émouvant des grands animaux ; se souviendra-t-il de lui s'il ne va plus au gymnase ? Tandis qu'il change de trottoir, l'idée lui vient de baptiser son trajet *Jack's Path*, le Chemin de Jack, pour ne jamais l'oublier. Il hausse les épaules : il connaîtra son sort demain. Ça ne l'empêchera pas de dormir, comme dirait son père.

Il délace ses baskets dans l'entrée en pensant à ses copains qui ont toujours l'air sérieux à l'entraînement. Il leur arrive de se battre quand l'un d'eux se moque de la performance d'un autre, ou si un regard ironique vient ponctuer la chute de la barre. Deux mois plus tôt, Dan a même labouré la fosse de coups de poing, faisant voler la sciure comme des confettis, parce qu'il n'avait pas amélioré son record. Les yeux pleins de larmes et de poussière, malgré le ridicule de la situation, il avait continué à crier, tout possédé qu'il était par cette *chose* que ses copains semblaient comprendre. Devant le sautoir, lui ne se sent jamais en proie à cet espoir douloureux. Il se sent tranquille, et sa tranquillité semble faire tache. Depuis qu'il a appris à se réceptionner dans la sciure, il n'a plus jamais connu de tension ni d'angoisse. Il aime bien ses camarades, l'odeur du gymnase et celle des copeaux de bois. Il aime ses habitudes. Mais jamais il n'a envie de commenter les progrès des uns ou des autres, de parler technique ou record du monde. Une fois, Dan lui a avoué qu'il avait de la peine pour lui de le voir plafonner à la même hauteur depuis des lustres, et son empathie a été une source d'interrogation. Depuis, Richard dissimule sa désinvolture comme il peut.

Une odeur de viande grillée lui vide d'un coup la tête : ce soir, c'est omelette à la couenne de porc. Un coup d'œil à la pendule de la cuisine lui indique qu'il a trop traîné en chemin.

— Bonsoir, 'Man !

— Bonsoir mon grand. Rien de neuf ?

— Non !

Et il file se doucher, affamé.

*

— Je n'arrive pas à cerner votre fils, monsieur. Il est poli, réservé, et toujours de bonne volonté. Certes, un peu... loufoque aussi. Quand il était petit, il avait une peur bleue de tomber, mais à force de passer la barre, cette crainte s'est évanouie. Il s'applique, il essaie... mais ça ne donne rien du tout. Ça fait quatre ans qu'il plafonne à la même hauteur.

Le père de Richard attend la suite en fixant l'entraîneur, qui l'a convoqué dans le minuscule bureau du gymnase.

— J'ai passé le relais à deux collègues qui ont créé un échauffement spécial pour lui, parce que Richard a des bras tellement grands que pour se coordonner il doit retenir ses mouvements naturels. Il a du mal à monter les genoux et les coudes... En bref, monsieur, je pense qu'il faut le changer de discipline. Votre garçon n'est pas fait pour ce sport, nous en avons désormais la certitude. Il profitera des vacances d'été pour choisir une autre activité.

— Vous conseillez quoi ?

L'entraîneur ne fait pas mine de chercher, il écarquille les yeux en grimaçant pour signifier son embarras.

Durant les séances suivantes, Richard continue d'appliquer consciencieusement les consignes des coachs. Il travaille son impulsion pour élever sa jambe libre le plus haut et le plus vite possible, mais la réponse à ses efforts se résume invariablement à trois chiffres : 1,62. À l'école, l'ambiance est à la joie. La pluie qui durait depuis des mois a brusquement cédé la place à un soleil brûlant, et les shorts ont envahi la cour. Les cris aussi, une excitation générale qui s'est répandue d'un coup, une épidémie d'optimisme qui a gagné les âmes les plus austères. Richard aime ce passage brutal d'un climat à l'autre, cet éblouissement soudain, ce choc subi par les corps.

À Portland, il n'y a que deux saisons : neuf mois de pluie et trois de canicule. Aux premiers soleils, l'océan émet son appel, et les cent cinquante kilomètres qui l'éloignent de la ville se réduisent comme peau de chagrin. Tout le monde se met à penser à ses plages, à ses falaises abruptes, à ses rouleaux terrorisants. Le souvenir des embruns de Cannon Beach se mêle à celui des concours de châteaux de sable auquel Richard participait, enfant, à Newport. Sous le regard amusé de sa tante et de son oncle, il s'échinait à reproduire les cheminées de basalte qui crèvent la surface de l'eau pour s'élever soixante-dix mètres au-dessus des flots. Une fois l'épreuve terminée, des dizaines de répliques miniatures recouvraient sa parcelle de plage, jusqu'à ce que la marée vienne les prendre pour les disséminer le long de la ligne d'horizon.

Le jeudi, Richard rentre plus tôt et dispose de quelques heures de solitude. Il aime glisser la clef dans la serrure, tourner lentement la poignée de la porte et entrer dans l'étroit vestibule. Il marque alors un temps d'arrêt pour écouter comme tout se tait dans la maison. L'odeur du manteau de son père flotte toujours dans l'entrée, mais une fois le seuil de la cuisine franchi, il pénètre dans un autre espace, celui des premiers mots échangés en rentrant du collège, celui des biscuits à la noisette de chez Shield's, du verre de lait et des clins d'œil de sa mère. Il soulève un torchon qui cache une tarte sur le buffet, les fruits sont mous, la pâte humide, il préfère croquer une pomme oubliée sur la table. Il a des fourmis dans les bras, dans les jambes, quelque chose l'agace et l'excite à la fois. La chair acide du fruit irrite ses gencives, il arrache des bouchées comme s'il attaquait la chair d'une bête ennemie, saute sur place, jette le trognon dans la poubelle, inspecte le frigo, mais rien ne promet d'apaiser cette énergie irritante. Il passe au salon, observe les objets immobiles, avant d'entrer dans la chambre parentale pour ouvrir le tiroir du chevet de sa mère. Le cœur battant, il promène ses doigts sur la fine paire de gants au crochet qui l'a toujours intimidé. Il ouvre le pilulier, renifle la Bible et quelques fleurs séchées, puis referme le tiroir avant de s'asseoir sur le grand lit. La couverture est rêche, et le matelas creux. Il se relève d'un bond et monte dans sa chambre ; il a la chance de vivre seul à l'étage, qui ne comprend que sa pièce à lui, la salle de bains, et un débarras. À peine le palier franchi, il se plante devant le miroir pour inspecter son visage : Dan commence à devenir boutonneux, et il a la hantise que ça lui arrive. Mais à son grand soulagement, aucune trace de ces horribles pustules sur sa peau. Il s'assoit en tailleur devant la glace, sans se quitter des yeux. Et à force de fixer son reflet, il est happé par ses pensées.

Il revient à lui, sursautant au cri d'un oiseau. Combien de temps est-il resté assis là ? Il tente de bouger, mais ses membres sont en plomb. Pendant sa rêverie, il s'est fait enfermer dans quelque chose. Peu à peu, alors qu'il est toujours engourdi, des informations lui parviennent. Ses fesses sont talées, ses hanches bloquées, et quand il essaie de remuer doucement un orteil, une brûlure se répand dans sa jambe, qui lui interdit de continuer. De toute façon, il a envie d'aller plus loin. D'explorer cet état inconnu. De savoir combien de temps il peut tenir dans cette paralysie, et ce qui va se passer ensuite. Son corps semble soumis à une autorité mystérieuse, et cette autorité l'attire. Le jeu l'excite, il veut en apprendre les lois. C'est ce que son corps réclame, apparemment, puisque la douleur accompagne chaque tentative de s'y soustraire. Il reste le plus immobile possible, assis en tailleur face à son reflet. Quand il respire, une épine perfore ses côtes. Son dos est avachi, impossible de le redresser sans que ça le brûle de nouveau. Il se regarde. Il attend. Ses fesses crient pitié mais il se concentre. Il fixe ses yeux jusqu'à ne plus les voir, la tête lui tourne. Il découvre des sensations inconnues, une lutte s'engage entre ses réflexes et quelque chose de plus grand, qui lui procure un étrange plaisir. Il est tour à tour soumis et vainqueur. Il souffre. Il ne tiendra plus longtemps. La douleur empire, et dès qu'il la prend en considération, ses cuisses tremblent, il sue, il connaît en quelque sorte le détail de toutes les contractures et de toutes les talures qu'endure son corps. Il essaie de retrouver la concentration qui l'a emmené de l'autre côté de cette souffrance, en vain. Puis il panique, soudain dominé. C'est désormais douleur contre douleur : celle de rester immobile, dans la révolte de ses muscles et de ses tendons, contre celle du mouvement qui est une épreuve, et qui fait de lui un entrelacs de brûlures. Il résiste encore un peu. Et subitement il doit bouger, sortir de là. Il passe plusieurs paliers de souffrance, reçoit des décharges, déplie les jambes, remue les bras, masse sa nuque contractée. Les connexions se rétablissent, le sang reprend sa course, il se relève lentement. Étourdi, il a la sensation d'avoir réussi à fixer le soleil.

Le lendemain, au retour d'une séance de cinéma avec Dan, Richard retente l'exercice. Il s'assoit en tailleur, pose les mains sur ses genoux, redresse le dos et fixe son regard dans le miroir, jusqu'à ce que les couleurs disparaissent. Étrangement, la volonté de retrouver l'état de la veille semble être un obstacle.

C'est comme s'il avait été visité par une force qui ne revient pas, ou qu'il avait emprunté un chemin dont il n'est plus sûr de ne pas l'avoir imaginé. Il convoque des pensées, tente de partir dans une rêverie, mais rien ne se passe. Malgré l'attente patiente, il n'est pas emporté. Son corps reste présent, la conscience de son effort l'envahit, et il craint d'entendre les pas de sa mère résonner dans l'escalier. Il insiste, ça ne prend toujours pas. À la quatrième tentative, il obtient un semblant d'engourdissement, plonge les yeux derrière ses propres iris et tente à nouveau de s'enfuir mentalement. Il s'absorbe dans le reflet de son visage qui se déforme puis se dilate, à condition qu'il ne bouge pas la pupille d'un millimètre. Alors, un grand halo blanc l'éblouit, qui lui permet de s'engouffrer dans l'absence.

Chaque soir, tandis que la lumière de juin se diffuse dans les maisons par tous les interstices, il s'astreint à reproduire l'exercice, à un moment où il est sûr de ne pas être dérangé. Cette pratique secrète lui procure un plaisir inédit. Il est peut-être dingue, il est peut-être le seul sur terre à faire une chose pareille — déjà qu'il pensait être le seul à se toucher avant de s'endormir, jusqu'à ce que Ben Butler se vante ouvertement de le faire trois fois par jour. Ça avait été un choc pour lui de découvrir que ce qu'il pensait être une tare, dont il devrait porter la honte toute sa vie, était une habitude chez la plupart de ses copains. Y a-t-il d'autres choses qu'il ignore ? En tout cas, ce qui est sûr, c'est que Ben Butler ne s'assoit pas en position du lotus devant un miroir en rentrant de l'école. L'idée le fait éclater de rire, et il se gondole devant la glace. Une fois calmé, il réalise que la sensation que lui procure son exercice, quand il parvient à dépasser la douleur, lui est venue de la même façon que la découverte du plaisir sexuel : par hasard, avec une puissance d'attraction inattendue.

*

Assis dans le jardin, Richard savoure ses biscuits en lorgnant du côté de la maison des voisins. Le petit Jimmy joue avec des gamelles en plastique, pendant que sa grande sœur, quatorze ans comme lui, répète une danse au bras d'un cavalier invisible. Quand elle tournoie, sa robe claire fait comme une traînée de poudre dans le paysage. Sans la quitter des yeux, il ânonne mollement les consignes répétées par son entraîneur lors du dernier cours, afin de parfaire sa course d'appel durant l'été. Richard lui a annoncé son choix de poursuivre le saut en hauteur à la rentrée, et ni lui ni ses parents ne s'y sont opposés. Il gardera ses habitudes, ses amis de l'entraînement et son cher trajet, avec ses stations et ses horizons. Et il sera là le jour où le nouveau chien des Jones arrivera. En septembre il entre au lycée, et ce changement lui suffit amplement.

Depuis des semaines qu'il pratique l'exercice du miroir, Richard a franchi des paliers. Il reconnaît désormais le moment où sa respiration s'ajuste à sa posture indépendamment de sa volonté, tandis qu'une joie profonde le possède tout entier. Il s'autorise alors à bouger un orteil, ce qui le libère instantanément. Il masse ensuite ses jambes couvertes d'un épais duvet blond, jusqu'à ce que l'électricité parcoure de nouveau son corps. Soir après soir, il étudie comment elle reconquiert ses membres, comment elle influence ses mouvements durant les minutes de récupération. Il a la sensation d'avoir acquis une grande connaissance. Il ne sait pas ce qu'elle est, il sait seulement aller la vérifier. Dorénavant ce rituel fait partie de sa vie, et il s'exerce sans y penser, aussi naturellement que June fait virevolter sa robe devant lui. Il tente un sourire dans sa direction puis se ravise : il doit avoir du chocolat sur les dents.

Richard tourne en rond dans sa chambre. Il fait chaud, son pyjama lui colle à la peau, et les mouvements de la robe de June l'obsèdent. Il descend précautionneusement les escaliers et gagne le jardin. L'air est tiède, et sous la lune le paysage familier semble solennel. Accoudé à la barrière, il observe à loisir la propriété des voisins plongée dans l'obscurité, en humant l'odeur de la nuit. Les chauves-souris, descendues des montagnes, frôlent ses cheveux tandis qu'il se dirige vers la remise à la recherche d'une lampe torche. Peut-être réussira-t-il à les éclairer en plein vol pour apercevoir leurs petits visages terrifiants. Devant le miroir cassé accroché à un clou, il dirige le faisceau lumineux dans sa bouche en faisant une grimace. Il pouffe de rire, manque de trébucher sur un vieux moteur, et quand il ressort, les chauves-souris ont disparu. L'idée d'éclairer la maison de June est tentante, mais il a peur de se faire repérer. Marchant de nouveau dans l'obscurité, il jette un œil du côté de la chambre de ses parents et cherche ce qu'il pourrait faire de sa liberté. Il inspecte la clôture, attrape une branche du pommier couverte de fruits durs, dont certains sont criblés de trous. Son estomac le brûle et il a la bouche sèche, mais il ne veut pas rentrer. Comme l'arrosoir est plein, il asperge les mûriers, les abricotiers et quelques buissons au hasard. Sa corvée terminée, il se sent de nouveau désœuvré, égaré par son excitation nocturne. La façade de la maison de June l'hypnotise. Où est sa chambre ?

Quelques pas hésitants le conduisent au garage, et devant la Chevrolet bleue de ses parents, une bouffée d'émotion le surprend : il revoit son père rouler pied au plancher en direction de Washington Park, lors d'une soirée pluvieuse, pour rejoindre une kermesse. C'était l'anniversaire de sa mère, et la météo désastreuse ne les avait pas découragés. Sur la route qui sinuait entre les collines, ils avaient vu détaler des élans, phosphorescents dans la lumière des phares. « Bienvenue dans le Wonderland ! » avait crié son père. Dans le parc, malgré la pluie, l'ambiance battait son plein. Des haut-parleurs diffusaient de la musique et on buvait de la bière sous les lampions. Ses parents étaient restés longuement enlacés devant le panorama irréel couronné par le Mont Hood, tandis qu'en contrebas la rivière Willamette serpentait à travers la ville. Derrière le voile d'éther de ses rives, les bâtiments de la cité administrative se chevauchaient comme des écailles cuivrées dans la nuit. C'était une des seules fois où il avait vu ses parents s'embrasser.

À cinq heures du matin, une lueur rosée sort de terre. Un chat rôde vers les haies, un cycliste apparaît au loin comme pour annoncer le lever du jour. Accroupi derrière la poubelle, Richard frissonne de fatigue en le regardant passer, puis il regagne la maison sans bruit. Le sommeil lui tombe dessus, mais il attend patiemment six heures pour se laver à l'eau froide. Derrière la vitre opaque de la salle de bains, le ciel rougeoie.

L'après-midi, après avoir sillonné le quartier à vélo, Richard se sent plus fort quand il pénètre dans le jardin. Sa première nuit blanche lui donne l'impression de détenir quelque chose qu'il ne possédait pas la veille. Une fois la bicyclette rangée dans la remise, il s'accoude à la barrière près du petit Jimmy, assis au milieu d'un pneu. À l'ombre du pommier, il est convaincu que son échappée nocturne n'était qu'un rêve.

— Alors Jimmy, ça se passe bien, ces vacances?

Le gamin lève le nez et accourt.

— Les bbbaleines ssssont arrivées!

Richard n'a pas le temps de répondre au petit bègue: June est là, apparue il ne sait comment.

— Ils l'ont annoncé à la radio ce matin, dit-elle en le regardant des pieds à la tête. Vingt mille baleines en provenance d'Alaska...

—Ffffait fffroid là-bas.

Richard se tait. June a troqué sa robe rose pour une tenue vert pomme. Elle ne le quitte pas des yeux, et l'espace d'une seconde il se demande si elle l'a vu errer la nuit précédente.

— Tu sais pourquoi elles vont en Alaska? demande-t-elle à son frère qui fait non de la tête. Pour aller manger des tonnes de groooooos calamars!

Et elle mime des tentacules qui se collent au visage du petit, qui se débat en riant.

— Ensuite elles vont se reproduire dans les eaux chaudes du Mexique.

Richard est cramoisi. Pourtant, à présent que la jeune fille se tient devant lui, il ne la trouve plus si jolie. Il est surpris de découvrir qu'elle porte des lunettes, détail qui lui avait échappé.

— Dis donc, t'as l'air de t'y connaître, bredouille-t-il.

— T'as déjà voyagé? lui demande-t-elle.

— J'ai jamais quitté l'Amérique, et toi?

— Moi non plus.

Une heure plus tard, alors qu'il somnole allongé sur le dos, il entend June l'appeler.

— Eh, Richard!

Il se redresse et époussette quelques herbes collées sur sa nuque. La politesse voudrait qu'il la rejoigne à la palissade, mais quelque chose le retient. Il a longtemps désiré l'approcher, et voilà qu'à présent il souhaite qu'elle redevienne distante.

— Quoi ?

— Je voulais juste te dire : j'y connais rien en baleines ! C'est à la radio qu'ils ont expliqué tout ça !

Il lui envoie un signe et regagne sa maison. La fatigue lui brouille les yeux.

*

Richard se dérouille les jambes, les masse vigoureusement et constate qu'il a deux grosses auréoles sur les genoux : il a voulu tenter l'exercice devant le miroir dans une nouvelle position, afin de tester son endurance en sollicitant d'autres muscles. S'il n'a rien révisé pour l'entrée au lycée, et s'il ne s'est pas entraîné une seule fois pour améliorer sa course d'appel, son exercice lui tient toujours à cœur. À genoux, il a tenté de passer le premier seuil de concentration, en vain ; le processus secret ne s'est pas enclenché. Avant d'enfiler un survêtement, il veut en avoir le cœur net : il s'assoit en tailleur, comme à son habitude, et plonge de nouveau ses yeux dans son reflet. Immédiatement, il entraperçoit le premier palier. *Ça* n'a pas disparu, mais il doit emprunter exactement le même chemin pour y avoir accès. Le rituel doit être le même. Chaque fois qu'il retente l'expérience, le phénomène se produit. Quelque chose lui répond.

Il est presque huit heures du soir et il devine le rayon cuivré qui frappe la pelouse tondue. Dans la cuisine où il glisse pieds nus sur le carrelage, une bouffée de bien-être l'envahit. La vision de sa mère en train de mettre la table, la peinture vert pâle des murs, le voilage grisâtre derrière lequel les silhouettes passent en filigrane dans la rue, tout est un baume. Et son père qui a toujours l'air de régner où qu'il se trouve dans la pièce. En deux glissades de patineur, il est face à sa mère qu'il embrasse.

— Grand dadais, va! lance-t-elle sans réprimer son plaisir.

*

Il commence à trotter. L'odeur des buissons, le long des rues, est écœurante. Il croise des promeneurs dominicaux, accélère, propulse son corps dans le grand corps du monde. Il perd son allure, se reprend à l'extrémité de Second Street. Horizon 5: Morning Park au loin, qui fait comme une forêt au milieu des lotissements. Il court. Derrière les arbres apparaît peu à peu le fronton de l'église, et plus loin le stade d'athlétisme et le gymnase. Quand il arrive à hauteur du parc, le soleil se lève d'un coup pour pénétrer tout entier dans son œil. Il sourit, trébuche, et atterrit dans un rosier après une série de moulinets. En se relevant, il constate que son bras gauche est criblé d'épines, miné de dards verts. Il jette un œil à l'église et rigole en sourdine: la scène est vraiment ridicule. Mais quand il aperçoit la silhouette du pasteur entre les colonnes de l'auvent, la mauvaise humeur le gagne. Une fois déjà, le Révérend Miller a insisté pour lui faire la causette au beau milieu de son footing; or maintenir un rythme de foulée régulier fait partie du processus de concentration. Chaque matin depuis huit semaines, malgré les réactions des passants qui n'ont jamais vu quelqu'un s'entraîner en ville, il court. Il cherche à identifier le moment où il ne se rend plus compte qu'il est en train de faire ce qu'il fait, exactement comme quand il disparaît dans le halo blanc à force de fixer ses pupilles dans le miroir. Agacé d'être obligé de s'arrêter, il extrait les épines une à une et sort un vieux mouchoir de sa poche pour essuyer le sang. Il serre le carré de tissu dans son poing en poursuivant sa route, quand les mots du pasteur lui parviennent, à l'angle de Blueberry Street :

— Le sport affermit l'âme !

S'il avait du cran, il crierait : « Amen ! », mais il se contente d'accélérer. Il aime la sensation qui monte dans ses jambes, l'élargissement de son torse à chaque foulée, et la façon dont sa respiration se cale sur le bruit mat de ses semelles. Hélas les gouttelettes de sang grossissent sur son bras, et à chaque passant croisé sa gêne s'accroît. Il a beau faire semblant d'être essoufflé pour laisser croire que c'est l'effort qui colore ses joues, en lui tout est bloqué et il ne perçoit plus correctement ses sensations. Horizon 6, le stade entouré d'arbustes jaunes. Le premier palier est inatteignable, et sa main cachée dans sa poche entrave sa course. Tout part en vrille.

De retour chez lui, il salue brièvement sa mère qui émerge d'une grasse matinée dans les vapeurs de son café, monte l'escalier quatre à quatre jusqu'à la salle de bains, nettoie son bras et s'enferme dans sa chambre. C'est la première fois que sa course quotidienne le met de mauvaise humeur. Dans le miroir, il a l'œil noir.

— Mon pote, t'es aussi ridicule que Dan quand il s'énerve après avoir fait tomber la barre.

*

La Willamette est paisible en cette fin août. Paisible et impressionnante. Richard ne connaît pas sa profondeur. Il sait juste que les eaux diluviennes de Portland renouvellent son courant en surface, et qu'elle est habitée par une myriade de poissons dont il a ânonné les noms durant d'interminables leçons de biologie. Son père, lui, l'a abreuvé d'histoires de truites arc-en-ciel égarées dans des criques, et il lui a parlé maintes fois de l'esturgeon blanc de deux mètres de long qui hante les eaux placides. À l'école, pour dissuader les enfants de se baigner dans la rivière polluée, les institutrices évoquaient elles aussi le monstre, à grand renfort d'illustrations terrifiantes.

Le soleil est encore haut et fait flamber les immeubles sur la rive d'en face. Les promeneurs ont envahi Blue Square, et deux hommes viennent s'installer à côté de lui pour lire. Plus loin, au bord de cet affluent né il y a dix mille ans, une femme médite enfoncée dans sa vision. Des enfants courent pieds nus autour d'elle, leurs sandales à la main, suivis par des chiens fous, tandis que sous un grand peuplier, des amis se retrouvent et s'embrassent. L'estomac de Richard crie famine quand il pense aux tranches de saumon épaisses et grasses que sa mère a prévues pour le dîner. Dans moins de dix minutes, elle sera là. Il aime l'attendre après son travail et rentrer avec elle par le tramway de 17 heures 30, avec arrêt obligatoire chez Shield's pour ramener des biscuits aux noisettes. Elle surgit en lançant sa réplique habituelle :

— J'étais sûre que tu allais venir ! Je le sentais !

Et ils s'en vont bras-dessus, bras-dessous, offerts à la douceur de l'été.

*

Deux minutes après avoir dépassé la maison abandonnée des Thompson, Richard est arrêté par un point de côté. Il ralentit la cadence. Les rues sont anormalement calmes et désertes, et une couche de poussière claire recouvre les trottoirs et les façades. La chaleur a consumé le paysage qui s'effrite millimètre par millimètre. Cette fois, ça sent la fin des vacances : dans trois jours, il entre au lycée. Vers Morning Park, il croise deux femmes qui poussent des landaus. Deux petits bouddhas replets passent bouche bée devant l'église, sur le fronton de laquelle une banderole colorée a été accrochée. En accélérant un peu, Richard parvient à en lire l'inscription mystérieuse : *300 jours d'indulgence*.

— Espérons que les profs en auront, de l'indulgence. Je ne parle même pas de l'entraîneur…

Une légère appréhension le traverse, qu'il balaie en accélérant encore : sa respiration est plus ample, et ses muscles parfaitement échauffés. Le long de l'avenue, les fleurs des jardinières sont desséchées. Il en chiperait bien une mais il se contente de maintenir son rythme jusqu'à la maison des Jones, qui n'adopteront jamais de nouveau chien. Au lieu de continuer en direction de chez lui, il revient sur ses pas sans cesser de courir. Il veut faire défiler le paysage à l'envers, découvrir ce qu'il y a en face de l'horizon pour se désorienter et contrer ses réflexes. C'est en longeant Second Street par une rue parallèle que la sensation familière l'envahit, au moment où il s'y attend le moins. L'effort sécrète un plaisir grandissant jusqu'à ce qu'une décharge de bien-être l'inonde ; il décide alors de faire deux fois le circuit habituel, immergé dans sa sensation.

*

Dans le gymnase, incroyablement plus grand que celui du collège, les élèves se tiennent alignés devant l'entraîneur et ses trois assistants. Richard a entendu parler d'un terrain de basket couvert et d'un impressionnant stade d'athlétisme.

— Il paraît qu'il y a même un kiné ! lance une fille qui dépasse tout le monde d'une tête.

Le petit groupe formé autour d'elle ricane en observant les garçons. L'odeur de peinture est un peu moins entêtante que dans les classes, mais certaines se pincent le nez dès que les coachs ont le dos tourné.

— Quelle chance d'entrer dans un lycée flambant neuf ! lui a lancé son père le jour de la rentrée.

En visitant le campus, Richard était resté béat, incapable d'imaginer qu'il passerait là les quatre prochaines années de sa vie.

— Mesdemoiselles, messieurs, entonne l'entraîneur. Nous allons travailler ensemble au moins trois heures par jour. Aussi, je tiens à ce que vous sachiez pourquoi vous êtes là, ce qu'on attend de vous, et ce qu'on mettra à votre disposition pour que vous y parveniez. Vous appartenez désormais à la Crown School, et vous la représenterez avec fierté.

Le coach fait quelques pas pour exhiber sa tenue de sport noir et rouge, sur laquelle sont imprimées les lettres *CS* et la devise du lycée : *Ici et au-delà*. Les assistants défilent à leur tour.

— Ici et au-delà ! reprend le coach en montrant son torse du pouce. Nous sommes une grande nation sportive, et dans cette école, vous travaillerez à l'honorer et à vous dépasser.

Richard jette un œil du côté des filles : la seule à dépasser les autres d'une tête, comme lui, ne bronche pas. Elle a perdu son expression autoritaire et se tient légèrement voûtée.

— Faut pas se gêner ! murmure un type à côté de lui en lui mettant un coup de coude.
— C'est ta copine ? lui demande Richard.
— Sûrement pas. J'aime pas les girafes. J'aime pas qu'une nana soit plus grande que moi. Toi en revanche, t'as tes chances. Combien tu mesures ?
— 1,93 mètre.
L'entraîneur approche et ils se taisent.
— Ce qu'on veut ? Que vous soyez les meilleurs. Et ce lycée vous offrira ce qu'il y a de mieux pour que vous le deveniez. Vous disposerez d'un accompagnement physique, psychologique, et bien évidemment médical. Nous vous apprendrons la technique, la persévérance, le dépassement de soi.
Il marque un temps, maîtrisant parfaitement son show.
— Une chose que vous devez vous fourrer dans le crâne, la première des choses : ici, on n'est pas à la crèche. Vous n'êtes pas là pour chauffer les bancs.
Quelques-uns tentent un rire un peu faux, mais le coach reste imperturbable.
— Nous exigeons de la discipline, une concentration permanente, et un esprit d'équipe. Au service de la Crown School, et de vous-mêmes. Ici, et au-delà !
Il fait signe à l'un de ses assistants, qui ramasse un sac au bas des espaliers.
— Les premières rencontres inter-lycées auront lieu en décembre. Le temps pour vous de vous habituer à votre tenue.
L'assistant ouvre le sac et en sort un survêtement, un maillot, un short aux couleurs du lycée.
— Bien sûr, ces vêtements témoignent de votre engagement à donner le meilleur, le meilleur pour... ?
Tous braillent :

— La Crown School !
— Ici et au-delà ! crie le coach.
— Ici et au-delà ! répètent les assistants.
Les élèves enchaînent à leur tour.
— Les présélections pour la compétition se dérouleront en octobre, le temps qu'on apprenne à vous connaître. Les sélections suivront en novembre. Notre lycée va rayonner sur tout l'État, il a été créé dans ce but. L'affluence au premier meeting sera sans doute énorme : on attend quinze mille personnes, et la presse sera conviée. Alors si par hasard certains d'entre vous ont quelque chose dans le bide, et s'ils ont vraiment envie de prouver qu'ils sont dignes d'être entrés à la Crown School, ce sera l'occasion ou jamais de le montrer !
Le sermon dure une heure. En enfilant sa nouvelle tenue dans les vestiaires, Richard se dit que l'entraînement du collège était une partie de rigolade à côté de ce qui l'attend.
— Il paraît qu'ils offrent des baskets à ceux qui remportent les championnats, lui dit le type qui l'a abordé pendant la présentation.
Il exhibe des cuisses parfaitement musclées et plus velues que les siennes. Un vrai physique de footballeur. Richard a un hoquet en imaginant cette armoire le surprendre assis devant son miroir.
— Je m'appelle Henry, reprend-il en lui serrant la main. Et la fille que tu regardais, c'est Clarisse. Ma sœur.
— Moi c'est Richard. J'crois qu'il faut y aller.
— C'est quoi ta discipline ?
— Le saut en hauteur. Et toi ?
— Les haies.
— Et Clarisse, c'est quoi sa spécialité ?
— M'emmerder.

Henry le précède dans le gymnase où un groupe de filles effectue un tour de piste.

— À part ça, c'est une pro du cent mètres. Elle est fortiche, crois-moi. Une vraie carne, qui développe une course magnifique. T'auras l'occasion de t'en rendre compte.

En regardant les filles s'échauffer, Richard se demande comment réagiront les coachs quand ils s'apercevront qu'il est incapable d'effacer plus de 1,62 mètre.

*

Richard aplatit soigneusement sa mèche et prend une cuillère à soupe sur la table pour y mirer ses dents.

— Tu as rendez-vous avec quelqu'un ? lui demande sa mère, le regard perçant.

— Non, je vais faire mon footing.

Il tire machinalement sur son maillot et sautille jusqu'à la porte comme un boxeur sur le ring, envoie un dernier salut et entame son parcours. Rapidement, il atteint l'état recherché. Il passe d'une station à l'autre, tout entier dans son mouvement et dans le plaisir qui va crescendo. Des fleurs énormes surgissent des parterres, il ne connaît pas leur nom, il accélère pour augmenter la difficulté et accroître ses perceptions. Lorsqu'il pénètre sur le terrain d'athlétisme de Vermont Street, ses muscles et ses tendons commencent à chauffer, le sol est moins dur, son impulsion plus souple, il fait presque des bonds, doucement propulsé sous le soleil blanc. Richard perfectionne ses foulées, et en poursuivant sa route, il comprend soudain que ce qu'il trouve dans la course, ce qu'il rejoint, c'est le silence, un silence unique et impartageable, le silence du sport, qui l'isole sans peine de tout ce qui l'entoure, un silence jouissif qui règne en maître avant de le déserter brutalement.

Assis à son bureau, encore essoufflé par le footing, il s'éponge avec son tee-shirt. Il ne s'est pas regardé dans le miroir en entrant, d'ailleurs il a cessé de pratiquer son exercice quotidien. Les premières semaines de cours au lycée ont été un peu stressantes, et il n'a plus beaucoup de temps libre. C'est en courant sur Jack's Path qu'il prolonge désormais son étrange initiation. Il passe les mêmes paliers de concentration, mais avec un plaisir plus intense.

À la Crown School, il a pris ses marques et déjeune tous les jours avec Henry et Clarisse, sur la pelouse, au milieu des autres élèves. Il a eu l'occasion de voir la jeune fille s'entraîner, ébahi par sa façon de jaillir des starting-blocks et de sprinter, tête baissée comme un jeune taureau embrochant le vent, avant de se redresser pour atteindre sa vitesse maximale, les épaules relâchées, sans rien laisser paraître de son effort. Dans la vie, il l'a découverte fidèle à ce qu'elle est sur la piste, ruminant obsessionnellement dans son coin, l'œil vague, avant de le harceler de questions durant de longues minutes, ou de lui faire un exposé de ses dernières aventures sans reprendre sa respiration. Depuis quelques jours, Richard saute dans le bus vingt minutes plus tôt pour les retrouver à la cafétéria avant le premier cours de la matinée. Invariablement, ils rient comme des tordus en voyant défiler les internes en pyjamas.

Octobre pointe à l'horizon, avec son cortège de pluies et ses ombres précoces. Tous les soirs, Richard s'offre une promenade après dîner. Dans le crépuscule, il marche jusqu'à Morning Park, horizon 5, et se laisse gagner par le trouble de la jeune nuit. Tandis qu'il suit des yeux les phares des voitures qui roulent à la queue leu leu sur Second Street, il se sent tendu par une sorte d'espérance, comme si quelque chose s'ouvrait devant lui — mais quoi ?

*

— T'arrives pas à dépasser 1,62 mètre, lui dit un type brun à qui il a cédé la place devant le sautoir.

— Je travaille à m'améliorer, répond Richard en massant ses cervicales douloureuses.

Le type se tait un moment avant d'ajouter :

— J'ai progressé d'un demi-centimètre en deux mois. On peut s'entraîner ensemble, si tu veux. Je sais ce que tu vis, j'étais comme toi avant.

Richard soutient le regard bleu perçant, sans se départir de son sourire habituel.

— Comme ça tu pourras m'observer, poursuit son interlocuteur.

Richard lui tend la main, que l'autre serre avec solennité.

— Je suis Lewis. Andrew pour les intimes.

Cet Andrew est un acteur qui s'ignore, ou Richard n'y connaît rien.

— Eh, les gars ! beugle un des assistants du coach. Commencez par finir ce que vous êtes en train de faire avant de blablater !

— Ouais, chef ! répond Andrew d'un air bravache, avant d'ajouter plus bas à l'intention de Richard : Lui, je l'appelle le Philosophe. Il en loupe jamais une pour caser ses phrases à la mords-moi-le-nœud, t'as pas remarqué ? « Commencez par finir », elle est bonne, celle-là ! La numéro un de mon palmarès, merde alors ! J'espère que c'est pas lui qui va s'occuper de mon groupe, je suis présélectionné pour le meeting.

— Super ! Félicitations.

— Tu sais, c'est à moi que tu devrais demander de t'aider. J'ai regardé le meilleur sauteur du groupe pendant des semaines, c'est comme ça que j'ai compris ce qui clochait dans mon saut. Enfin je te passe les détails, je veux pas t'emmerder. Je prends tout ce que je peux à droite à gauche, je lis des bouquins de sport, j'écoute les interviews de Brumel ou de n'importe quel champion pour m'inspirer. *Capiche* ?

Richard acquiesce. Ce type est incroyable.

*

Richard ne trouve pas le sommeil. La séance de sport a été catastrophique, il n'a même pas réussi à effacer 1,60 mètre. Après l'avoir confié à Smith, alias le Philosophe, Johnson, l'entraîneur principal, a décidé de s'occuper personnellement de lui et de quelques autres qui plafonnent à des hauteurs moins honteuses.

— J'ai l'esprit sportif, les gars, a déclaré Johnson dans le gymnase. L'échec, ça me titille. J'aime bien renverser les situations.

Andrew passait et repassait dans son dos en faisant des singeries.

— Richard, que t'a appris le coach Allan Smith pendant deux mois ?

— Qu'il faut commencer par finir.

— Sportivement, ça veut dire quoi ?

— Il m'a fait travailler ma réception. Selon lui, mon impulsion n'est pas assez puissante et je perds une fraction de seconde au moment où mon pied d'appel décolle.

— Et pourquoi tu perds cette fraction de seconde ?
— Parce que j'ai peur de mal me réceptionner dans la fosse.
— Est-ce que tu visualises ta réception avant d'entamer ta phase d'appel ?
— Je la visualise avant même de commencer à courir, Coach.
— Descends la barre à 1,58 mètre et saute, que je voie.
Richard exécute trois sauts d'affilée avant de revenir.
— Ton saut n'est pas assez monté, y'a rien de pointu dans ton mouvement. T'as un problème de centre de gravité. Combien tu mesures ?
— 1,93 mètre.
— T'as pris combien de centimètres depuis l'année dernière ?
— Aucun.
— C'est bien ce que je pensais : tu ne grandiras plus, mon vieux. Donc tu ne peux compter que sur toi pour trouver ce qui t'empêche de franchir la barre à une hauteur acceptable. Ta motricité est convenable, on voit que tu n'es pas un débutant, mais tes foulées sont loin d'être explosives. C'est comme si ton impulsion était « par en dessous », comme chez les mômes, parce que ton bassin est bas quand t'attaques la barre. Pense que c'est ton bassin qui doit s'aligner à la barre. Pas ta jambe d'appel. Ton bassin. Médite ça et on refait le point dans quinze jours.
Le coach s'était tourné vers d'autres élèves avant de planter de nouveau ses yeux dans les siens :
— Évidemment, c'est pas assis sur tes chiottes que je te demande de méditer ça. Mais ici, jusqu'à ce que tu montes cette foutue barre d'un centimètre.
— Évidemment, Coach.
Andrew l'avait attendu à la sortie du gymnase et ils avaient

pris le tram ensemble jusqu'à Grant Avenue, à cinq blocs du lycée.

Richard se retourne dans son lit. Cet Andrew Lewis est bizarre, sa présence le stimule et l'irrite à la fois. Il se sent un peu mal à l'aise avec lui, et en même temps il a toujours envie de le voir. Sa façon de s'inspirer des autres pour améliorer son saut laisse Richard perplexe. Comment partir du souffle et des jambes d'un autre ? Il n'arrive pas à comprendre. Andrew explique sa stratégie à qui veut l'entendre, avec une fierté froide. Bien sûr, il a de quoi être orgueilleux : il a des yeux magnifiques, *bleu glacier* a dit Clarisse, pleins d'une intensité étrange, les cheveux bruns, un torse athlétique, et un sacré charisme. Les filles sont certainement dingues de lui. C'est ce qu'il a laissé entendre, en tout cas. Richard se sent d'une autre planète. Certes, depuis que l'exercice du miroir et son prolongement sur Jack's Path lui ont ouvert la voie de la concentration et de la persévérance, il se sent concerné par sa discipline. Mais il reste sans désir de compétition. Une énergie nouvelle est apparue en lui malgré tout, qui ne fait que croître depuis l'été dernier et qui le pousse à enchaîner les tours sur Jack's Path. Il court désormais avant l'aube et au crépuscule, en cachette de son père qui a failli s'étrangler en le surprenant, un matin, en train de trotter en short dans le brouillard.

*

— Le fou se croit sage et le sage se reconnaît fou !

Sur l'estrade minuscule du club de théâtre, Andrew déclame les tirades des étudiants qui lui ont cédé la place. Certains discutent assis à califourchon sur des chaises, d'autres échangent des cigarettes en se faisant de l'œil. Le prof leur a laissé quartier libre, à condition qu'à 14 heures sonnantes, la salle soit impeccablement rangée.

Richard a invité Andrew à venir voir jouer Clarisse, mais c'est elle qui le regarde faire son show. Sa chemise est ouverte, et dans le halo de la lampe posée sur l'estrade en guise de projecteur, il est encore plus beau. Richard guette une lueur d'admiration dans l'œil de son amie, qui se tourne vers lui pour lui tendre un cookie.

— Il est lourdingue, ton copain.

Dix minutes avant la sonnerie, tous s'activent à remettre la pièce en ordre. Andrew, accompagné de deux filles, ouvre les fenêtres et empile les chaises contre le mur du fond. Puis il déplace un gros fauteuil club éventré au centre de la pièce.

— Eh, Richard ! Un p'tit saut ? Allez, chiche !

— Attends, attends ! On parie quoi ? demande une des filles pendue à son bras.

— Bah, pas besoin de parier, répond Richard qui a envie de s'amuser.

Tout en visualisant la largeur du fauteuil, il saute sur place pour s'échauffer, tandis que les autres tapent dans leurs mains. Avec ses grandes jambes, ça ne posera pas de problème. Il fixe un point invisible de l'autre côté du fauteuil, pense soudain à Clarisse dans les starting-blocks, et, répondant à un signal invisible, s'élance. Mais son pied bute sur le dossier et il se casse lamentablement la figure. Quand la sonnerie retentit, sa main gauche commence à enfler.

*

Son pouls cogne sous le plâtre. Incapable de se concentrer sur ses devoirs, il pense à la Willamette. Il a envie d'aller respirer sur ses rives, d'y scruter les nuances du ciel délayées dans le courant. Il a envie de l'odeur de jasmin de June quand elle se penche par-dessus la palissade, envie de toucher la truffe froide de Jack qui est mort depuis des années, envie de courir sous les grands pins de Morning Park. Il a envie de vacances.

Pour se distraire, il tourne de la main gauche les pages du *Sports Illustrated* que lui a prêté le Philosophe. À force de parcourir les articles, il s'est pris d'intérêt pour Valery Brumel, un Soviétique de vingt ans spécialiste du saut en enroulé ventral, qui a décroché trois records du monde en moins de trois mois. Ce ne sont pas seulement les 2,25 mètres qu'il efface qui le laissent songeur, c'est ce qui revient sous la plume des journalistes : ce type qui arrive tout droit de Sibérie, au physique parfaitement banal, est loué pour ses qualités de *styliste*. Voilà ce qu'il admire chez Clarisse et qu'il ne réussissait pas à nommer : le style. L'entraînement de Brumel est décrit comme une répétition acharnée des mêmes gestes en vue d'obtenir un mouvement parfaitement naturel, et les photos qui le montrent en pleine action sont ahurissantes. Sur l'une d'elles, il s'enroule littéralement autour de la barre ; deux pages plus loin, on le voit écartelé dans les airs, cuisses ouvertes et adducteurs bandés au maximum, torse orienté vers la fosse. On dirait qu'il crie. Rien qu'à le regarder, Richard a mal partout. Comment peut-il attaquer ainsi la barre ? Comment peut-il réaliser une telle rotation du torse et échapper aux claquages ? Richard se surprend à grimacer devant les clichés. Il revient sur les lignes qui évoquent son entraînement drastique, avec saut en longueur, épreuve du cent mètres et travail musculaire de haut niveau. Il cherche en vain des renseignements sur sa course d'appel et essaie de se représenter l'axe adopté par Brumel durant la deuxième partie de sa course.

Comment génère-t-il cette impulsion une fois en l'air, comment réussit-il un truc pareil ? Où trouve-t-il un supplément d'énergie après avoir décollé ? Richard en conclut que ses circuits neuronaux à lui doivent être deux fois moins nombreux que ceux du champion, et deux fois plus lents, par-dessus le marché. Il n'y a pas d'autre explication possible.

Le plâtre posé sur la revue pour la maintenir, il découpe maladroitement une photo de Brumel avant de réaliser avec horreur que le magazine ne lui appartient pas. En deux secondes, la sueur perle à son front, et sous le plâtre sa peau devient moite. Recoller la page ? Rendre la revue sans rien dire ? Trop tard : il glisse la photo dans son tiroir, consterné. En faisant les cent pas, il cherche la formule philosophique qui justifiera son geste auprès de Smith.

*

Smith tape sur l'épaule de Richard.

— Durant ta convalescence, le coach Johnson a eu une idée. Le saut en ciseaux requiert de monter le centre de gravité très haut, et il n'y a rien à faire, tu n'y arrives pas. Ta course d'appel s'est vraiment améliorée, mais c'est comme si tu n'enclenchais pas assez vite au moment de l'impulsion. Il t'est donc impossible de donner ce satané coup de reins qui ferait monter ton bassin. C'est pourquoi Johnson a décidé de te former à l'enroulé ventral.

Richard écarquille les yeux. La photo de Brumel cachée dans son tiroir lui passe devant les prunelles. Pour un peu, il croirait à un châtiment du ciel pour avoir tu son découpage accidentel. Smith pose l'index sur son estomac d'un air confiant.

— C'est la clef, Richard. Tu vas pas en revenir.

Affronter la barre de face, se coucher au-dessus d'elle... Après cinq ans à travailler une technique radicalement différente, son corps et son cerveau refusent d'adopter ces nouveaux réflexes. Richard a l'impression d'avoir dix ans, d'être un débutant, et il se casse invariablement la figure dans la fosse. La trouvaille de l'entraîneur a fait un flop, et à chaque séance il perçoit de l'irritation dans son œil. Reprendre toute la course d'appel, tout le travail sur l'impulsion et sur la posture du corps est décourageant. Il ne doit pas poser son pied de la même façon avant d'attaquer la barre, et malgré des centaines de tentatives, il sent qu'il se crispe au lieu de s'élancer.

Après deux mois à ce régime, un après-midi, Johnson s'avance vers lui d'un air décidé. Que va-t-il lui conseiller, cette fois ? Le volley-ball, la natation ? La poterie peut-être, ou bien d'aller se faire voir ?

Son sang ne fait qu'un tour quand l'entraîneur déclare :

— Les épreuves de sélection du prochain meeting ont lieu à Medford dans quinze jours. C'est le délai dont tu disposes pour rattraper le niveau et représenter la Crown School.

Clarisse l'attend à la sortie. Derrière les grandes vitres du gymnase, elle l'a vu échouer à effacer la barre à 1,60 mètre avec cette technique à la noix. Le pire est la position dans laquelle il se retrouve en sautant, pas vraiment idéale pour booster la confiance en soi — il essaie d'écarter les cuisses au maximum pour que sa deuxième jambe passe la barre, comme Brumel sur son cliché préféré.

— T'as l'air d'une grenouille clouée sur une planche de dissection ! lui a balancé un garçon plutôt doué, qui semblait prendre son appel sur un tremplin invisible.

Avec la méthode des ciseaux, il visualisait enfin la course

d'élan, le saut et la réception. Il commençait à saisir ce que lui avaient rabâché ses entraîneurs successifs depuis la fin de l'école primaire : que le rapport entre la dynamique de l'envol et la contraction musculaire au moment de l'impulsion péchait chez lui — il n'était pas encore au-dessus de la barre que l'énergie retombait comme un soufflé. Il avait réussi à le comprendre et à chercher des solutions en s'exerçant avec constance. Il avait trouvé des pistes, appliqué les suggestions des coachs en modifiant sa course ou son positionnement. Et voilà qu'il devait repartir à zéro, se recréer tout un tas de repères, avec la perspective stressante des sélections pour le prochain meeting. Hélas l'entraîneur abordait son cas comme un défi personnel, dans l'espoir de débloquer la situation de façon spectaculaire, avec revirement et résultats incroyables. Richard aimerait lui faire plaisir, mais autant demander à un éléphant de participer au Kentucky Derby.

Sa bonne humeur s'assombrit, ce qui ne lui était jamais arrivé. Le rythme soutenu des cours et l'entraînement commencent à entamer son énergie, et il ne fait d'étincelles nulle part. En l'obligeant à pratiquer le rouleau ventral, Johnson lui a fait perdre son envie, et son absence d'enthousiasme le tourmente. Tout lui brûle la peau et les yeux, il a l'impression qu'un prurit le gêne en permanence, et il s'est fâché avec sa mère à cause de ses notes médiocres. Le sourire de Clarisse lui donne envie de l'envoyer balader, même si la seconde d'après il se reprend, avant de céder de nouveau à la lassitude. Parler à quelqu'un lui coûte, plus encore quand ce quelqu'un cautionne le cirque des meetings et défend les couleurs du lycée avec ardeur. Rien de tout ça ne le concerne, au fond. Ce qui le concerne, c'est la disparition de son plaisir, qu'il doit désormais pourchasser sur Jack's Path. Il a l'impression qu'on lui a enlevé quelque chose.

Le regard compatissant de Clarisse l'irrite au plus haut point.

— C'est pas si mal pour un débutant, lance-t-elle sans ironie, avec une tendresse inhabituelle.

C'est la goutte d'eau qui fait déborder le vase. Tandis qu'elle marche à ses côtés, détendue et souriante, il voit rouge. Il aurait préféré qu'elle lui parle de sa nullité, qu'elle affirme haut et fort qu'il ne passerait même pas les épreuves de présélection. Jusqu'à la station de tram, il se montre bougon, et quand elle lui dit au revoir avec une gentillesse désarmante, il enrage encore plus. En montant à bord, il lui envoie un signe auquel elle répond en agitant exagérément les bras, pour le faire rire, avec une joie forcée. Il s'affaisse sur son siège, éreinté.

*

— T'étais pas prêt à vivre cette journée ! Faut l'accepter !

Richard ne comprend pas un mot de ce que Smith lui raconte quand ils regagnent le bus chargé de les ramener à Portland. Il pleut des cordes et il est trempé comme une soupe. Aux épreuves de présélection, il a battu son record. Battu à l'envers : il n'a pas dépassé 1,50 mètre, dans la consternation générale. Malgré les conseils de son coach et ses dernières trouvailles pour améliorer sa course d'appel, travaillée avec acharnement depuis des mois, il n'a abouti à rien. Peut-être ne pense-t-il pas assez au saut en lui-même, peut-être ne l'a-t-il jamais vraiment abordé, même lorsqu'il passait la barre en ciseaux, comme le lui affirme le Philosophe. Il doit admettre que la course est sa priorité, son plaisir et son défi : son exécution est si complexe qu'il lui a fallu des années pour saisir le rapport entre chacun de ses segments, pour être capable d'atteindre sa vitesse utile en restant bien orienté, et pour comprendre le point crucial de liaison entre les dernières foulées et l'impulsion qui précède le saut. Il sent qu'il ne pourra aborder le franchissement qu'après avoir trouvé la bonne combinaison entre souplesse et explosivité. Quant à la réception, à part s'assurer qu'il ne va pas se casser le cou, et vu l'énergie que lui prend le travail obsédant sur la course, il l'a laissée de côté. Influencé par les articles qui paraissent sur Brumel, il considère toute la section qui précède l'appel comme une véritable création. Il tente d'en améliorer certains passages, fait varier le nombre de foulées, modifie l'axe de son corps, puis combine ces différents facteurs en fonction de ce qu'il obtient devant le sautoir. Il s'entraîne désormais sur l'ancien stade d'athlétisme de son école primaire, que la ville va transformer en jardin public. Les couloirs de la piste y sont encore visibles, les poteaux du sautoir tiennent debout, mais des arbres ont envahi le terrain. Parfois, des joggeurs ou des gamins s'y attardent, mais la plupart du temps il dispose du lieu pour lui tout seul. À force de s'y exercer, il s'y sent chez lui, autant que sur Jack's Path. Là-bas, seul avec lui-même, il tente des expérimentations farfelues, comme appliquer la course d'élan qui précède l'enroulé ventral au saut en ciseaux. Parfois il rentre avec un tour de reins, parfois avec une foulure. Depuis quelque temps, il teste des appuis de talon prolongés sur les premières foulées, pour enchaîner avec plus de mordant sur un appui léger, avec remontée maximale des genoux. Toutes les combinaisons y passent. Avant chaque saut, immobile devant le sautoir, il visualise la course, passe les paliers de concentration en serrant et desserrant les poings, pour accélérer la traversée jusqu'à la disparition de ses pensées.

Puis il s'élance, exécutant ce qu'il a longuement élaboré et répété dans une sorte de fulgurance, sans savoir vraiment ce qu'il fait, tendu vers l'accomplissement énigmatique de son mouvement.

Durant le meeting, il a improvisé en fonction du revêtement de la piste, plus dur que celui du lycée, du vent, et de son humeur. Il a enfreint le règlement en portant un haut de survêtement personnel, pour essayer de se sentir aussi libre que lorsqu'il s'entraîne seul : il sait que l'enjeu des compétitions est une mascarade qu'il ne peut s'infliger à lui-même. Faire gagner des points à son lycée pourrait être ludique, si jamais c'était réalisable, mais sa motivation est intime et il aurait bien du mal à l'expliquer. Dans le vestiaire, Andrew a eu beau faire des pieds et des mains pour lui éviter de commettre un affront envers la Crown School, rien n'y a fait. Richard voulait savoir si porter un autre vêtement changerait quelque chose à son saut.

— Putain Rico, mets un slip avec la bannière étoilée si ça te chante, mais pour le reste, c'est noir et rouge obligatoires ! Tu vas nous faire éliminer avec tes conneries !

Richard avait échoué lamentablement, incapable de retrouver l'énergie et la concentration qui ne lui faisaient jamais défaut sur Jack's Path.

Dans le bus, grelottant dans ses vêtements mouillés, il visualise mentalement le sautoir de l'ancien stade. Il s'élance, décale sa course pour éviter les branches d'arbre et franchit la barre en un ciseau bien exécuté. Mais le brouhaha le sort de sa rêverie ; certains dorment, ballottés par les cahots, d'autres parlent à bâtons rompus. À ses côtés, Andrew qui sent bon le savon se réchauffe dans un gros pull distendu. Richard pense à la douceur de la maison familiale, il espère que sa mère aura prévu un dîner réconfortant et que son père rentrera tôt. Il imagine sa chambre, puis Jack's Path où il ira courir à l'aube.

— Il est pas si con, ce Smith, dit Andrew.

Les collines défilent derrière la vitre, et son ami agite un mouchoir devant ses yeux.

— Il est propre, si tu veux t'essuyer les cheveux.

— Merci, dit-il en attrapant le carré de tissu.

— Alors, t'as rompu avec Clarisse ?

— J'ai jamais été avec Clarisse.

— C'est Henry qui m'a dit que tu l'avais snobée.

C'est le bouquet. Il ferme les yeux pour couper court à toute explication, et pour chasser le malaise qu'il éprouve à l'idée d'un conflit avec son amie. Il ira s'excuser le plus vite possible.

Au sortir du bus, il court en direction de Johnson.

— Je reprends la technique des ciseaux, s'entend-il annoncer.

L'entraîneur ne bronche pas.

— Si c'est ce que tu veux, finit-il par répondre. C'est ton choix.

Richard est ébranlé, comme quand on a agi sans préméditation et que les événements s'enchaînent avant qu'on ait eu le temps d'y penser. Il est encore plus surpris quand Johnson ajoute :

— Mais ne laisse pas tomber.

De retour dans sa chambre, enveloppé par la pénombre, il se regarde dans le miroir. Son corps a changé. Il prend la pose comme les culturistes qu'il a vus dans *Sports Illustrated,* et le résultat est comique. Ses épaules et ses bras se sont un peu développés, mais même en les contractant au maximum, ses jambes ressemblent à des pattes de cerf anémique. Il se jette à plat ventre sur son lit et s'endort tout habillé.

*

La reprise du saut en ciseaux lui fait du bien. Il retrouve ses sensations, ses réflexes, et il est presque content de retrouver aussi ses blocages : il est en terrain connu. Il efface la barre à 1,62 mètre, comme avant, et travaille la réactivité de ses muscles extenseurs, afin que son appel soit plus puissant et plus bref. Pour ce deuxième trimestre, Johnson leur impose la pratique de la gymnastique et une série d'épreuves à la carte, en fonction des difficultés de chacun.

Un après-midi, Richard trouve Andrew en train de courir avec un de ses copains sur les épaules, cramoisi par l'effort. Les conditions se durcissent, et certains jettent l'éponge.

— Merde, c'est pire que chez les Marines !

Richard s'amuse, mais en lui quelque chose a changé. La colère déclenchée par l'obligation de pratiquer le rouleau ventral l'a éclairé sur son désir de progresser dans sa discipline. Désormais, le saut en hauteur fait partie de sa vie.

*

Depuis plusieurs jours, Andrew est absent. Après l'entraînement, sans prendre le temps de se changer, Richard décide d'aller lui rendre visite. Il a repéré son adresse sur le dossier d'inscription pour le prochain meeting. Le tram qu'ils empruntent habituellement le dépose sur Grant Avenue, où il longe une enfilade d'immeubles en briques, avant de traverser la rue et d'apercevoir son ami dans la cour d'une maison victorienne délabrée, qui ressemble à celle des Thompson. Dans son survêtement de la Crown School, Andrew a l'air en forme et ne cache pas sa surprise de le voir.

— Rico ! Qu'est-ce que tu fous là ?

Un molosse passe sa truffe entre les lattes du portail.

— T'as un chien ! Tu me l'avais pas dit !

Andrew tire le dogue de toutes ses forces pour le faire reculer, mais contre toute attente il ne l'invite pas à entrer.

— Comme t'es absent depuis quatre jours, je suis venu voir si tout allait bien.

— Je me suis fait mal au genou, répond Andrew avec un curieux regard de biais.

— T'as vu le docteur ?

— Pas besoin, mais j'avais pas envie que le coach me serine son couplet sur le dépassement de soi et autres vertus cardinales. Il m'en demande plus qu'aux autres.

Richard va rétorquer qu'il n'en a pas l'impression, mais le chien se met à japper en frissonnant d'excitation.

— Il s'appelle comment ?

Andrew regarde sa montre.

— Qui ?

— Ton chien !

Au milieu des hautes herbes, le dogue tremble comme s'il attendait le signal du départ, l'arrière-train calé dans un starting-block. Andrew le flatte et il se relève d'un coup pour bondir à nouveau vers Richard, qui caresse sa tête massive par-dessus la clôture. La peinture écaillée forme de petites lames qui écorchent son poignet quand il passe la main sur le pelage soyeux.

— Il a pas de nom, répond Andrew en bâillant. C'est Le chien. Ou Junior, ou Médor, ou Ducon, c'est selon.

Un long silence s'ensuit, et Richard finit par essuyer sa main sur son survêtement pour saluer Andrew.

— À bientôt, alors.

Le soleil, absent depuis deux jours, enflamme brutalement la bruine, et une myriade de gouttelettes en suspension s'allument autour de Richard, tandis qu'il s'éloigne en direction du tram.

Sa mère, accroupie dans la cour, s'échine à redresser les fleurs que les averses ont couchées. Les particules d'eau qui flottent dans l'atmosphère semblent retenir tous les parfums, et il perçoit tour à tour l'odeur du bois humide, celle du feuillage des buissons, et celle de l'eau de Cologne.

— Va vite à la douche, Richard, que j'aie le temps de faire mon brushing.

Bon sang, il avait oublié : ce soir, c'est la fête annuelle du quartier. On dîne entre voisins dans la salle du Music Center, des jeux sont organisés, on danse, on chante, et en fin de soirée, l'eau-de-vie aidant, les adultes laissent apparaître un visage qu'on ne soupçonnait pas. Les femmes trempent des sucres dans de la liqueur de bourgeons de pin, ça glousse, ça parle fort, ça finit par boire cul sec l'alcool de lavande qu'on sert en tout dernier, quand l'ambiance dégénère. Richard aime y croiser les commerçants de Jack's Path. Sortis de leur décor familier, c'est comme s'ils étaient dénudés, comme s'il découvrait leur vraie voix, leurs vrais gestes. En chipant un biscuit dans la cuisine, il regrette de ne pas avoir invité Andrew à les rejoindre.

Quand il débouche devant le Music Center, flanqué de ses deux parents, il est surpris de trouver le Philosophe, cigarette à la main, en pleine discussion sur le trottoir. C'est la première fois qu'il le croise en tenue de ville, et l'effet est étrange. Son col est de travers, et il a une façon particulière de se pencher vers son interlocuteur, comme s'il voulait l'avaler.

— C'est monsieur Smith, l'assistant de mon entraîneur, dit-il discrètement à ses parents.

— Bien, bien, acquiesce son père de bonne humeur.

Des anciens copains lui font signe ; il les retrouvera sans doute dans le parc en fin de soirée, quand les adultes danseront. Sa mère salue les parents de June qui arrivent sans leurs enfants, et une conversation s'engage, durant laquelle son père lui lance des clins d'œil en observant le Philosophe, accompagné d'une fille qu'il a l'impression de connaître. Son visage poupin, ses cheveux auburn et ses yeux rieurs — oui, il a déjà contemplé ces traits. Son gilet clair, un peu fin pour la saison, il le connaît aussi. Pas de doute, c'est une fille du lycée. Quand Smith passe furtivement le bras autour des épaules de l'adolescente, Richard en reste bouche bée. Au même moment, le Philosophe lui fait signe et il est contraint d'approcher, suivi par ses parents.

— Madame, monsieur, enchanté de vous rencontrer. Je suis l'un des entraîneurs de Richard.

Des poignées de main polies s'échangent.

— Et voilà ma fille, Beckie.

Ça alors. Le Philosophe a une fille. Il habite dans le quartier. Il fume, et il est sans doute marié. Richard scrute son visage, histoire de lui donner un âge. Trente ? Quarante ? Beckie les salue aimablement. Oui, il a déjà vu ce sourire.

— Vous vous connaissez ? demande Smith.

— Non, répond Richard en même temps que Beckie.

— Ils sont pourtant dans le même lycée.

La suite de la conversation lui parvient de loin. Les aménagements luxueux de la Crown School, le jardin public qui remplacera bientôt l'ancien terrain de sport, l'été qu'on attend impatiemment — très vite, tout est recouvert par le silence de ses pensées.

Quand il s'installe à une table en face de Beckie, Richard se sent soulagé de ne pas avoir invité Andrew. Ses genoux touchent le plateau et il se contorsionne sous le regard aimable de la jeune fille, avant d'engager la conversation, les jambes écartées et le dos tordu. Ils bavardent avec aisance et gaieté. De temps en temps, Richard perçoit des bribes de la discussion qui va bon train entre le Philosophe et ses parents. Il sait déjà qu'on loue sa bonne volonté, qu'on regrette ses limites... La fille de Smith ne tarde pas à hausser les sourcils et à faire la grimace quand son père se lance dans une de ses tirades habituelles.

— Je crois que votre fils, même s'il ne dépasse pas les 1,62 mètre, a saisi qu'il est important de faire coïncider son intention avec les énergies physiques en présence.

Le père de Richard, interdit, passe et repasse sa serviette sur sa bouche. Sa mère dissimule mal un regard interrogateur.

— Richard est un bon élément, poursuit l'entraîneur, mais il doit déployer tout ce qu'il a dans le ventre et dans la tête! Il doit foncer! Parce que, comme je le lui ai déjà dit, ce qui n'est pas l'action n'est à aucun degré l'action. Je ne vous cache pas que quand monsieur Johnson a décidé de le faire passer en enroulé ventral, je n'étais pas d'accord, parce que, comme je dis toujours: il faut commencer par finir. Or Richard commençait, je crois, à mieux percevoir ses limites et à trouver des solutions. Il n'était pas allé au bout de ses recherches. Il n'a jamais lâché, il a l'esprit sportif. Il lutte, il s'accroche, avec une espèce de... naïveté. C'est un peu déstabilisant, mais plutôt agréable.

Richard sourit en avalant une énorme cuillère de chili con carne et, comme si elle entendait ses pensées, Beckie s'esclaffe en même temps que lui. Leurs regards s'accordent. Cette fille est agréable, se dit-il en mâchant ses haricots. Elle ouvre la bouche pour dire quelque chose, mais elle lève la main avant de déglutir :

— S'cuse, je dois commencer par finir ma bouchée.

Ils éclatent de rire, et elle se penche pour coller une bise sur la joue de son père assis à ses côtés.

Au fil des heures, l'ambiance change de nature. Des couples flirtent ouvertement, des assiettes en carton traînent sur les tables, les nappes en papier, maculées de miettes et de taches de vin, sont déchirées. Certains dissimulent poliment leur ennui, d'autres préparent la loterie, et des adolescents s'éclipsent peu à peu en direction du parc. Beckie et Richard les imitent.

Le ciel est clair, et dans le jardin les haies forment un labyrinthe plein d'ombres et de recoins. C'est sous un rhododendron carmin que Beckie choisit de s'asseoir. Après en avoir admiré les fleurs dans le moindre détail, elle relance la conversation. Franche, vive, elle est aussi attentive : pendant qu'elle lui explique pourquoi elle n'est pas sportive, ses iris se déplacent furtivement à la moindre expression de Richard. Elle le sonde, l'observe tout en lui parlant. Lui se laisse regarder, écoute, hoche la tête de temps en temps. Pour elle, le sport est basé sur un contrat qui fausse tout élan et enraye toute beauté. La visée de ces contrats est souvent vulgaire, dit-elle d'un ton péremptoire. Elle parle de profits, de soumission, elle s'emporte toute seule, se calme, reprend sa démonstration sur la façon dont tout est récupéré à des fins égotiques minables. Richard est séduit par sa ferveur et sa capacité à formuler ses pensées. Beckie est un mélange de douceur et de caractère affirmé ; elle peut passer sans transition de l'autorité à la joie la plus enfantine. Son intelligence a sans doute été modelée par les adages de son père, mais dans sa bouche, chaque chose sonne juste. Sa silhouette est ronde, sa carnation rose, elle rougit facilement, et son sourire révèle des dents très blanches. Au fil de leur discussion, qu'il la laisse mener avec plaisir et soulagement, il comprend qu'elle a un tempérament très différent de celui de Clarisse ou de June. Depuis le début de la soirée, il n'a pas décelé une once de coquetterie chez elle. Fille unique, elle adore la botanique dont elle parle avec animation. Ses mots lui font de l'effet, ils lui collent même la chair de poule, à moins que ça ne soit sa voix, tour à tour aiguë et rauque, ou la façon qu'elle a de regarder dans le vide dès qu'elle évoque ce qui lui tient à cœur. Richard a le cerveau en ébullition. Il n'a jamais rencontré une fille comme elle, et en même temps, il a l'impression de la comprendre intimement.

Tandis que ses parents fument une dernière cigarette avant de se coucher, Richard monte dans sa chambre. Il est 2 heures du matin. Assis sur son lit, il est encore avec Beckie près du rhododendron. Cette sensation lui est familière : il a l'habitude de revivre ses courses d'appel où qu'il se trouve. À table il est à l'entraînement, devant ses devoirs il travaille sa vitesse de pointe, sous la douche il assouplit ses foulées dans le gymnase du lycée. Ratages cuisants, tentatives loufoques — il a en tête le catalogue complet de tous ses sauts. Ses meilleures courses sont gravées dans son esprit, et s'il y a découvert un détail susceptible d'améliorer son impulsion, il le visualise inlassablement. Revivre ses séances de travail le transporte et l'épuise à la fois. Mais cette nuit, aucun entraînement ne lui revient. Cette nuit, il est tout entier avec cette fille qui lui plaît. C'est la première fois qu'il vit ça en dehors du sport.

Les jours suivants, Beckie et Richard se croisent au lycée sans oser s'aborder. Un sourire, un geste au loin, et le cœur de Richard bondit. Très vite, Andrew remarque son petit manège.

— C'est qui cette nana?

— La fille de Smith. Je l'ai rencontrée à la soirée du Music Center.

— Elle risque pas de se distinguer en athlétisme, vu sa petite taille.

— Elle déteste le sport. C'est une passionnée de botanique.

Andrew se rembrunit. Quand Richard réussit à passer deux fois de suite 1,62 mètre cet après-midi-là, il s'écrie même d'un ton ironique:

— Et la lumière fut!

Le soir, ses muscles exigent du repos et il remet son footing sur Jack's Path au lendemain. Après une nuit réparatrice, il effectue quelques étirements dans la lumière printanière en rêvant au Mont Hood, aux forêts qui ouvrent leur ventre aux randonneurs, à l'enthousiasme qui contamine de nouveau les bêtes et les hommes. Quelque chose gémit d'impatience en lui. En faisant son lit, il est troublé de sentir la chaleur demeurée au creux des draps; c'est la sienne, et il est étrange de poser la paume sur ce résidu d'énergie qui vit encore dans les choses.

Dans le tiroir de sa commode, il choisit une chaussette noire et une blanche. Cette singularité sera son grigri pour transporter l'énergie de Jack's Path dans le gymnase impersonnel du lycée. Quand il descend prendre son petit-déjeuner, sa mère lui fait remarquer son étourderie, mais comme il se contente de sourire, elle hausse les sourcils devant cette nouvelle lubie. Il engloutit son bol de porridge, excité par l'envie d'accomplir des prouesses à l'entraînement et de croiser Beckie dans les couloirs du lycée, là où elle fait toujours semblant de se trouver par hasard...

— Elle a une drôle de gueule, ton ombre ! lui lance Andrew en ricanant.

Les vitres du gymnase sont des écrans de lumière aveuglante, et au sol les ombres s'étirent anormalement. Au programme du jour, séance de gymnastique : barres parallèles et cheval-d'arçons pour renforcer la souplesse du bassin et les adducteurs. Ensuite, travail sur l'amplitude des mouvements et sur la réception dans la fosse. Andrew remarque ses chaussettes, comme quelques autres avant lui.

— Et le slip avec le drapeau américain, tu l'as toujours pas mis ?

Richard veut simplement entrer en connivence avec le lieu. Mais le gymnase est rétif à intégrer son monde, et ses chaussettes magiques n'y changent rien. Andrew s'acharne, se dépasse, jette des coups d'œil en direction du coach dès qu'il réussit un beau saut. Il est en nage. Depuis qu'ils se voient en dehors du lycée, Richard a noté que son ami est entouré d'une cour de filles et de garçons, mais qu'il n'a pas de véritable confident. Ces derniers temps, il est souvent de mauvaise humeur et rabâche à qui veut l'entendre son adage favori :

— La vie est un bâton de merde : quel que soit le côté par lequel tu la prends, tu t'en fous plein les doigts.

Au début de leur relation, jamais Richard n'avait perçu cette irascibilité, tant il se montrait enjoué, prompt à escalader les lampadaires, à slalomer entre les voitures ou à exhiber son derrière en pleine rue. Aujourd'hui, son désaccord irrémédiable avec la vie est ânonné à tout bout de champ.

— On va pique-niquer au bord de la Willamette comme prévu, ce soir ? lui demande Richard, tandis qu'ils massent énergiquement leurs jambes.

— Bah non, répond Andrew avec son curieux regard de biais. J'ai envie de me foutre au lit de bonne heure.

Richard ne dégoise pas un mot. Andrew a fait des pieds et des mains pendant une semaine pour organiser ce pique-nique, en promettant des réjouissances plus attirantes les unes que les autres : bouteille de vin, poulet fermier, escapade dans un bar pour assister à un concert. Des jours qu'il lui brosse un tableau idyllique de la soirée. Richard a fini par monter tout un bobard pour décider son père à le laisser sortir, et voilà que tout est annulé. Le sifflet du coach interrompt ses pensées. Andrew se lève brusquement et détale vers le sautoir.

Le lendemain, désireux de dissiper le malaise qu'il sent s'installer entre eux, Richard décide de lui offrir quelque chose. Il n'y a plus d'argent dans la boîte métallique où il amasse ses pièces, et il fouille dans ses affaires pour dénicher un éventuel cadeau. Sa photo fétiche de Brumel lui tombe sous le nez. Après l'avoir collée sur une feuille cartonnée, il la glisse dans un vieux cadre récupéré dans le débarras. Il veut redire son amitié, et apaiser la gêne qu'Andrew éprouvera sans doute pour lui avoir fait faux bond.

À peine a-t-il franchi le portail du lycée qu'il se retrouve face à Beckie. Les yeux de la jeune fille glissent lentement sur ses épaules avant de remonter vers ses cheveux blonds. Le soleil irradie. Les arbres explosent, la terre craque sous la pression des bourgeons.

— On pourrait se voir, ce week-end ? demande-t-elle à brûle-pourpoint. Mon père est d'accord.

Il lui sourit, incapable d'articuler un mot.

— Alors c'est entendu, répond-elle.

Elle agite la main en s'éloignant. Richard observe sa silhouette, si différente de celle des filles qu'il côtoie au sport.

— Johnson me lâche pas les bask', lance Andrew qui surgit derrière lui.

Richard sursaute et se rappelle qu'il lui a apporté un cadeau, mais il n'ose plus le lui donner. Andrew poursuit :

— Je pense qu'il sait que je suis un vrai sportif. Qu'est-ce que t'en dis, Rico ? Bon, je file, je veux me planquer au fond du gymnase. J'ai mal dormi, le sommeil c'est une lutte pour moi, putain, t'imagines pas ce que c'est pour un vrai sportif d'être privé de sommeil.

Six heures du matin. Dans son lit, Richard entend sa mère remuer doucement au rez-de-chaussée. Cliquetis des couverts, grincement des volets, frêle jet de vapeur qui s'échappe de la bouilloire. Il cligne tranquillement des yeux. Dans sa chambre, tout est en place. Sur son bureau trône la photo encadrée de Valery Brumel, qu'il offrira à Andrew quand le moment se présentera. Peut-être après l'entraînement. Toute la semaine, il a amélioré sa technique lors du franchissement de la barre, mais sans réussir à passer un demi-centimètre de plus. Il sait gré à l'entraîneur de ne pas cacher son désappointement et sa certitude qu'il n'est pas fait pour cette discipline. Sa mère, en revanche, guette son expression dès qu'il rentre du lycée et affiche un air inquiet à l'annonce de ses mauvais résultats sportifs. S'il fait son examen de conscience, il ne trouve toujours ni espoir ni désespoir en lui. Faire varier sa course d'élan afin de l'améliorer est ce qui lui importe le plus, et pour l'heure il n'en veut pas davantage. Il suit son tempo à lui.

La perspective de voir Beckie est une réjouissance. Depuis qu'il l'a rencontrée, le paysage semble agrandi. Il enfile son survêtement, débouche un gros feutre et colore la paume de sa main gauche en rouge, en s'appliquant pour combler chaque sillon, avant de s'attaquer aux doigts. Il a le cœur doux et gai quand il descend à la cuisine, sous l'œil discrètement attentif de sa mère.

Elle pousse un bol vers lui.

— Je ne m'inquiète plus, je sais que tu ne prends pas les choses trop à cœur. Déjà quand tu étais bébé, tu étais toujours d'humeur égale. C'est une belle qualité.

Il répond à ses mots avec son sourire d'agneau. Il couve son feu. Elle rétorque avec un regard qui signifie : je ne suis pas dupe, je suis ta complice, les mères possèdent une connaissance obscure de leurs enfants. Elle lui fait croire qu'elle a un temps d'avance sur sa vie, qu'elle voit des choses qu'il ne voit pas encore. Il y a tout ça à cet instant dans l'expression de son visage, qu'il contemple en mâchant son avoine.

Au moment de partir, il fait attention à ouvrir la porte avec la bonne main pour ne pas tacher la poignée.

En enchaînant les foulées en direction du bus, il se rappelle la façon dont elle lui apprenait à maîtriser ses élans et ses danses improvisées quand il était débordé par la joie. Une décharge d'énergie avait toujours lieu ensuite, sous la forme d'un énorme fou rire, puis l'orage d'excitation passait. Il se retrouve à l'arrêt de bus sans avoir rien vu du trajet. Des gens partent au travail, les files de voitures s'allongent, des enfants se rendent à l'école à la queue leu leu. Il a volé jusqu'ici, il s'est téléporté, il a franchi les paliers sans s'en rendre compte.

Le soir, il rentre plus tard que d'habitude. Andrew l'a emmené dans une salle de billard sur Glenden Street. Là-bas les types étaient tous plus vieux qu'eux, et il n'a échangé avec personne. Andrew a eu la patience de lui expliquer les règles en long, en large et en travers, démonstration à l'appui, sans vraiment le laisser tester ses conseils. L'idée de sortir la photo de Brumel dans ce brouhaha enfumé, au milieu des tables et des banquettes en skaï, lui a une nouvelle fois semblé incongrue. C'est dans la rue qu'il s'est décidé à la lui offrir.

— Ah, merci Rico. Elle est très connue, cette photo. Je t'en montrerai des plus rares.

À son retour, sa mère est en train de lire dans le salon. Elle aperçoit sa paume colorée.

— Encore une superstition ?

Elle jette un œil à ses chaussettes identiques, puis revient à ses mains.

— C'est pour améliorer ton saut ? Ne t'inquiète pas, ça viendra un jour…

— Non, c'est pour exprimer ma gratitude, répond-il en se dirigeant vers l'escalier.

— Quoi ?

Il lève la paume pour la saluer de loin. Sous la douche, il frotte sa main avec une brosse à ongles, puis se savonne longuement. Ces temps-ci, son corps se métamorphose à toute allure. Il observe son bas-ventre, ses pieds, les poils sur son torse. Sous le jet d'eau brûlante, la vague de plaisir le secoue et l'apaise. En s'essuyant devant le miroir embué, il éprouve une sensation de joie inexplicable, une confiance surgie de nulle part, qui le poursuit dans l'obscurité de sa chambre. Sa course s'est grandement améliorée, il réussit à l'accomplir avec régularité et à mieux maîtriser son impulsion. Pourtant, Johnson l'a enguirlandé :

— Arrête de te focaliser sur la course ! Tu oublies le saut ! Tu ne le traites pas ! C'est pour ça que tu n'arrives à rien !

Smith a acquiescé tout bas :

— C'est vrai Richard, pense à un peintre qui traiterait la partie gauche de sa toile et qui laisserait tomber le reste.

Alors qu'il regagnait les vestiaires en méditant cette curieuse comparaison, Johnson l'avait rejoint en deux enjambées.

— J'ai oublié de te dire : tu es sélectionné d'office pour le meeting de Grants Pass. Tu participes aux épreuves.

*

Malgré l'avertissement du coach, Richard continue de perfectionner sa course. Grâce à sa réactivité musculaire accrue, il parvient à chaque fois à réduire son temps d'appel avant le saut. Ce moment charnière qui résistait à toute amélioration se trouve enfin modifié par ses efforts. Pour lui, c'est extraordinaire. Le dialogue secret qu'il entretient avec la course lui offre une réponse pour la première fois. Quand Johnson croise son regard, Richard lui sourit niaisement sous le coup de l'émotion. Le fait que l'exploit se répète à chaque course le sidère et l'emplit d'allégresse. Après des années de tentatives, le résultat surgit. Il se retient d'entamer une danse endiablée au milieu du gymnase. Même la perspective du meeting de Grants Pass est à la périphérie de sa joie.

Les jours suivants, il se rend sur l'ancien stade d'athlétisme immédiatement après le lycée. Le soleil brûle plus fort et plus longtemps le soir. Son père, heureux qu'il participe à un meeting, lui a donné son accord pour qu'il s'entraîne quand ça lui chante. Sa mère, fidèle à elle-même, ne se départit pas de son énigmatique confiance.

Le stade est désert, il a pour seuls compagnons une portée de chatons nichés dans un recoin des gradins. Ici, il va pouvoir réfléchir à la suite de son travail. C'est en courant qu'il va découvrir la prochaine étape à accomplir afin de réussir à monter la barre d'un centimètre. Impossible de fragmenter les choses comme l'exige le coach : il est obligé de faire dans l'ordre, de comprendre toute la course avant de s'attaquer à la suite, sinon il échouera lamentablement. Il n'a pas d'alternative. Il est obligé de se plier à sa logique intime, et maintenant que son intuition a été confirmée, il refuse de la lâcher.

Il exécute des séries de levers de genoux, des flexions, fait cinq tours de piste, puis tapote vigoureusement ses cuisses avant d'aller inspecter la fosse pleine de sable. L'être humain doit être siphonné pour inventer des sports pareils, se dit-il. Il se souvient de l'angoisse qui lui rongeait le ventre à l'idée de se blesser, quand il était enfant. Devant le sautoir, il inspire profondément. Les arbres ont poussé à une vitesse étonnante, et il devra modifier sa trajectoire en fin de course pour les éviter. Ce sera une bonne occasion de vérifier la constance de son impulsion.

Il se concentre. Il sollicite la mémoire de son corps. Visualise sa course du début à la fin. La réalise sans bouger d'un pouce. Se sent atteindre un palier, puis deux, puis trois. Éprouve l'impulsion. Sent venir le mouvement. Prêt à partir, il bascule d'avant en arrière. L'énergie motrice l'envahit, il s'élance. Les trois dernières foulées suivent une trajectoire courbe pour éviter les branches, mais il réussit à imprimer une belle impulsion à son saut grâce à l'inclinaison inédite de son corps. Étonné, il a la sensation de passer la barre avec plus d'aisance. Après plusieurs essais, l'épaule gauche le fait un peu souffrir mais il maîtrise toujours sa course, et sa jambe d'appel passe la barre plus facilement.

Il recommence. L'effet est indéniable.

Il comprend que la courbe en fin de course le place dans un axe qui facilite la montée du bassin.

C'est une surprise.

Il reste un instant immobile, à fixer ce qui vient d'arriver.

Les chatons se mettent à pousser des cris aigus, et il va s'asseoir vers le petit tas de fourrure frémissant. Il est sidéré. La suite de la leçon vient d'apparaître. Il avait raison. Il contemple les poteaux, la barre, la fosse, et l'arbre qui vient de lui faire découvrir la voie à emprunter. Une vague d'émotion le traverse.

Le lendemain, il n'ose pas essayer sa nouvelle course au gymnase de peur d'être critiqué par l'entraîneur. Mais chaque soir, sur le terrain envahi par les herbes, il termine sa course par une courbe et son corps franchit la barre avec moins de difficulté.

Comme tous les samedis, il quitte la maison après le petit-déjeuner pour se rendre sur l'ancien stade. Il voit mal Jack's Path, tout à son impatience de passer la barre avec sa nouvelle course en arc de cercle. Il a l'impression de commencer à comprendre comment traiter avec la pesanteur. À son arrivée, il est surpris de ne pas être seul. Une bande de gamins fait le tour du terrain à vélo, et des fillettes s'amusent sous l'œil attentif de leurs mères.

Il veut tenter quelque chose. Il veut essayer de réduire le nombre de foulées durant la course en arc de cercle afin de savoir si sa prise de vitesse sera meilleure. Quelques enfants s'arrêtent pour le regarder. Il visualise la course, le point invisible à partir duquel il entamera la courbe, environ un mètre cinquante avant l'arbre. Pour la première fois, le début du saut se dessine avec précision. Il se concentre, s'engloutit dans le mouvement à venir. Il est parti. Il entame la courbe plus tôt, l'axe de son corps se modifie, et il attaque la barre par le côté avec plus d'élan et d'ampleur. Bingo, son bassin s'élève plus haut que la dernière fois.

Sa mère fait irruption dans sa chambre comme une tornade. Assis en slip en position du lotus, Richard ne sait pas s'il doit fermer les yeux ou la regarder comme si de rien n'était. Il opte pour la deuxième solution, mais elle a déjà fait demi-tour et dégringole l'escalier en criant :

— Beckie est là !

Quinze minutes plus tard, la jeune fille a l'air d'une gravure avec sa robe à fleurs, descendant tranquillement la rue à ses côtés. La veille, Andrew lui a demandé pourquoi il n'invitait pas sa « copine » au cinéma, mais Richard trouve stupide de feindre de s'intéresser à autre chose quand on a envie d'être en tête-à-tête avec quelqu'un. Non, il la veut en permanence dans son champ de vision, il veut contempler ses joues, qui rosissent toujours comme si elle venait de faire un cent mètres, ses yeux clairs, ses cheveux épais. Ses bras ronds, sa silhouette de fille paisible. Et puis il aime discuter avec elle, comprendre sa façon de voir les choses et en apprendre sur sa vie.

— On profite de l'été avant l'heure, dit-elle en se tournant vers lui.

— L'été est arrivé il y a des semaines, il n'y a pas de printemps à Portland ! répond-il en clignant de l'œil.

Elle porte des nu-pieds, mais il n'ose pas regarder ses orteils. Ils marchent sans but, sans s'être concertés sur la destination de leur promenade. Pour se distraire de son trac, il essaie de lui trouver une ressemblance avec le Philosophe, et il la perçoit dans la forme de l'arcade sourcilière, dans le sourire et la couleur des cheveux.

— Ils sont en train de construire un jardin japonais sur West Avenue, lance-t-elle. On va voir ? J'adore les travaux.

Après avoir marché une bonne vingtaine de minutes, pendant lesquelles chacun a fait preuve d'une politesse excessive, ils arrivent devant un énorme chantier. Des pelleteuses géantes retournent la terre, des dizaines d'ouvriers s'affairent comme des fourmis, dans une agitation galvanisante. Une odeur âcre de racines, de boue et de gaz d'échappement enveloppe des types casqués, qui hurlent dans une langue incompréhensible.

— J'ai lu dans le journal qu'ils allaient reproduire la Grande Ourse au milieu du square, avec des dalles de différentes couleurs, lui dit Beckie.

— Il y aura un zoo avec des espèces japonaises ?

Un instant il pense qu'elle va rire, mais elle le regarde avec le plus grand sérieux.

— Je ne crois pas, mais des statues animalières sans doute. Des grues, des tortues en bronze. Il y aura sans doute de vraies carpes.

— Difficile de croire que des pagodes vont sortir de terre à cet endroit.

Elle le regarde avec complicité, comme s'il avait dit quelque chose d'important.

— C'est vrai.

C'est ce qui lui fait de l'effet chez elle : ce passage brutal du sérieux à la tendresse. Elle lui parle une heure durant de roses, de rhododendrons, et il a plaisir à l'entendre discourir à propos de n'importe quel thème. En sa présence, tout devient savoureux. Sur le chemin du retour, ils décident de faire une halte devant la maison abandonnée des Thompson. C'est une sensation particulière pour Richard de pénétrer avec quelqu'un dans le paysage de Jack's Path. Debout sur la troisième marche du perron, tournée vers l'horizon 10, elle ignore qu'elle se trouve au lieu exact d'une station. La lumière rosit déjà au-dessus de High Street. Chacun va devoir rentrer. Ils se sourient, pas tout à fait tranquillement, ils ont épuisé pas mal de sujets de conversation. Richard fait mine de s'intéresser un instant à la porte imposante qui surplombe l'escalier où ils viennent de s'asseoir, Beckie suit des yeux une passante. Puis ils se dévisagent. Leurs cils ne battent pas en même temps. Leurs pupilles s'immobilisent avant de se dilater. Leurs visages se rapprochent imperceptiblement, leurs souffles deviennent audibles. L'averse qui bat soudain le pavé fait fumer les trottoirs. Richard découvre le parfum de Beckie ; cette odeur étrangère est intimidante. L'eau goutte du toit en tôle sur les lattes du porche. Leurs nez se frôlent. Quand Richard inspire, Beckie expire. Il inhale son souffle. Leurs cœurs battent très lentement, leurs corps font caisses de résonance. Le bruit du goutte à goutte s'amplifie. Ils découvrent la douceur de leurs bouches.

Victime d'une bouffée d'énergie intense, Richard s'installe à son bureau pour écrire à Beckie. Il faut qu'il lui dise — mais quoi ? Il essaie de visualiser une phrase, de formuler une pensée ; rien ne vient. Son besoin de s'exprimer est un feu qui virevolte dans tous les sens, avivé par un vent mystérieux, mais qui ne donne corps à rien. La page reste blanche. Il soupire, se sent fatigué, se lève, se rassoit. Le rideau est immobile. Leurs visages se frôlent. Il se souvient de son odeur. De ses épaules. Il reprend son feutre, essaie, n'y arrive pas, reste là pendant des heures, sur les nerfs. C'est comme devant le sautoir : vouloir ne garantit rien. Toutes ces idées de vocation, de volonté, « vouloir c'est pouvoir », comme il l'a entendu dans l'émission de télé que regardait sa mère la veille, tout ça ne vaut rien. Puis soudain, après quelques tentatives malheureuses, ça vient, quelque chose se forme, quelque chose a lieu. Il écrit, les phrases disent ce qu'il veut dire, il est à la fois acteur et spectateur, il atteint un palier là aussi. Il se purge de son engouement, dans sa chambre la lumière s'avive, sa chaise, bancale, penche de plus en plus, et quand il se casse la figure, durant une fraction de seconde il croit qu'il s'évanouit. Le bruit de sa chute le ramène à la réalité, et il reste figé un instant avant de se relever. Devant lui, sa lettre est un brouillon griffonné d'une main enfantine. Il est 23 heures, l'entraînement du lendemain sera gâché s'il se couche trop tard.

*

À Grants Pass, les jeunes athlètes sont logés dans un motel à la périphérie de la ville. Le voyage a semblé rapide, malgré l'odeur entêtante de térébenthine qui flottait dans le bus au sortir des forêts de pins. Andrew, qui renifle ses affaires pour voir si l'odeur persiste, a retrouvé sa bonne humeur, et Richard lui raconte son rendez-vous avec Beckie.

— C'est pas un peu une Sainte-Nitouche, la Beckie Smith ?

Richard déplie sa tenue noire et rouge et change de conversation :

— Ils ont sorti le grand jeu, cette fois ! Polo neuf, sac de sport aux couleurs du lycée !

— Le lycée est donné favori, répond Andrew. Tu vas nous faire gagner des points, hein, Rico ?

Richard fait une grimace en faisant claquer l'élastique de son pantalon de survêtement. Andrew s'immobilise.

— Nan... !?

Richard tient l'élastique écarté.

— Slip aux couleurs du drapeau américain ?

Andrew regarde direct dans le pantalon de Richard, qui porte un caleçon blanc.

— T'es con, j'y ai cru ! Et la culotte de Beckie, elle était de quelle couleur ? Rose avec des p'tits nœuds, j'suis sûr !

— C'est toi qu'es con.

Après une nuit de repos, Richard contemple le ciel de Grants Pass depuis la fenêtre de sa chambre d'hôtel. C'est la première fois qu'ils ne dorment pas dans un dortoir, et il trouve l'expérience agréable. Au rez-de-chaussée, l'odeur sucrée le met en joie ; le buffet est pris d'assaut et il règne un joyeux brouhaha dans le restaurant. Johnson leur braille de ne pas se gaver, l'échauffement a lieu dans quarante minutes. Coup d'envoi du meeting : 14 heures. La salle est emplie de jeunes gens de son âge, qui lui semblent tous beaux et vigoureux. Les filles prennent leur petit-déjeuner entre elles, et il est soulagé de ne pas avoir à passer devant leur table pour se servir. Pancakes, omelette, toasts, Richard se régale, et Andrew en engloutit autant que lui. L'hôtel, l'atmosphère de camaraderie qu'il aimait quand il était enfant, tout le réjouit, et lorsque Johnson lui fait les gros yeux en le voyant fourrer un pancake entier dans sa bouche, il lâche un rire sonore, un rire de pure joie. Il n'a pas le trac, il est juste content d'être là, de profiter de ce qui l'entoure. Andrew, au meilleur de sa forme, se met à lui raconter des blagues tordantes en envoyant des clins d'œil aux filles. Richard est heureux.

15 h 10. C'est à son tour de sauter. En arrivant sur le stade, tous ont découvert que les fosses à sable avaient été remplacées par d'énormes tapis de mousse afin que les athlètes ne se blessent pas en se réceptionnant. C'est une révolution, mais leur entraîneur fait la grimace : il sait combien la réception détermine le saut, et son lycée sera désavantagé par rapport à l'autre établissement, déjà équipé de nouveaux tapis. Ses élèves ne sauront pas comment se réceptionner, et leur élan s'en trouvera freiné. À l'entraînement du matin, Andrew s'est distingué en réalisant le meilleur saut de l'équipe. Richard, quant à lui, a découvert combien la chute sur un tapis épais facilitait sa prise d'élan. Il connaît l'issue de la compétition, mais il est impatient d'expérimenter ces nouvelles sensations.

Mille personnes sont venues assister au meeting, et tandis qu'il se concentre devant le sautoir, Richard sent plus qu'il ne voit cette masse dans les gradins, qui semble respirer comme une seule et même créature. Le dépaysement lui fait du bien, il l'éprouve à chaque instant. L'air est plus léger, les couleurs plus vives, et il a l'impression de découvrir que le monde est vaste et la vie pleine de promesses. Il respire amplement, en faisant des moulinets avec ses bras. Il n'a pas peur. Quelques sauts sur place avant de se positionner, et il ne bouge plus. Il entre immédiatement en concentration, comme s'il était seul dans l'ancien stade, face à la barre envahie de branchages. Il s'en remet à tous les sauts qu'il a dans le ventre, à toutes les courses passées et à venir. Il franchit un palier. La course est devant lui, l'impulsion, le franchissement de la barre. À l'entraînement du matin, il a senti qu'en levant les bras très haut pendant le saut, son bassin suivait mieux le mouvement. Il se concentre encore. Il descend dans le silence s'enfonce dans le silence coïncide avec le silence, jusqu'à visualiser la seule voie possible vers le saut. Il se balance d'un pied sur l'autre sans quitter la course des yeux, et soudain il sait que c'est le moment et il s'élance. Il n'y a plus de son plus de ciel il y a les foulées travaillées au cordeau, le souffle et la vitesse régulière puis l'accélération. Il termine sa course sans effectuer la courbe habituelle et son bassin ne suit pas. Il passe de justesse 1,62 mètre.

La barre est montée de cinq centimètres, les concurrents enchaînent les sauts, et dix minutes plus tard c'est de nouveau à lui. Il pose les mains sur ses genoux, jambes fléchies, et ferme les yeux. Durant une fraction de seconde, il a peur d'être parasité par la présence des gens dans les gradins et par la certitude de ne pas passer la barre. La sueur perle à son front. Il reste immobile, les yeux clos. Puis il se redresse et affronte la vision devant lui. Le sautoir, le tapis bleu. Il respire tranquillement en essayant de s'accorder. Il recule. Se balance pour faire monter le silence et attendre la marée qui doit venir le prendre. Les poings serrés, il pompe l'énergie nécessaire et parvient à pénétrer dans l'espace insonore. Il ne sent plus la brise sur ses joues, ni la sueur brûlante qui s'écoule dans son cou. Il s'élance. Il voit l'arbre. Ses trois dernières foulées suivent la courbe habituelle, son impulsion est dégagée, il saute, ses épaules s'abaissent une fois la barre franchie, et son bassin se soulève d'un coup. Encore sonné sur le tapis moelleux, il est saisi par la clameur qui suit sa course atypique. Il vient de passer 1,67 mètre. 1,67 mètre ! Cinq centimètres de plus que son record ! Abasourdi et porté par l'énergie qui l'a propulsé, il file se remettre en place en attendant son tour. Il ne veut pas penser aux cris suscités par son élan courbe, ni à la joie de l'entraîneur ; il est juste irradié par la sienne, qui réclame d'exercer encore son pouvoir. Au troisième saut, il incline davantage son corps en arrière pendant les dernières foulées, et passe la barre à 1,72 mètre. Il chute à plat dos, se relève, retourne se mettre en place. Il ne pense plus.

Il s'élance dès le signal. Ses foulées sont souples et nerveuses. L'harmonie entre l'effort musculaire et son déplacement dans l'espace donne de la puissance à sa course, qu'il exécute parfaitement, absorbé par l'appel d'air du mouvement. Avant d'entamer les trois dernières foulées en suivant la courbe imaginaire, il sent son corps changer d'axe, son dos s'incliner au maximum, il accélère, et au lieu de lancer sa jambe d'appel pour attaquer la barre de côté, il pivote à cent quatre-vingts degrés, engage son épaule gauche, élève son bassin, et passe la barre sur le dos.

Il retombe sur le tapis bras et jambes tendues, rebondit, et durant une fraction de seconde, tout s'immobilise.

Puis soudain le brouhaha explose, des gerbes de sifflements et de cris. En se relevant, il voit Johnson faire des bonds, les assistants et ses amis du lycée applaudir, brailler, des gens hurler au scandale et jeter leurs casquettes sur la piste. Certains s'empoignent, les juges courent les uns en direction des autres d'un air préoccupé. Il ne sait pas trop ce qui se passe, encore dans la fièvre de sa concentration, et ses yeux se posent machinalement sur le tableau. Il vient bel et bien de passer 1,77 mètre.

Andrew lui verse un gobelet d'eau sur la tête.

— T'es troisième, mon Rico ! Troi-sième du meeting !

Un peu plus loin, tout le staff attend la décision du jury, qui cherche dans les règlements si ce saut dorsal inédit est légalement recevable. C'est peu probable, étant donné que cette façon de franchir la barre ne ressemble ni de près ni de loin aux ciseaux ou à l'enroulé ventral. Alors que l'équipe de la Crown School patiente dans l'espoir de laisser exploser sa joie, Richard se fait siffler par les supporters adverses, et par quelques lycéens de son école qui l'accusent de blasphème.

— C'est vraiment du cirque, maintenant, les tournois !

— C'est qui, cet hurluberlu ? Le sport c'est sérieux, merde !

— Je savais pas qu'ils inscrivaient des attardés mentaux à la Crown School !

— C'est un provocateur !

D'autres l'applaudissent, lancent des hourras, un Goliath lève le pouce dans sa direction.

— Champion mec, où t'as appris cette technique ?

Les juges relèvent la tête, perplexes, et annoncent que Richard est officiellement troisième du meeting, avec une barre effacée à 1,77 mètre. Rien dans les textes ne permet de le disqualifier.

— Hein ? T'as appris ça où ? répète le Goliath en lui serrant amicalement la main.

— Euh... nulle part. Je voulais juste passer la barre.

Derrière ses admirateurs, des filles se bousculent pour le regarder, hilares. Tout le monde se presse autour de celui qui a amélioré son meilleur saut de quinze centimètres en une seule journée. L'entraîneur, survolté, affiche un sourire radieux.

— Désormais t'as carte blanche, Richard. Tu feras comme tu veux. Je t'emmerderai plus.

Vers sept heures le lendemain matin, les trilles stridents des oiseaux le tirent du sommeil. Derrière le rideau de sa chambre le monde s'anime, complice de sa joie nouvelle. Il verse dans cette douceur palpitante et s'en repaît, absorbant chaque détail du quotidien avec gratitude. La veille au soir, après avoir fêté l'événement avec ses parents, il a été pris d'un fou rire irrépressible, qu'il a subi à genoux, des larmes plein les yeux, en se tenant le ventre.

L'après-midi se déroule au jardin, dans une lenteur savoureuse, à discuter avec ses parents et avec June, qui évoque son boyfriend à la moindre occasion, *un vieux de 17 ans qui a de la famille sur la côte est.* Quand elle l'invite à venir jouer avec son petit frère, il saute par-dessus la palissade de bonne grâce. Sa gaieté semble contaminer tout ce qui l'entoure : l'expression enjouée du petit Jimmy le ravit, comme celle de Beckie dont le visage se superpose à celui de June. Une cible est attachée au tronc du pommier, Jimmy apporte un arc en plastique et sa sœur distribue les flèches. Richard se laisse guider par l'enfant, qui finit la partie en visant vaillamment le ciel.

En arrivant au lycée, le lundi matin, il est intimidé par les manifestations de sympathie qui fleurissent suite à son étrange exploit. Les blagues fusent aussi, et il salue indifféremment ceux qui se montrent aimables et les autres : il se sent fort de quelque chose qui ne concerne que lui. Quand Beckie vient à sa rencontre, les joues roses et l'œil brillant, il sait pourquoi il est heureux.

— Je viens saluer le héros du stade, lui lance-t-elle.

Il écarte les bras pour signifier qu'il n'y est pour rien, et lit dans ses yeux que s'ils étaient seuls, elle l'embrasserait comme la dernière fois. Cette complicité entre eux le chavire. Que de forces gagnées en si peu de temps !

En cours, il a la tête ailleurs. Assis près de la fenêtre ouverte, il sent l'énergie agiter ses doigts, ses orteils, et il donnerait cher pour aller faire un footing sur Jack's Path, et pour essayer sa nouvelle technique dans le vieux stade — même si la fosse ne l'y engage pas. Il voudrait voir Beckie aussi, l'emmener dans un endroit isolé, toucher sa joue, ses épaules, et... À la cafétéria, le désir irritant qui l'habite lui coupe l'appétit. Il repose son plateau vide et passe l'heure de pause allongé dans l'herbe, un bras sur les yeux, aspirant à être tranquille. Il repense au passage de la barre sur le dos, en essayant de comprendre comment ça s'est produit. Il n'a rien prémédité, il a laissé faire, c'est comme si son mouvement avait pensé pour lui. Cette expérience le trouble. Il n'a sauté qu'une fois de cette façon, et il doit absolument réessayer. Johnson a dit qu'il le laisserait faire, mais travailler cette technique au milieu des autres lui semble aussi improbable que d'effacer la barre en récitant le préambule de la Constitution. Il lui faudra être seul.

— Alors, Cendrillon, t'as perdu ta pantoufle ?

Les gars ricanent quand il échoue trois fois de suite à passer 1,67 mètre en ciseaux, et Johnson ne bronche pas durant toute la séance. Mais Richard ne pense qu'au saut dorsal, qu'il a visualisé des centaines de fois depuis Grants Pass. En entrant dans le gymnase, il a senti que c'était encore là, que *ça* l'attendait, que son corps était prêt à continuer ce qu'il avait amorcé lors du meeting. Face au sautoir, toute la séquence s'est déroulée devant ses yeux. Sa mémoire corporelle a répondu présente avant même qu'il la sollicite, ses jambes se sont préparées à la course en arc de cercle, ses lombaires se sont détendus en prévision de l'attaque latérale de la barre. Mais impossible de se consacrer à la suite de son expérimentation avec tous ces yeux braqués sur lui, avides de le voir se donner en spectacle.

— Je ne peux pas te conseiller, Richard, parce que ce que tu as fait n'existe pas. Je ne sais pas trop comment te guider, lui a avoué Johnson dans les vestiaires.

— Je vais sauter en ciseaux aujourd'hui, Coach, s'était-il contenté de répondre.

— En tout cas, sache que je t'encourage à persévérer.

L'agacement dont Johnson a toujours fait preuve semble être passé en lui, selon la loi des vases communicants. En jetant un œil noir à ceux qui s'entraînent près de lui, Richard comprend qu'il est terriblement frustré. Malgré la légèreté avec laquelle il a toujours abordé les meetings, le saut en hauteur est ce vers quoi ses pensées sont tournées en permanence. Son emploi du temps, son hygiène de vie, ses choix — tout est régi par cette priorité et il supporte mal d'être entravé dans l'exercice de son sport. Tandis qu'il s'égare dans ces considérations, l'entraîneur débite un discours sur l'esprit de compétition. Aussitôt sa colère retombe, et il se sait de nouveau tranquille. Il veut juste tenter de repasser la barre en dorsal. Avoir effacé 1,77 mètre est un miracle, mais il va devoir retrouver le chemin de cet exploit. Et pour l'heure, alors que tout est à disposition devant lui, il ne peut que ronger son frein.

Au lieu de rentrer après l'entraînement, il prend le tramway jusqu'au centre-ville, regarde les vitrines des magasins, passe au kiosque à journaux, entre et sort d'une épicerie sans rien acheter. Il ne sait pas bien ce qu'il cherche, jusqu'à ce qu'il tombe sur une minuscule boutique au fond d'une impasse, tout droit sortie d'un conte fantastique. L'échoppe est saturée de breloques, de trophées et de médailles, et il a envie de s'offrir quelque chose pour fêter son saut à 1,77 mètre. Une telle prouesse ne se reproduira peut-être jamais, et posséder un objet en mémoire de cet événement lui semble une bonne idée. Le gérant de la boutique le toise d'un air ironique quand il s'arrête devant un beau paon en toc. Gêné par son regard perçant, Richard opte un peu vite pour une réplique de médaille militaire, vendue sans son ruban.

De retour dans sa chambre, il glisse l'amulette dans le tiroir de son bureau et décide que quoi qu'il arrive, il expérimentera son saut dorsal au lycée.

*

Au grand dam d'Andrew, qui devient acariâtre, Richard voit Beckie de plus en plus souvent. Depuis quelque temps, il se sent de nouveau mal à l'aise en présence de son ami. Toutes les fois où Richard a refusé un rendez-vous avec son amoureuse pour l'accompagner à la salle de billard, Andrew lui a posé un lapin en prenant un air faussement surpris le lendemain. Régulièrement, il se moque de ce qu'il lui raconte : son plaisir à respirer l'air chaud du soir, à regarder sautiller un merle sous le ciel bleu. Andrew lui répète à l'envi qu'il « faut être un enfant gâté pour se réjouir de se lever chaque matin ». Ont-ils toujours été, ainsi, aux antipodes l'un de l'autre ?

Pourtant, un lien mystérieux les empêche de se quitter. Ils se retrouvent invariablement à la cafétéria, s'attendent à la sortie des cours pour se voir cinq minutes, puis se brouillent de nouveau avant de se réconcilier.

Beckie a pris l'habitude d'emmener Richard dans ses quartiers préférés. Elle est volubile et gaie, et il se laisse guider sans avoir besoin de parler. Tous deux connaissent la véritable destination de leur promenade : un endroit à l'abri des regards où ils iront plus loin dans leur découverte l'un de l'autre. Quand il prend enfin la parole, ils prononcent les mêmes mots en même temps, ce qui les fait rire, d'un rire grave devant l'évidence de leur entente. Richard s'est familiarisé avec les traits de la jeune fille, avec ses lèvres étrangement fines et avec le parfum de sa peau, qui lève toujours en lui un mélange de désir et de peur. Comme elle est gourmande et qu'elle adore contempler les vitrines des pâtisseries, le père de Richard lui donne désormais de l'argent pour qu'il la gâte durant leurs promenades. En la regardant dévorer ses gâteaux préférés, il découvre que la délicatesse peut cacher un tempérament ardent. Lorsqu'elle l'embrasse, vivement, intensément, se mettant toute seule le feu aux joues, il s'interroge sur ses appétits secrets, et alors c'est lui qui rougit jusqu'aux oreilles, et qui poursuit son baiser en pensant à autre chose pour se calmer.

Tandis que les voitures s'enfoncent dans l'horizon de l'avenue, Beckie saisit sa main devant tout le monde et l'entraîne dans un terrain vague près d'une usine désaffectée. Elle se montre plus pressante que d'habitude, guide sa main sous sa blouse légère. Le plaisir est tellement fort de toucher ce sein qu'il a l'impression d'attraper une insolation. Ils le refont derrière des buissons, dans des halls où ils se faufilent ni vus ni connus, et ça devient très vite un rituel. Il la caresse doucement alors qu'elle s'accroche à lui. Chaque fois c'est la même chose : elle est pâle et moins volubile, jusqu'à ce qu'ils trouvent un abri où elle se montre hardie et entreprenante.

— Tu auras bientôt les bons gestes, lui chuchote-t-elle un jour qu'ils sont renversés sur les gravillons d'un parc, dans les touffes d'un énorme bosquet qui sent l'urine.

Cette phrase le frappe. Il s'écarte d'elle et s'assoit en tailleur, tendant l'oreille au moindre pas. Elle le fixe avec des yeux luisants, tandis qu'il a un moment d'absence. En repartant, la jupe froissée et l'air fier, elle lui explique qu'elle a remarqué que la nature célèbre toujours les choses en avance, et que si on est attentif, on peut lire l'avenir dans le paysage. La pluie diluvienne tombée avant le meeting l'avait avertie qu'il allait se passer de grandes choses. Richard lui sourit, prêt à lui passer la moindre lubie, et cette fois, c'est lui qui prend sa main en pleine rue.

*

Sous le soleil de juin, la décrépitude du vieux stade le désole. Le sautoir tombe en miettes, les herbes ont envahi les installations. Il commence par trotter sur la piste, puis effectue quelques sprints, histoire de se dérouiller avant ses essais du jour. Levers de genoux, impulsions brèves, au bout de trente minutes il se retrouve devant les poteaux, ou plutôt devant l'arbre qui les cache presque entièrement. Une branche a été sciée. Qui a fait ça ? Il balaie le stade des yeux — personne. La lumière, étrangement huileuse, emprisonne les particules de poussière qui volent au moindre pas. Les pelleteuses arriveront sans doute à la rentrée, et son cher terrain de sport n'existera plus. Il se prépare, s'élance, termine chaque course d'appel par une courbe, avant de sauter en ciseaux. Il prend garde de ne pas se blesser : il compte trouver un gymnase peu fréquenté pour expérimenter le saut dorsal avant la rentrée. Une heure durant, il s'entraîne à dérouler sa course au millimètre tout en s'imaginant courir à un autre rythme, de sorte que son esprit et son corps se dissocient. Il sait qu'il atteint ainsi une sorte de perfection, qu'il est à son meilleur quand son corps agit sans lui, projeté dans le mouvement. Il a inventé cette technique pour contrôler ses ardeurs avec Beckie : faire une chose en visualisant qu'on la fait autrement, sans perdre le fil.

Le matin même, il a eu le bonheur d'entendre sa voix chantante au téléphone :

— Salut Richard, dis à ton double sportif de te donner la permission de me voir.

Elle avait raccroché sans qu'il ait prononcé un seul mot. Sa mère, dans la pièce d'à côté, avait fait semblant de ranger des vêtements alors qu'il souriait béatement, persuadé d'être le seul à vivre de telles émotions.

En allongeant ses foulées, il distingue le visage de la jeune fille dans le paysage. Il fixe ses yeux, qu'il trouve si beaux et si épouvantables — épouvantables à cause du pouvoir qu'ils ont sur lui. Il pense au poids de son corps quand elle s'agrippe à son cou, à la légèreté de leurs langues quand ils se retrouvent. Il trébuche.

Il enlève les gravillons collés à ses genoux avant de s'asseoir au bord de la piste, dont le revêtement est devenu incolore. Un avion passe dans le ciel, et le bruit de ses moteurs lui rappelle celui des vagues du Pacifique. Le nez au vent, il croit sentir l'odeur iodée des criques. Si seulement ses parents se décidaient à partir en vacances. La sueur dégouline sur ses lèvres tandis qu'il soupire d'aise : il est aimé de Beckie, et il va passer l'été à penser à elle et à explorer le franchissement de la barre en dorsal.

— À condition de travailler tes maths, a prévenu son père devant son bulletin scolaire médiocre.

*

Des bourrasques brûlantes le chassent du jardin, et il glisse pieds nus dans la maison déserte. Juillet est orageux. À peine rentré il fait demi-tour, chausse ses baskets et retourne s'installer sous le ciel noir, un livre à la main. Beckie lui a prêté ce roman le dernier jour de cours mais il n'en a pas lu une ligne. Il se contente d'en humer longuement les pages pour deviner l'odeur de sa chambre. Le meeting de Grants Pass a éveillé ses désirs de voyage, et il s'imagine découvrant le monde avec elle, devenue sa femme et la mère de leur petit bègue à eux.

Leur séparation durant les vacances exhausse leur confiance mutuelle, et cette expérience est aussi un ravissement. Des ondes d'amour les poussent l'un vers l'autre à travers l'absence, et il pense déjà à leurs retrouvailles à la fin de l'été, lorsqu'elle reviendra à Portland. Quant à Andrew, silence radio. Beckie ne l'apprécie pas beaucoup, ce qui ne rend pas les choses faciles.

— Il me fait penser à ceux qui vont à l'église pour échanger leurs bonnes actions contre un privilège. Il est comme ça, ton copain, il profite de toi. En sport, il veut simplement écraser les autres. C'est un vaniteux ! Et puis il est tout le temps agacé, mais sans jamais dire par quoi. C'est commode pour s'attirer tes faveurs.

Quand il a confié à Andrew qu'elle voulait faire des études

de botanique, son ami a eu un hoquet artificiel. Il fumait une cigarette, et la beauté de ses traits avait une nouvelle fois frappé Richard, ainsi que l'élégance de sa silhouette. En pensant à son reflet à lui, qui ne tenait même pas dans le miroir poussiéreux de sa chambre, à sa peau claire, à ses grands bras et à ses jambes maigres, il s'était demandé pourquoi Beckie s'intéressait à lui et pas à un type comme Andrew.

Le lendemain, en signe d'amitié, Richard avait proposé de le voir, en renonçant à un rendez-vous avec Beckie. Les derniers sauts d'Andrew s'étaient révélés catastrophiques, et lui changer les idées s'imposait.

Il lui avait répondu du tac-au-tac :

— Demain, j'peux pas. Je tonds la pelouse chez moi. Ta fleuriste te colle plus aux basques ?

*

Chaque jour, Richard court sur Jack's Path et se rend sur le vieux stade. Il se sent attaché à cet endroit, mais il n'y évolue plus. Impossible de s'y entraîner sérieusement désormais. Il en explore les recoins, déplace de vieilles haies rouillées, retrouve sous les herbes hautes le cercle bétonné de lancer du poids. Un matin, les premières pelleteuses arrivent. Richard sourit aux ouvriers comme s'il les accueillait chez lui, mais les types l'ignorent. Il avale des tours de piste, travaille son endurance et ses appuis. Sous le ciel d'été bouillant, il continue à courir au milieu des bonshommes casqués. Parfois, il atteint un tel niveau d'abstraction en perfectionnant sa course que l'espace lui semble immense et qu'un vertige le prend. Il s'éloigne alors de l'engin qui mord la terre. La joie appuie sur son âme, avec une pression folle.

Les ouvriers finissent par lui demander de déguerpir.
— Tu pourrais te blesser, garçon.
Richard s'incline.
— Juste un dernier saut, je viens ici depuis que je suis petit.
— Comme tu veux.
Il aurait aimé être seul pour cet ultime moment face au sautoir de son enfance. Il ramasse une poignée de terre, la renifle, la jette, et se met en position. Il ne fait appel à aucun lieu, à aucun autre moment que celui-là. Il écoute les secrets de l'intuition, sa faiseuse de miracle. Il y croit. Il sautille, bascule plusieurs fois d'avant en arrière, sourit au gamin qu'il était, replonge dans le silence, s'élance, et estime mal sa courbe en fin de course. La vision de la branche coupée le déstabilise, et il chute lourdement dans la fosse. Son cou craque, et il dissimule la douleur qui le terrasse. En se relevant il fait signe aux types du chantier et se hâte sur le chemin du retour, sans prendre le temps de récupérer sa casquette. L'angoisse perle à son front, il sent que quelque chose ne va pas.

*

On dirait que les fleurs ont gonflé pendant la nuit. Le cou enserré dans une minerve, il marche sur Jack's Path.
— T'as l'air collet monté, ce matin ! a lancé son père avant d'exploser de rire.
Un mois d'immobilisation, voilà qui règle le problème d'un gymnase à trouver pour s'entraîner jusqu'à la fin des vacances. L'espoir d'explorer le saut dorsal avant la rentrée tombe à l'eau, et son moral en prend un coup. Ses parents en ont profité pour lui offrir des livres scolaires, afin qu'il « s'occupe » en révisant.

L'absence de Beckie commence à se faire sentir. Cinq semaines déjà, et une vague impatience le malmène. La chaleur est telle que les gens errent dans les rues et les parcs comme des animaux désœuvrés. Il modifie son itinéraire habituel, retourne du côté de l'église où par chance le révérend Miller ne se montre pas, et aperçoit au loin le gymnase du collège. Dans Morning Park, il fait quelques ricochets sur le bras de rivière, en pensant au type retrouvé mort près d'une des berges du centre-ville, le cul en l'air et la tête dans la vase. Le journal du matin mentionnait un accident déguisé en suicide, pour étouffer le scandale de la pollution toxique de la Willamette. Un jogger suivi par deux chiens-loups le tire de ses pensées. On dirait Andrew. Ce n'est pas lui. Demain il prendra le tramway pour lui rendre visite à l'improviste, puisque ses parents n'ont pas le téléphone. Les bons moments passés ensemble lui manquent, et il a envie de le revoir pour parler de sport avec lui. Lors du dernier entraînement, son ami lui a affirmé avec grandiloquence qu'il était « crevé d'arracher des sauts au néant », pour justifier ses résultats médiocres. Richard a hésité quelques secondes : est-ce qu'il plaisantait malgré son air sérieux ? En le quittant, il s'était senti vaguement niais. Beckie avait conclu en haussant les épaules qu'Andrew se prenait pour un héros de roman.

En longeant le cours d'eau dans lequel trempent les branches claires d'un saule, il imagine qu'elle est là, cachée derrière un buisson, qu'elle le suit, qu'elle l'observe, qu'elle lui indique quelle direction prendre et quelles fleurs admirer. Qu'elle lui révèle la forme parfaite d'un caillou, et l'espace qui relie les éléments du paysage entre eux. Qu'un éclat de rire résonne et qu'elle vient coller ses lèvres aux siennes. Qu'il retrouve sa chaleur moite. Un bruit de verre brisé le fait sursauter, deux filles jettent des bouteilles dans une benne. Il se met à trotter par réflexe pour rentrer.

En sueur, le cou cassé par le jogging, il grimpe l'escalier jusqu'à sa chambre où il se déshabille, et sort une feuille de papier pour écrire à Beckie. Il aime ce temps d'après l'effort où le sang pulse sous sa peau cramoisie. Une fois sa lettre rédigée, le cœur emballé, il prend garde de ne pas croiser son reflet dans le miroir en gagnant la salle de bains : dans ses moments d'enthousiasme, il refuse de voir le moindre visage, même le sien, pour ne pas interrompre son transport. Oh les baisers les étreintes, la vigueur sensible de Beckie, il faudra qu'il mette tout ça dans son saut à la rentrée. Oui, il s'inspirera d'elle pour améliorer son sport. Sous la douche, il serre et desserre les poings, les yeux dans le vide. Il a hâte de retrouver l'entraînement. Bon sang comme il a hâte.

Le lendemain, cette idée de s'inspirer de Beckie lui semble un peu absurde. Mais quand il découvre un courrier qui lui est adressé sur la table de la cuisine, son sang ne fait qu'un tour et c'est à nouveau la fièvre.

Dans sa chambre flotte une odeur de transpiration et de cire à parquet. Quelques insectes sont tombés raides morts sous la fenêtre fermée. Accroupi sur son lit, il ouvre l'enveloppe et déplie un papier sur lequel ne sont écrits que deux mots : « *dix lettres.* » Légèrement consterné, il retourne la feuille, secoue l'enveloppe. Rien. Des semaines qu'il contient son élan amoureux, et voilà qu'elle s'amuse à lui envoyer une énigme à la noix. Bien un truc de fille. L'idée d'Andrew assistant à la scène lui fait dresser les poils sur les bras. Mais son cœur cogne dans sa poitrine. L'écriture de Beckie ressemble à des brins d'herbe, et il se souvient de ceux qui restaient accrochés à sa jupe quand ils se cachaient dans le terrain vague. Il compte en s'embrouillant : j-e-t-'-a-i-m-e, sept ; j-e-r-o-m-p-s, sept encore ; t-u-e-s-l-a-i-d, ouf huit ; t-u-e-s-r-i-d-i-c-u-l-e, huit et quatre, douze. Il passe en revue leurs conversations, ses habitudes de langage, il cherche en vain. Quelle emmerdeuse ! Il froisse le papier, le défroisse et se lève pour le coller dans le tiroir de son bureau, qu'il referme si vigoureusement que sa lampe vacille. Il jette un œil dans le miroir. Il n'a pas l'air en colère, mais il se sent vaguement menacé. Il a peur que cette lettre le déconcentre pendant ses exercices de visualisation de sauts, la nuit suivante.

Les tramways circulent moins en été, et il doit attendre vingt minutes en plein cagnard, le cou enserré dans sa minerve — pas vraiment l'accessoire idéal pour passer inaperçu. Les vacances touchent à leur fin, déjà le ciel ne dit plus la même chose, et Richard n'est pas mécontent de reprendre le chemin du lycée dans huit jours. Il ne parlera pas de ses cervicales abîmées à Johnson. La privation d'entraînement a éloigné ses rêves d'exploit en saut dorsal, et il appréhende sa propre déception s'il échoue à reproduire ce saut. Sans doute fallait-il explorer tout de suite cet enchaînement de mouvements pour comprendre son résultat inattendu. Les nuits d'insomnie, dans l'obscurité violette, il a mille fois revécu la course et retrouvé l'impulsion. Sur le terrain, il saurait quoi essayer, mais forcé à l'immobilité, il est confronté à la même zone d'ombre dans le déroulé du saut, cette zone où sa mémoire défaille, où les choses se sont faites sans lui. Parfois il rêve qu'il est en train de franchir la barre et, extasié par ce moment de vérité, il sort brutalement du sommeil pour aller s'accouder à la fenêtre, le visage offert aux papillons de nuit. Alors la confiance revient : à la rentrée, il reprendra exactement là où il s'est arrêté, et il retrouvera ce saut. S'ensuit un vigoureux galop dans sa poitrine.

— Ça ne te va pas de ne pas faire de sport, tu es encore plus cerné que d'habitude ! lui a lancé sa mère au petit-déjeuner.

Sans s'en rendre compte, il transforme les cahots du tramway en foulées. Sa course imaginaire épouse le paysage, et quand sa voisine se lève pour descendre, il réalise qu'il est arrivé lui aussi à destination. La maison d'Andrew est à deux pas. La rue est déserte, et il est un peu déçu de ne pas apercevoir le gros chien couché le long des haies. Le portail, cassé, est fermé à clef. Quelques journaux dépassent de la boîte aux lettres où le nom de *M. & Mme Lewis* est gravé dans le bois. Les volets sont ouverts, et il croit voir une ombre bouger à l'intérieur. Sans doute n'est-ce qu'un reflet. Il n'y a pas de sonnette, et même s'il entend d'ici la façon dont Andrew s'esclaffera quand il apprendra qu'il n'a pas osé enjamber le portail, il fait demi-tour.

*

Beckie discute avec un groupe d'élèves au fond de la cour, dans une robe rouge repérable à cent mètres. Elle regarde dans sa direction, avant de gagner le bâtiment principal. Toute une époque semble avoir passé depuis leur dernière entrevue. Richard se dirige vers les vestiaires du gymnase, où l'odeur familière le saisit à la gorge et l'inonde de trac. Andrew fond sur lui.

— Salut mon pote ! Bonnes vacances ?

Il porte la main à son cou par réflexe, mais il n'a plus sa minerve et fait mine de se gratter.

— Super, et toi ?
— J'ai emballé, mon pote ! Alors, tu donnes toujours dans la lycéenne ?
Henry est là qui enfile sa tenue, et Richard est sidéré de voir à quel point il a changé. Même sa voix est méconnaissable.
— Comment va Clarisse ? lui demande-t-il.
— Elle s'est blessée au genou cet été, mais elle pourra reprendre l'entraînement dans un mois.
— Une belle athlète, ta frangine, lance Andrew en passant son maillot.
Apprendre que Clarisse s'est blessée elle aussi soulage vaguement Richard, mais il décroche de la conversation.
— Ouais. Même qu'un gars de la marine marchande est venu voir les parents pour demander sa main, rétorque Henry.
— Déconne pas ! Et elle, qu'est-ce qu'elle a dit ?
— Elle a joué les grandes dames dans la bagnole du type tout l'été, comme si elle avait vingt-cinq ans et qu'elle habitait dans une villa, alors qu'elle dort encore dans ses draps de petite fille.
Pendant ce temps, Richard fixe le gymnase. Tandis qu'un groupe de nouveaux élèves s'aligne devant Johnson, il croit apercevoir quelque chose d'inhabituel près des sautoirs. Il laisse ses copains en plan et avance. Bon sang. Le lycée a acquis des tapis en mousse. Les mêmes qu'à Grants Pass.

Drôle de journée, se dit Richard en rentrant du lycée. Beckie et lui ne se sont pas dit un mot. Elle n'était pas là durant la pause de midi, ni à la dernière récréation. Leurs nouveaux emplois du temps bouleversent leurs habitudes de l'an passé ; se retrouveront-ils ? Quant à l'athlétisme, Johnson leur a imposé un long entraînement de deux heures, à base de courses, de sauts sur des trampolines et de gymnastique. Pendant tout ce temps, Richard n'a pas quitté le sautoir des yeux. Johnson lui a fait un clin d'œil en désignant le tapis, et cette connivence l'a surpris. L'important pour lui est de travailler sa réception le plus vite possible, afin de gagner de l'ampleur lors de la prise d'élan. Fébrile, il brûle de s'y remettre pour de bon.

— Salut Richard !

Beckie se tient face à lui dans la cour, accompagnée d'une Isobel au regard ironique. La revoir de près est intimidant. Le souvenir de leurs étreintes est si clair qu'il les oblige à surjouer la distance, comme deux aimants qui se repoussent.

— Je ne te demande pas comment tu vas, embraye-t-elle, l'année dernière tu ne répondais jamais à cette question. À part en souriant, exactement comme tu le fais en ce moment.

La présence de l'autre fille assombrit Richard ; ce n'est pas ainsi qu'il imaginait leurs retrouvailles. Quant à Beckie, elle paraît plus grande que dans son souvenir. Est-ce bien elle qui se pendait à son cou en collant sa main sur ses seins ?

— Je vais bien, et toi ? répond-il alors que Beckie délaisse sa copine pour l'entraîner vers les hangars à vélo.

Plantée devant lui, elle semble ruminer quelque chose dans l'ombre mouvante des branches d'arbres.

— Pourquoi tu ne me parles pas ?

En guise de réponse, il lui caresse la joue. Elle perd instantanément tout air belliqueux, et suit un moment des yeux les nuages qui prennent des formes étonnantes.

— Tu n'as pas deviné la phrase de ma lettre, reprend-elle.

— Ce n'était pas une phrase !

Isobel les observe de loin.

— C'était une phrase de dix lettres, insiste-t-elle.

Il écarte les bras en signe d'impuissance.

— Je t'attends.

— Désolé, je ne trouve toujours pas...

— Je t'attends, c'était ça que ça voulait dire. J-e-t'-a-t-t-e-n-d-s. Dix lettres.

— ... ?

— Je t'ai attendu devant la maison des Thompson le soir même. À l'endroit habituel, le jour de mon retour.

Il écarquille les yeux. Andrew a raison : les filles sont folles. Comment aurait-il pu deviner un truc pareil ? Ce soir-là, il s'en souvient, il a lu des revues de sport au lit. Une averse d'été battait les carreaux, et il pensait à elle. Et pendant ce temps, elle se morfondait sous la pluie !

Il veut trouver le bon geste, mais rien ne vient. La sonnerie le libère.

— Écoute, Richard, ce n'est pas grave que tu ne sois pas venu. En tout cas, je t'attends toujours. C'est-à-dire : j'attends que tu me parles, que tu me fasses confiance.

Elle tourne les talons et s'éloigne en direction de son amie.

*

La présence du tapis en mousse va modifier l'axe de sa course. Tout à sa joie de reprendre enfin là où il s'est interrompu, excité d'être au seuil de ce moment crucial, Richard est résolu à s'entraîner au milieu des autres. Il remercie cet accident stupide qui l'a immobilisé tout l'été : sa frustration a tellement fait grimper son envie que tout le reste est devenu secondaire. En apprenant qu'il s'était blessé aux cervicales, son père s'était d'abord mis en rogne :

— Au premier engin de chantier, t'aurais dû déguerpir. T'avais plus rien à faire là-bas depuis longtemps.

Quant au Philosophe, à qui il vient de l'annoncer, il hausse les épaules en lâchant :

— Entrer, sortir, ne pas s'attarder.

Cette fois, l'ancien stade a disparu. La dernière fois qu'il y est allé, les gradins avaient été démontés, et il ne restait plus qu'une vaste étendue de terre sous un nuage perpétuel de poussière.

Après l'échauffement, lorsqu'il se met en place devant le sautoir, ses réflexes reviennent tout seuls. Le balancement d'avant en arrière, le franchissement des paliers de concentration, tout se déroule dans l'ordre et il repousse l'émotion qu'il sent poindre en s'emmurant dans le silence. Il respire profondément et visualise sa course d'appel, son impulsion, puis convoque cette énergie étrange qui l'a propulsé par-dessus la barre, le corps à cent quatre-vingts degrés, bras et jambes tendus. Il se balance plus énergiquement, pour que sa colonne vertébrale trouve le bon axe, celui qu'il accentuera dans la deuxième partie de la course. Son esprit se cale de mieux en mieux sur le mouvement à venir, et comme il n'a plus à se préoccuper de sa réception, il pourra tout donner au moment de sauter. Le stress tente de l'attaquer, il respire bouche ouverte, et quand vient l'instant de s'élancer, sa jambe arrière se tend brusquement et il démarre sous le coup d'une impulsion inédite. Il entend le bruit de ses foulées sur le sol du gymnase, prend une courbe plus large que la dernière fois, lance son pied droit, se contorsionne et arrache son poids à la pesanteur. Il passe la barre, le visage tourné vers les néons du plafond, rebondit sur le tapis et finit à genoux. Des lignes lumineuses impriment un instant sa rétine et des applaudissements se mêlent aux rires. L'entraîneur pique une gueulante et chacun reprend sa place.

C'est arrivé. Il a reproduit le saut dorsal.

Il va s'asseoir un moment à l'écart, sur un amoncellement de tapis. La séquence qu'il vient d'accomplir doit se dérouler à nouveau dans son esprit, pour qu'il saisisse ce qui s'est passé à partir des trois dernières foulées. Il sait que les détails apparaîtront au fil des jours, et qu'il comprendra mieux le mécanisme à l'œuvre en répétant inlassablement les mêmes mouvements. Pour l'instant, il est encore dans l'effervescence de cet accomplissement longtemps rêvé. Il voudrait quitter le lycée sur-le-champ pour aller sur Jack's Path, ou dans son vieux stade qui n'existe plus. Quelque part où il puisse être seul pour se livrer à la reconstitution obsédante de ce saut. Hélas, Johnson approche.

— Ta coordination est devenue hyper dynamique. Ça ne se voit pas quand tu cours, mais tu disposes d'une belle énergie quand tu arrives devant le sautoir. Pourtant ton impulsion ne se fait pas dans l'explosion, c'est étonnant… Et je ne comprends toujours pas comment tu effectues cette rotation. Comment ça t'est venu ? Parce que j'aurais jamais imaginé un truc pareil…

Richard a les yeux vides et le coach n'insiste pas, étrangement compréhensif.

— Je te conseille de passer chez le kiné. Il se pourrait que ton nerf sciatique crie pitié.

*

Les semaines s'enchaînent et Richard, libre de travailler son nouveau saut, est aux anges. Il s'entraîne les week-ends avec la permission et le soutien de l'entraîneur, qui ouvre spécialement le gymnase pour lui. Johnson se tient désormais près de la barre pour étudier le placement de ses pieds et la façon dont son corps franchit l'obstacle. Il ne lui donne aucun conseil, sauf concernant la récupération après l'effort. C'est plus que ce dont il a rêvé. Le soir, il fait ses devoirs le plus vite possible, et s'il essaie d'être attentif en cours, son envie de devenir ingénieur est tombée aux oubliettes.

Un dimanche, Johnson amène une caméra pour le filmer. Perturbé dans ses répétitions, il rate sa courbe et fait tomber la barre. Le coach remballe illico son matériel. Richard est étonné du respect dont ce type si sévère fait preuve envers lui. Les séances suivantes, à chaque fois que le coach amène la caméra, quelque chose refuse de se produire.

Durant ce trimestre, le Philosophe ne s'occupe que des élèves de première année, et c'est un soulagement : Beckie et lui ont repris leurs caresses clandestines sous des porches ou derrière des buissons. Lorsqu'ils ont un peu de temps libre, ils prennent le tramway et filent s'embrasser à l'ombre des grands ponts. Là-bas ils s'étreignent tout habillés, mais sous l'étoffe, leur peau brûle. Richard la presse désormais contre son ventre dur, et elle accueille cette pression par un déhanchement parfaitement coordonné, spontané, miraculeux — aussi miraculeux que le saut dorsal advenu à Grants Pass. Leurs mouvements s'enchaînent avec plus de précision, ils savent qu'ils sont au bord de franchir la ligne rouge, bassin contre bassin, bouche contre bouche, effrayés et confiants à la fois. Beckie solde chaque séance d'un baiser sur la paume gauche de Richard, celle qu'il avait colorée en rouge un matin.

Tous les après-midi, quand il s'entraîne après les cours, c'est le chahut au gymnase : la plupart des élèves ont beau savoir que sa technique est particulière, ses sauts génèrent des sifflets, des applaudissements, et c'est la débandade. Johnson sanctionne à tour de bras : parcours d'obstacles, pompes, nettoyage des vestiaires à la serpillière. La situation est embarrassante, mais Richard est tellement porté par les deux miracles qui illuminent sa vie, à savoir sa liberté de chercher son saut et celle de pouvoir toucher Beckie, qu'il traverse tout ça sans trop d'anxiété. Les étreintes osées avec son amoureuse le galvanisent, sa nouvelle joie virile renforce sa foi en l'avenir. Sa vie s'élargit, sa vision s'élargit, son expérience s'élargit. Il se sourit pudiquement dans le vieux miroir de sa chambre quand il lui arrive de se croiser. Chaque matin, une jubilation familière crépite dans sa poitrine. Il vit dans une grande intensité, qui ne lui coupe jamais le souffle : son torse est assez large pour y loger des hectolitres d'air pur. L'amour et le sport le simplifient.

*

— Arrête de rêver, lui lance Andrew en jetant la revue sportive sur la table de la bibliothèque.

Richard est déconcerté. Il voulait lui montrer ce superbe cliché de Brumel battant son record au dernier meeting international, et voilà qu'Andrew fait comme s'il s'en désolait.

Au passage de la bibliothécaire il cache le magazine sous un livre, tandis que son ami renchérit :

— C'est du pipi de chat, tous ces articles. Du divertissement pour cerveaux chétifs et corps tièdes.

La formule fait de l'effet à l'oreille, mais la question est : que veut-il dire au juste ? Andrew soupire quand Richard le lui demande.

— Te laisse pas enfumer par les journalistes, ni par le coach. De toute façon, ils te laisseront pas sauter en dorsal en meeting.

— Johnson a dit que si.

— Je sais pas ce qu'il te veut, celui-là, à te bourrer le mou, à te laisser croire des trucs... Il en veut pas à ton cul, ça c'est sûr : il a baisé Robinson, la prof d'arts plastiques. T'as donc rien à craindre de ce côté.

Richard pouffe dans sa manche.

— Je voudrais pas que tu sois déçu, mon Rico. J'ai l'impression que tu te montes un peu le bourrichon.

Toujours sans comprendre où il veut en venir, Richard voit Andrew se lever, ramasser son sac et partir, en lui lançant :

— Mais je crois en toi, mon pote !

Il remballe sa revue et attend que la sonnerie retentisse. Andrew se trompe complètement : il n'a jamais été désespéré, il ne sait même pas ce qu'est le désespoir. Et même, un espoir énorme lui colle aux semelles. Il se sent tranquille depuis toujours, et il a l'impression que les choses autour de lui sont tranquilles elles aussi. Aujourd'hui, cette énergie joyeuse se manifeste plus intensément dans le sport, et elle l'inonde par ricochets quand il pense à Beckie. Il vit, heureux, dans le secret de son apprentissage, sans se poser de questions. Il ne fait que ce qu'il a envie de faire. Vraiment, il ne voit pas plus loin que ça.

*

Beckie et Richard traversent la nuit sous d'épais flocons de neige. Les rares passants qu'ils croisent marchent le nez en l'air, et derrière les fenêtres, des gamins contemplent le spectacle les yeux écarquillés. Les bottines de Beckie glissent parfois sur le trottoir envahi de gadoue brune, mais elle marche trop loin devant lui pour qu'il puisse la rattraper. De temps en temps une bourrasque se jette sur eux, et les flocons deviennent cinglants. Elle se retourne alors et rit avec une drôle d'expression. Richard est encore sous le coup du numéro qu'Andrew vient de faire à ses parents pour lui permettre de passer la nuit avec elle. Le Philosophe étant absent durant trois jours, Beckie lui a demandé à brûle-pourpoint s'il ne voulait pas dormir chez elle. Andrew, qui les accompagnait, lui a envoyé un grand coup de coude dans les côtes, et Richard a lâché un oui complètement inconséquent.

— Ça aurait été con de dire non, lui avait glissé son ami à l'oreille.

Avec combien de filles Andrew avait-il couché ? Il avait manifestement deviné que lui n'en avait connu aucune.

— Elle a pas froid aux yeux, ta fleuriste ! Je m'étais trompé sur son compte !

Dès que Beckie était rentrée chez elle, Richard s'était senti tracassé : il allait beaucoup la décevoir en revenant sur sa décision. Peut-être même le quitterait-elle. De toute façon, découcher n'était pas possible.

— Invite-moi chez toi, avait lancé Andrew alors qu'ils arrivaient dans sa rue.

— Quoi ? Quand ?

— Maintenant. Et laisse-moi faire.

Sa mère était tombée immédiatement sous le charme du jeune homme, et son père ne s'était pas montré indifférent non plus. Andrew avait couru chez Shield's pour acheter une bouteille qu'il leur avait offerte le plus naturellement du monde.

— Je suis content de rencontrer les parents de mon ami Richard.

Puis il s'était lancé dans un discours aussi savoureux qu'improvisé. Pas de doute, Andrew avait sa place au club de théâtre. C'en était même troublant. Une heure plus tard, il avait monté tout un scénario sur l'absence de ses parents partis voir une cousine souffrante, et sur la nécessité pour lui de ne pas rester seul ce soir-là.

— Fêtez Noël ensemble en avance ! avait proposé sa mère après un coup d'œil à son mari, lénifié par le vin.

Andrew était parti en faisant mine de lui donner rendez-vous deux heures plus tard.

— Et pense à prendre tes précautions !

On avait entendu les mouches voler, et les muscles de Richard s'étaient raidis d'un coup.

— Ben oui, mon chien est un peu agressif parfois. Alors tu passes pas par-dessus le portail, tu sonnes !

Et Andrew avait disparu. Rien ne tenait debout, de la sonnette inexistante à la cousine, il avait tout brodé en un rien de temps, mais le résultat était là : il allait passer la nuit chez Beckie. Et le feu de l'angoisse et du désir lui avait dévoré les entrailles, déjà rongées par la culpabilité. En glissant ses affaires dans son sac, brosse à dents gant de toilette peigne, il avait éprouvé une forte émotion, et une peur plus grande encore. Au moment de choisir un slip propre, la gêne avait été à son comble et il avait été à deux doigts d'annuler, prétextant une indigestion. Mais le souvenir de la peau de Beckie et de son regard troublé par les caresses avait remporté la mise. Sous la douche, il avait fait attention à des détails de son corps jamais regardés auparavant. Ce grain de beauté sur la cuisse, ces foutus boutons dans le dos. Il avait emprunté l'after-shave de son père, avant de se savonner fébrilement pour effacer cette odeur familière. Une fois séché, épuisé et le menton rougi, il était allé se jeter sur son lit.

Richard ne pense plus à rien, hypnotisé par les bottines de Beckie qui fourragent la neige devant lui. Lorsqu'ils arrivent chez elle, son cœur accélère. Il s'imagine alors faire quelques foulées souples sur Jack's Path, et son pouls ralentit. Beckie fouille dans sa poche et en sort un trousseau de clefs. Une lumière brille à l'intérieur.

— Ne t'inquiète pas, c'est moi qui ai allumé avant de partir.

Il a la gorge nouée et ne répond rien. La vision des gants rouges de la jeune femme qui s'agitent devant la serrure le retourne. Il ne sait plus quel âge il a. Pendant une fraction de seconde, il se sent capable de la renverser sur le canapé, en proie à une résolution impérieuse. Mais son cœur bat de nouveau la chamade, et aucune foulée imaginaire ne parvient plus à le calmer. C'est de la neige carbonique qui tombe du ciel, ça le brûle, il ne va tout de même pas lui demander la permission de s'absenter un instant pour aller courir. Non. Si.

— Tu n'es pas assez habillé pour la saison, dit Beckie en le précédant dans un vestibule où un miroir lui renvoie son visage cramoisi.

Il plisse les yeux et se sent immédiatement happé par cette maison étrangère, au décor simple et aux teintes douces. Le soulagement le gagne. Il se déchausse et pose soigneusement ses baskets sur une serpillière, à côté de son sac. Voir les bottines vides de Beckie est presque gênant, plus que de regarder ses pieds dans ses bas de laine. Elle l'invite à entrer dans la cuisine, et cinq minutes plus tard, quand elle pose un bol de soupe bouillante devant lui, il n'a toujours pas prononcé un mot.

— Assieds-toi, Richard. Je dois cuisiner et ça va être un peu long.

— Tu n'es pas obligée de...

— Ah si, j'y tiens, le coupe-t-elle en levant l'index.

Et il la regarde sortir un énorme rôti ficelé du frigo.

— Je vais te faire la spécialité de ma mère.

Richard ne bouge plus. Il ne sait pas ce qui l'étonne le plus : qu'elle évoque sa mère pour la première fois — il n'a jamais vu aucune femme avec le Philosophe — ou qu'elle ait prévu de confectionner un dîner élaboré. En tout cas, il ne s'était pas trompé : refuser son invitation aurait été un affront.

Elle le regarde en piquant la viande pour y glisser des morceaux d'ail, avant d'enfiler un tablier trop large pour elle. Il ne sait plus du tout ce qu'il fait là.

— Où sont les toilettes ?

Dans les w.-c., incapable de se soulager, il se contorsionne, pense à un jet d'eau, tente de se détendre, mais il reste bloqué. L'image de Beckie qui cuisine à deux mètres de lui se superpose à tout. Il est fou de cette fille en train d'éplucher de l'ail, en bas noirs sous son tablier vert.

Deux heures plus tard, le rôti n'est toujours pas cuit et la discussion bat son plein. Comme toujours, Beckie a su le détendre en l'invitant à raconter son été, puis son dernier entraînement, avant de parler d'elle, de ses cours, et de sa mère partie avec un Yankee quand elle avait trois ans.

— Je n'ai aucun souvenir d'elle, tout me vient de mon père, même cette recette ! Je l'aime pour deux, et il m'aime pour deux.

Alors qu'elle s'absente pour aller chercher une bouteille, Richard fait le tour du rez-de-chaussée. Dans le salon, il reconnaît le sac de monsieur Smith posé sur un bureau, à côté d'un tas de revues de sport. Celle qu'il a découpée se trouve sans doute parmi elles. Comme tout ça lui semble loin ! Il a honte de trahir ce professeur qui lui a fait confiance. Peut-être l'égorgerait-il s'il savait qu'il s'apprête à...

Beckie revient avec du vin rouge, l'air enjoué. Elle a dû préparer cette soirée des tas de fois dans sa tête pour s'affairer avec autant d'efficacité. Ils ne se touchent pas, évitent de se regarder trop longtemps. Après avoir mis la table, il ne sait pas trop quoi faire de lui-même. Il est 22 heures. L'odeur de viande le met au supplice, il a l'estomac en vrille.

— Tu peux déboucher le vin ?

Tandis qu'il lui sourit, elle s'interrompt pour la première fois pour le regarder, avec une tendresse étonnante. Puis elle ouvre une porte du vaisselier qui grince à fendre l'âme, ce qui les fait éclater de rire. La faim, la tension, l'excitation les rendent imbéciles.

— Tu es allé courir avant les cours, aujourd'hui ?

— Oui. Est-ce que ton père...

— Raconte ce que tu as vu sur le trajet, j'aime bien.

Il parle de l'écureuil sur la véranda des Thompson, et cherche d'autres détails à partager avec elle. Il ne peut pas dire ce qu'il vit sur Jack's Path — et il ne le souhaite pas.

Quand enfin ils passent à table, le vin et la faim leur tournent la tête, et chacun tente de dissimuler ses étourdissements. La gaieté de Beckie le trouble violemment. Une fois les dernières bouchées avalées, elle l'invite à le suivre au salon où elle met un disque. Il s'exécute, les nerfs prêts à lâcher. Au-dehors la neige a cessé de tomber, et les rues sont totalement noires.

— Peut-être devrais-tu fermer les volets ? s'entend-il dire, avant de regretter cette suggestion maladroite.

Devant son air gêné, elle tire le double-rideau d'un geste brusque. Du tourne-disque s'élève un concerto pour piano très enlevé, qui le rend aussi fébrile que si c'était du jazz. Ils continuent à boire en discutant, Beckie les jambes ramassées sous elle, dans un fauteuil en face de lui. Ils se taisent, parlent de nouveau, miment la décontraction avant de replonger dans des silences électriques. En avalant une nouvelle gorgée de vin, Richard sent comme une décharge dans sa tête. Il n'a pas l'habitude de boire. Sa voix parle toute seule, il félicite de nouveau Beckie pour son rôti, elle a l'œil qui brille, il ajoute : « C'était salé comme il faut. » Et c'est comme un coup de feu dans la nuit : ils se retrouvent allongés sur le tapis à s'embrasser furieusement. Elle serre ses cuisses autour des siennes, puis se dégage de son long baiser, avec la même expression que quand elle cuisinait patiemment. Elle se relève et il la suit, étrangement débarrassé de toutes ses craintes, jusqu'à l'escalier étroit qui mène à l'étage. Un chat détale entre leurs jambes, qui leur fait pousser le même cri strident. Beckie ouvre une porte.

— C'est ma chambre.

Elle n'allume pas. Il voit comme à travers un brouillard. Le lit semble occuper toute la pièce, à l'exception d'un minuscule bureau orné d'un bouquet de fleurs séchées, au-dessus duquel est épinglé le portrait d'un homme au visage racé. Richard ne demande pas qui il est. Ils s'embrassent tout habillés sur le lit, ils recommencent ce qu'ils ont fait en bas. Il retrouve le goût de sa salive, sa façon intimidante de lui lécher la joue. Ses gestes décidés. Elle touche son ventre dur, il la serre plus fort, l'embrasse encore, ose prendre ses cheveux à pleines mains. Abîmé dans un silence proche de celui qui précède la course, il ne maîtrise pas le souffle saccadé qui s'échappe de ses lèvres quand il glisse sa main sous la jupe de Beckie. Elle se laisse faire, et il étouffe un gémissement dans l'oreiller quand ses doigts rencontrent pour la première fois les poils soyeux et la chair tendre. Elle ôte son pull et ses dessous. Beckie est nue devant lui. Il découvre son corps. Elle aurait pu avoir n'importe quel corps, c'est toujours le visage de Beckie qui le regarde, les yeux embués le feu aux joues, ces seins ronds ce petit ventre ces cuisses cet entrejambe et ces pieds, c'est Beckie et plus que Beckie. Il est déshabillé en un clin d'œil et se couche délicatement sur elle. Ses caresses sur son torse le surprennent, elle hésite, lui aussi, puis elle dirige sa main vers son sexe pour le guider.

— Tu es sûre ? bredouille-t-il.

— Oui. *Le bon moment, c'est maintenant*, dit-elle en citant une phrase culte de son père.

Quand elle retient un cri étrange, il se demande si le chat est entré dans la chambre. Mais bien vite, il perd le contrôle.

À l'aube ils recommencent, lentement, en osant se regarder dans les yeux. Richard embrasse le corps de ce visage aimé, mouillé de sueur. Ils se sourient et poursuivent leur exploration, jusqu'à ce qu'un bruit de porte les interrompe. Ils se fourrent sous les draps, tétanisés. Après une longue minute d'angoisse, Beckie le rassure : c'est un volet qui bat dans le vent. Dans ce mélange d'odeurs nouvelles, elle l'embrasse avec une délicatesse infinie, comme si elle honorait un trésor précieux. Richard refoule son émotion. Personne au monde ne lui a jamais témoigné une telle confiance. Il est à la fois éveillé et plongé dans un profond coma.

*

Le train entrera en gare dans trente minutes, et calé au fond de la voiture 13, Richard regarde le soleil rosir au-dessus de la Willamette. Le paysage défile à l'envers, comme s'il était précipité dans le présent depuis un futur inconnu. À Eugene, le meeting s'est bien passé et le séjour a été agréable. Un type de l'âge de son père est même venu le féliciter.

— C'est bien d'innover. Vous êtes un marginal, il en faut.

— Je ne suis pas du tout un marginal, monsieur.

— Allons, en sautant comme ça, vous faites votre petit effet, c'est de votre âge.

— Non, je saute comme ça parce que je n'arrive pas à passer la barre autrement ! Ce n'est pas très glorieux. J'ai plafonné à 1,62 mètre durant...

Le type l'avait interrompu avec un rire forcé.

— Les lycées ont besoin de mascottes, comme les universités. Votre originalité est la meilleure des publicités. Bonne continuation, en tout cas.

Mascotte, tu parles. Johnson devait le défendre systématiquement pour prouver que son saut était légal, et il n'était pas franchement du genre patient. Le soir, les élèves s'étaient retrouvés dans le parc de l'hôtel pour descendre des bouteilles amenées sous le manteau.

— On liquide tout avant le départ, les gars !

Richard admirait ces types qui savaient vivre, s'amuser, capables de se déshabiller pour sauter dans l'eau croupie de la fontaine. Certains avaient vomi, d'autres avaient amoché les moulures du patio. À minuit, en regagnant l'hôtel, il avait trouvé Andrew au bar, en pleine conversation avec un réceptionniste aimable et terne.

— Eh Rico, viens que je te présente Giorgio, qui est photographe à ses heures.

Andrew avait le teint cireux et les lèvres un peu violettes.

— Photographe dans quoi, au fait ? La mode, les voitures... ? Les stars ? avait-il bredouillé.

L'autre avait répondu en continuant d'essuyer ses verres :

— Dans le porno.

— Quoi ?

— Je fais des photos pour les sex-shops.

— Merde ! T'entends ça, Rico ? T'exposes où ? Qu'on visite cette galerie !

Le type souriait, manifestement heureux de parler de son hobby.

— T'écris pas des poèmes de cul ? avait enchaîné Andrew. Parce que mon meilleur ami, Rico, il est amoureux, et il a visiblement besoin d'aide pour écrire ses lettres.

Il avait enlacé Richard, qui s'était dégagé brusquement pour monter se coucher. En attendant l'ascenseur, il était resté immobile, stupéfait que son ami ait fouillé dans ses affaires pour lire le courrier qu'il envoyait à Beckie. Derrière lui, Andrew poursuivait sa discussion avinée.

— Attends, tu sais pas qui c'est, mon ami Richard. C'est un type qui s'agenouille à l'aurore pour voir monter le soleil... Et ça, tous les jours avant de venir au gymnase !

Les portes de l'ascenseur s'étaient refermées et Richard avait éprouvé une violente lassitude. Il voulait se doucher et dormir.

À trois heures du matin, Andrew était rentré dans la chambre qu'ils partageaient, une bière et un sachet de biscuits à la main.

— Je les ai volés pour toi, mon pote. Le mec en bas, Fabrizio ou je sais pas quoi, il m'a trouvé génial.

Il s'était raccroché au rideau en perdant l'équilibre, avant de s'absorber dans la contemplation du stade fondu dans l'obscurité.

— C'est moche ici, tu parles d'un palace. Ça sent la mort.

Richard avait fait semblant de dormir. Il s'était concentré sur la régularité artificielle de sa respiration pour contrer la sensation de claustrophobie qui s'était emparée de lui. Dans la chambre régnait une odeur âcre de sueur et d'alcool mal digéré.

*

Il a des ailes en débouchant sur Third Street pour aller prendre le tramway. Avec l'accord du coach, il est sorti plus tard que les autres pour tester différentes flexions des genoux lors de la course d'appel.

— Moins je passe de temps au-dessus de la barre, moins j'ai de chance de la toucher.

Johnson a observé tout le déroulement du saut, depuis le départ jusqu'à la réception sur le tapis, afin d'analyser cette technique inédite.

— Ton impulsion prolonge la course d'appel... Elle en fait partie, ce n'est pas un segment distinct, alors que je l'ai toujours conçue et enseignée comme ça...

Richard n'a pas voulu réfléchir et s'est contenté de se remettre en position. Il sait que l'enseignement se fait sur le terrain, que le film se déroule après-coup, et que jamais les mots ne lui permettent d'y voir clair.

— Comment tu fais pour avoir cette vitesse de décollage ?

— J'essaie juste d'être le plus à l'aise possible pour franchir la barre, Coach, a répondu Richard.

Johnson l'a regardé avec intensité.

Alors qu'il attend le tram, il l'aperçoit qui vient à sa rencontre. C'est la première fois qu'il le voit en dehors du gymnase.

— T'as effacé 1,80 mètre aujourd'hui. Trois centimètres de plus en quatre mois. En vingt ans de carrière, j'ai jamais vu une telle progression.

Richard sourit comme à son habitude, incapable de trouver quoi dire.

— Je voudrais refaire un essai avec ma caméra. On visionnera ton saut ensemble. Il faut que je comprenne comment tu fais.

— D'accord, Coach.

— Ce dimanche ?

— D'accord.

— Ça t'apprendra peut-être des choses à toi aussi.

— J'espère.

Richard se sent un aplomb inhabituel. Ses rapports avec l'entraîneur ont changé ; il est désormais respecté.

— Tiens, prends ça.

Johnson lui tend une clef.

— C'est pas réglementaire, mais il y a des créneaux durant lesquels tu pourras t'entraîner au gymnase sans que je sois là. Je te les préciserai dimanche.

Le coach fait demi-tour et s'éloigne, le laissant éberlué avec la clef dans la main.

Deux heures plus tard, assis sur le perron de sa maison, Richard rêvasse en contemplant le pin de Virginie des voisins, immense dans le clair de lune. Les soirées sont encore fraîches et l'humidité monte de la terre. Il réfléchit au projet de Johnson de le filmer le week-end suivant, et pour une fois la perspective ne le stresse pas. Lui qui veille jalousement sur sa concentration se sent anormalement tranquille, et il se demande si c'est bon signe. Sa seule préoccupation est d'acquérir une poussée plus active de sa deuxième jambe au moment du saut. Pourtant, il ne sait pas s'il visionnera le film avec l'entraîneur. Cette prise de distance, ce décalage d'avec lui-même pourrait casser quelque chose. Il visualise ses sauts, mais il ne se les *représente* jamais, il ne se voit pas de l'extérieur, il *est* le saut. Non, il ne regardera pas ce film. Ça l'inquiète trop. Il doit continuer à voir le saut autrement qu'avec ses yeux.

Le samedi, il retrouve Beckie au jardin japonais. En partant, il a cru sentir la désapprobation de sa mère, alors qu'elle a toujours encouragé leur relation. Mais il est trop occupé à contempler sa petite amie pour sonder la psychologie parentale. Leur gêne est ponctuée de rires qui ressemblent à des cris de joie, et ils échangent des regards complices en déambulant au milieu des cerisiers. Richard se sent si heureux d'être avec elle qu'il se mord les joues pour refréner le fou rire qui crispe ses abdominaux. L'apparition d'un basset errant, indécis dans le brouillard, le détend. Beckie semble se calmer elle aussi. Dans son imperméable rouge, elle paraît plus menue.

— On dirait qu'il va encore pleuvoir, dit-elle en tendant la paume vers le ciel.

Une goutte s'y écrase et une humeur plus grave s'empare d'eux.

Quand elle s'arrête pour contempler les magnolias, il se sent embarrassé. Ça déraille en lui, comme si ses émotions n'étaient plus reliées aux événements de façon logique.

— Ça donne quoi, l'entraînement ? lui demande-t-elle doucement.

Il sourit, tout enfermé dans son silence, pour s'excuser de n'être pas doué pour le bavardage.

— Ça se passe bien ? insiste-t-elle. Tu t'entraînes sept jours sur sept ?

— À ma façon, répond-il en pensant à Jack's Path et à ses visualisations nocturnes.

Les yeux de Beckie glissent sur sa bouche puis s'attardent sur ses mains.

— J'ai hâte d'aller à l'Université, poursuit-elle en détournant le regard. Hâte de découvrir une autre ville, d'avoir mes week-ends, de profiter au maximum de la vie avant d'avoir à me forcer.

— À te forcer ?

— Ça ne te coûte pas, des fois, de t'entraîner ? Tu ne préférerais pas rester chez toi, à discuter avec ta mère ou à flemmarder ?

Richard essaie de se représenter la façon dont Beckie passe d'un temps à un autre : temps de l'école, temps de la maison, temps du jardin japonais avec lui, temps de l'amour, temps de la solitude. Pour lui, rien ne s'arrête jamais, tout circule dans le même espace sans frontières ; sa course ne s'interrompt pas, ni l'étreinte avec Beckie, ni la métamorphose de Jack's Path. En se promenant avec elle il est aussi en train de courir, et sans doute est-il également assis en tailleur devant son miroir.

— Tu as gardé mes lettres ? demande-t-elle en mettant sa capuche.

— Bien sûr.

L'image d'Andrew aviné durant le dernier meeting lui traverse l'esprit. Beckie lui dit quelque chose qu'il comprend mal et il l'enlace, simplement ému par la douceur de sa voix. La mousse enveloppe les rochers, et les parapluies qui s'ouvrent sous les premières gouttes ressemblent à des ombrelles. Tout est étrange dans cet endroit, sans qu'il réussisse à débusquer le point de distorsion caché dans le paysage. Le basset apparaît de nouveau devant eux et s'immobilise au milieu du chemin pour les regarder, avec un tel étonnement que des promeneurs rient de la scène. Être surpris enlacés les émeut. Ces derniers temps, les moments forts se succèdent dans sa vie : la remise de la clef par le coach, l'officialisation inattendue de son histoire avec Beckie... Des comètes passent devant ses yeux en plein jour.

*

Johnson est un peu survolté, il s'accroupit à divers endroits pour choisir la meilleure prise de vue. Au milieu de ses gesticulations, Richard a l'impression d'être Bouddha. Le coach passe de la caméra au sautoir, déblatère des considérations théoriques mêlées à des réflexions qui frisent l'ésotérisme.

— L'énergie mécanique d'un corps provient de son mouvement à une vitesse donnée...

Richard remonte ses chaussettes et sautille sur place. L'échauffement lui a fait du bien. L'entraîneur continue à s'exclamer, comme s'il redécouvrait les cours qu'il répète à longueur d'année, et qu'il était sur le point de saisir quelque chose d'important.

— ... et de sa position dans le champ gravitationnel de la Terre !

Richard se tourne vers lui pour savoir si cette phrase obscure est une façon de lui demander d'effectuer un exercice particulier. Non, Johnson est à genoux en train de régler sa caméra.

— Parfois des forces nous échappent... Je veux dire, des énergies... On a déjà vu des miracles dans le sport.

Manquerait plus que le Philosophe apparaisse, et la discussion serait folklorique. Il chasse Beckie de ses pensées et revient immédiatement à son saut. Les choses se sont modifiées : désormais, dans sa visualisation, il voit le saut d'abord, puis la course d'appel. Jusqu'ici, il ne le voyait jamais en premier.

Le grand gymnase résonne au moindre bruit, comme s'ils étaient dans une cathédrale. Richard fixe le sautoir. Bientôt il n'entend plus le coach et se fiche de savoir s'il a allumé sa caméra ou non. Il se met en place et commence à se balancer. Les énergies verticales et horizontales se répartissent dans son esprit et dans l'espace. Les tendons de ses genoux commencent à chauffer ; il sait d'instinct qu'il va réussir à développer un mouvement puissant sur une période très courte. Il s'élance, déroule sa course, arrache au sol la force que la terre veut absorber, avant de la projeter verticalement, en lançant sa jambe pour se coucher au-dessus de la barre.

Son saut était beau. Son corps continue à passer la barre en dorsal comme s'il avait toujours pratiqué de cette façon. Aux essais suivants, Richard amplifie ses mouvements, accentue l'inclinaison de son corps et ajuste ses placements de fin de course. Une fois les genoux passés au-dessus de la barre, il jette les bras en arrière afin d'assurer le passage de ses fesses. Durant des heures, il s'entraîne pour poser les jalons des prochaines séances, pour faire prendre à son corps de nouvelles habitudes et observer comment il réagit. Lorsqu'il s'arrête, il est surpris d'apercevoir Johnson qu'il avait oublié.

— C'est dans la boîte. C'était top, Richard, lui dit-il en lui donnant une poignée de main.

Derrière les vitres, le soleil éclate d'un coup : c'est le printemps, la saison des pluies est terminée.

— Je te ramène en voiture ?

— Merci, je vais rentrer à pied.

Les horizons de Jack's Path passent devant ses yeux. Marcher détendra ses muscles, et il a envie de rester silencieux.

— Il faut trouver une date pour visionner le film, Richard.

— Oh, vous pouvez le faire sans moi. Je préfère continuer

à m'entraîner sans trop décortiquer les choses, pour l'instant.

— Ça pourrait être intéressant que tu le voies avant le prochain meeting, répond Johnson en reprenant sa voix sévère d'antan. Tu pourrais nous faire gagner beaucoup de points.

— J'y penserai, Coach. Bon dimanche à vous.

*

Comme toujours quand le Philosophe s'absente, il retrouve Beckie chez elle pour faire l'amour. Ils s'embrassent, se roulent l'un sur l'autre, essaient de nouvelles caresses. Dans leurs étreintes, tout est à la fois familier et neuf, tendre et dangereux. Des contractions océaniques durcissent son ventre, suivies de relâchements, ça tambourine puis ça se tait tandis qu'il lui lèche le cou, qu'elle le repousse puis le reprend entre ses cuisses. La sensation qui le submerge est si forte qu'il voudrait se cacher, mais Beckie enfonce ses yeux dans les siens. Voir son visage de près l'excite encore plus. Il lit dans son regard de femme un consentement tétanisant — alors il s'excuse, s'interrompt et s'assoit un moment au bord du lit. Penser à autre chose ne pas la regarder — mais il a beau convoquer des images neutres, tenter de s'administrer une douche froide imaginaire, cette joie énorme d'exaucement le dépasse. Devant lui le ciel est dégagé, et la main de Beckie caresse son dos avec une telle tendresse qu'enfin la tension peut redescendre. Une autre fièvre la remplace, moins virulente, et il se love de nouveau contre ce corps féminin pour y imprimer des gestes lents, auxquels Beckie répond sur le même tempo, tandis que face à face, ils s'accordent une impressionnante permission de vie.

Quand il crie pour la première fois, surpris d'entendre sa

propre voix, il a l'impression de recevoir un jet d'oxygène brûlant dans la trachée, qui vient déplier ses poumons d'un coup sec. Il prend trop de vie d'un coup et, sonné, il sent que sa conscience l'éloigne des grands yeux clairs qui l'observent. Puis il revient, il voit la jeune fille qui s'abandonne tranquillement à sa léthargie. Les plis de sa peau sont moites, elle semble dormir, les traits quasiment effacés. Il se tourne de nouveau vers la fenêtre. Au-dehors il fait grand jour, le monde est de nouveau en ordre.

*

Le soleil réchauffe ses pieds nus, alors qu'il profite pour la première fois du jardin. Avril est encore frais, mais le retour de la lumière galvanise tout le monde et repeuple les rues. June est venue le saluer à la barrière, avec une politesse distante, tout absorbée par sa vie de fille de seize ans. Son petit frère a tellement grandi qu'il est à peine reconnaissable. Richard se sent profondément bien. Son plaisir n'est lié à aucune circonstance particulière ; peut-être le doit-il à la vigueur communicative du printemps. La veille encore, le docteur croisé chez Shield's lui a demandé quelle heureuse nouvelle il avait reçue pour avoir aussi bonne mine. Mais il n'a besoin d'aucun prétexte pour se sentir heureux, il vit dans un ravissement simple. La pratique intensive du saut n'a fait que fortifier sa nature et affermir sa conscience. L'apaisement, en lui, n'est pas synonyme d'absence de sensations ou d'émotions, mais de paix jouissive. Il se sent tranquillement obsédé par Beckie et par le saut. Le sport a clarifié sa vie : les priorités s'établissent d'elles-mêmes, opérer des choix ne demande plus aucune réflexion.

Le soleil se dégage d'un nuage de traîne, et ses rayons se

diffractent sur le rebord du toit avant de frapper un étourneau. Depuis quelques jours son pied gauche le fait souffrir, et Johnson lui a conseillé de le faire rouler sur une bouteille d'eau glacée le plus souvent possible. Il pense aux pieds de Beckie, qu'il osait à peine regarder l'an passé, et qu'il peut désormais caresser à loisir pendant l'amour, ou même retenir dans un élan de possessivité. Il pense à ses jambes. À ce que personne d'autre que lui ne connaît. Elle lui a offert ses émotions les plus violentes ; le sport, ses émotions les plus sûres. En faisant l'amour avec Beckie malgré les risques qui lui collent des sueurs froides, en insistant pour sauter de la seule façon possible pour lui, il a obéi à un murmure. Ce murmure, il ne sait pas ce qu'il est ni d'où il vient, mais l'écouter est devenu un principe incontournable.

Une silhouette rouge passe derrière la fenêtre, tandis que le vent jette par terre la bâche qui recouvrait le tas de bois. Il irait bien prolonger ce moment sur Jack's Path, mais sa mère l'appelle. L'idée de la soirée qu'il s'apprête à passer en famille, une soirée ordinaire et douce, avec la promesse de voir Beckie le lendemain, le ravit. Saisi par une bouffée de gratitude, il s'allonge pour renifler l'herbe fraîche. Sa mère l'appelle une seconde fois, et en se relevant il aperçoit la lune qui brille en plein jour.

— Écoute Richard, tu ne fais plus rien à part t'entraîner. Ce n'est pas après Beckie que j'en ai, mais tu ne nous accompagnes plus aux soirées du quartier, tu n'es même pas venu à l'inauguration de la nouvelle salle de concert du Music Center... Le dimanche, tu es souvent au gymnase...

Sa mère a l'air anormalement irrité. Que répondre ? Son père disparaît un instant et elle fond sur lui :

— Papa est très fâché par la médiocrité de tes bulletins scolaires. Il ne donne pas cher de ton avenir si tu continues comme ça.

Elle jette un œil en direction de la chambre où son mari est entré.

— Et il me mène la vie dure, il me dit que je dois être plus sévère et réorganiser ton emploi du temps.

Richard sent le sourire disparaître de ses lèvres.

Puis une force monter en lui.

Il sent une menace planer qui décuple cette force.

— J'obtiendrai une bourse à la faculté d'Eugene grâce à mes résultats en saut en hauteur. C'est l'entraîneur qui me l'a dit.

— Mais le sport n'est pas tout. Tu as une vie. Il y a aussi tes études, et les sorties.

— Quelles sorties ? C'est obligatoire, de sortir ? Je n'ai aucune envie d'être détourné de ce que je fais.

— Parfaitement, le docteur te le dirait. Il faut s'aérer la tête, s'intéresser à autre chose.

— J'ai pas l'intention de m'intéresser à autre chose. Je vais très b...

— Mais tes études ! crie-t-elle. Bourse ou pas, tu dois te concentrer sur tes études ! As-tu fait tes devoirs ?

Il a oublié. Jamais il n'a vu sa mère se mettre dans un état pareil. Ébranlé, il ne sait plus quoi penser. Son père revient en lui adressant un regard plein de reproches, et Richard le méprise de laisser sa mère faire le sale boulot. Il ferait bien demi-tour pour grimper les escaliers et regagner sa chambre mais il ne peut pas, stupéfait de leur réaction.

Après le dîner, il salue ses parents et monte chez lui. Il regarde tous ces objets qui n'ont pas bougé depuis des années, tout ce décor familier. Ce vieux cheval en plomb qu'il aimait tant, ce calendrier réalisé avec des feuilles séchées, complètement déteint. Il les voit pour la première fois avec une espèce de gêne. Tout lui semble décalé. Demain, il fera place nette. Sa mère a jeté du linge sur son lit, et dans ce décor immobile, ses vêtements de sport jurent comme une récrimination. Il ouvre son cahier de maths et très vite, il doit se rendre à l'évidence : tous ces signes, sur la page, c'est de l'hébreu.

Le lendemain à l'aube, il fait ses premiers étirements en slip et en marcel, saute sur place en faisant trembler le plancher, puis s'allonge sur le sol pour réaliser des moulinets avec son pied gauche, afin d'assouplir sa cheville. Pas de douleur à froid. Depuis des jours il craint d'être mis au repos, mais son souci a l'air de s'arranger. Il entend sa mère courir dans l'escalier, se raviser, pour finalement revenir. Elle entre sans frapper et lui dit, sur le même ton que la veille, qu'elle en a assez qu'il vive comme un moine, enfermé dans sa chambre. Il se relève, il la dépasse de trois têtes. Un moine ? Il frappe sa poitrine en poussant le cri de Tarzan et prend la pose pour faire ressortir ses muscles. Sa mère grimace et tandis qu'elle fait volte-face, Richard la retient par le bras.

— Je vais me remettre sérieusement à étudier, Maman, dit-il en l'enlaçant.

Elle se dégage en souriant, un soupçon de complicité dans l'œil.

— Et tu viendras avec moi à la prochaine soirée du Music Center ? Tu n'as qu'à proposer à Andrew de venir avec nous. Ça fait longtemps qu'on ne l'a pas vu !

— OK.

Elle cavale dans l'escalier, ragaillardie.

*

Dans la cour, Andrew est assis sur un banc, en train de contempler un groupe de filles.

— Ça va ? lui demande Richard en s'asseyant.

— Mouais, à part que ce temps me tape sur le système.

Le ciel est couvert de nuages lumineux.

— Il pleut pas, c'est chouette ! répond Richard.

— L'irréductible optimiste a parlé, raille son ami en le poussant du coude.

— Je suis pas optimiste, je dis ce qui est.

— Moi aussi : ça me tape sur le système.

Depuis quelques semaines, ils ne partagent plus grand-chose. Finies les virées à la salle de billard, exit le cours de théâtre. Andrew désigne une des filles :

— Qu'est-ce que tu penses de Stella Morris ?

— Pas grand-chose. Il y a Beckie maintenant.

— Ça sent le sapin, dit-il en faisant une grimace exagérée.

— Pourquoi tu lui donnes pas rancard, toi, à Stella ?

— Nan, c'est pour toi, pas pour moi.

— Comment ça ?

— Je chope le week-end, moi. Je m'intéresse aux femmes, pas aux fillettes... Même si ta copine a remonté dans mon estime, depuis que je sais qu'elle a pas froid aux yeux.

— Pour un type qui s'intéresse pas aux fillettes, Miss Morris a l'air de retenir toute ton attention...

— Elle veut aller en fac d'arts appliqués. Très peu pour moi ! Pourquoi pas une chanteuse lyrique, tant qu'on y est ? Tiens, quand on parle du loup...

Beckie toise fièrement Andrew avant de lui coller deux bises sur les joues. Elle dévisage Richard avec une telle douceur que tout lui semble artificiel en dehors d'elle. C'est une émotion de regarder son corsage, de deviner ses seins, son ventre, d'imaginer ses jambes, de savoir qu'il connaît intimement le corps de cette fille.

Un coup dans les abdos le réveille brutalement. Andrew s'esclaffe.

— Eh Rico ! Montre un peu ce que t'as dans le bide !

Et il saute du banc en imitant une parade de boxeur. Les filles se poussent du coude en riant, les yeux pleins d'excitation. Richard essaie de se défendre tout en parlant à Beckie, qui l'embrasse avant de s'éloigner :

— Je t'attendrai ce soir après les cours.

Andrew se calme et accepte son invitation à la soirée du Music Center.

— Super ! s'exclame Richard, sincèrement content.

— Il y aura sûrement des femmes avec un grand F ! fanfaronne Andrew.

Mais Richard a la tête ailleurs. Ce soir il verra Beckie, et comme il a rempli le contrat auprès de sa mère, elle le laissera sûrement s'entraîner le week-end suivant.

*

La salle du Music Center est déjà bondée, et les invités discutent poliment en louchant sur le buffet. Au grand dam de Richard, il n'y a personne de son âge. Quelle idée sa mère a eue de l'amener là ? Tu parles d'une punition ! Il n'a même pas faim, il a englouti un sandwich et deux pommes avant de venir.

— J'ai un peu peur qu'on s'ennuie, Andrew et moi, chuchote-t-il à sa mère.

— Excuse-moi Richard, je n'avais pas envie de venir toute seule. Ton père rentre tard et...

— À lui la soirée peinard à la maison...

— Oui eh bien ne deviens pas comme lui ! marmonne sa mère en adressant un sourire forcé à une voisine. Sinon Beckie sera morte d'ennui avant d'avoir atteint trente ans.

Il est vingt heures, Andrew ne va pas tarder. On distribue les premiers verres, et quand Richard lâche un soupir bruyant, sa mère lui fait les gros yeux. Son pantalon de ville le gratte, et sa chemise entrave ses mouvements. Vingt heures quinze. Les petits fours sont délicieux, mais s'il ne dépassait pas tout le monde d'une tête, il s'éclipserait discrètement. En attendant, il se pose sur une banquette et feint de s'absorber dans la contemplation d'une aquarelle. Un type en costume s'assoit près de lui.

— C'est vous l'athlète ?

Pendant deux secondes, Richard ne connaît pas la réponse à cette question. Il lit sur le visage du type l'étonnement habituel de ses interlocuteurs.

— Je pratique le saut en hauteur.

— Tu es Richard, le fils d'Ann !

— Vous la connaissez ?

— Je suis son patron.

Il se sent rougir sans raison. Sa mère lui envoie un petit signe au loin, et il se dit qu'après une telle soirée, elle ne l'embêtera plus pendant des semaines. Vingt heures trente. Le type lui parle de chiens et de musique. À vingt et une heures, Richard s'excuse et rejoint sa mère.

— Je vais chercher Andrew. En courant j'en ai pour une petite demi-heure aller-retour.

— Non, rentre mon chéri. Je ne pensais pas que ce serait aussi barbant, murmure sa mère.

— Je vais passer chez lui quand même, pour voir si tout va bien.

— Sois prudent et ne traîne pas.

Et il s'extirpe enfin du guet-apens, tout heureux d'avoir trouvé de la douceur dans la voix de sa mère.

Chez Andrew, le portail n'est pas fermé. Richard siffle pour prévenir de sa présence : dans l'obscurité, impossible de savoir si le gros chien est là. À l'intérieur, une lumière s'éteint puis se rallume. Il siffle une nouvelle fois, mais pas de chien à l'horizon.

— Andrew !

Sa voix résonne dans le quartier. Le halo orangé des lampadaires opacifie la nuit. Il pénètre dans le jardin et le silence le prend à la gorge. Soudain, comme dans un cauchemar, alors qu'il traverse les herbes à grands pas, il entend la respiration saccadée d'un animal qui court derrière lui. Les yeux du dogue luisent dans la pénombre.

— Le chien !

Le molosse dévie sa trajectoire pour rejoindre son maître qui l'appelle depuis le perron. Richard se sent un peu gêné d'être entré par effraction.

— Excuse, lui dit Andrew, j'ai pas pu venir, j'étais crevé...

— T'as rien loupé, c'était mortel. Mais je voulais te voir quand même.

Andrew hésite, puis ouvre la porte.

— Entre.

Sur la patère est accroché un manteau de femme, et dans la cuisine mal éclairée un homme d'une cinquantaine d'années, en gilet de costume, le dévisage.

— Je te présente Andrew Senior, mon père.

Richard lui serre la main avec une effusion forcée. Le père est l'étrange jumeau du fils, avec dix kilos de plus et vingt centimètres de moins. Même léger strabisme, même peau bronzée, mêmes iris très bleus. Le type qui sent l'alcool l'observe de biais, avant de brailler en désignant une chaise :

— Mais assieds-toi, gamin ! T'es sans doute Rico, le plus vieux poteau de mon fils !

Richard s'exécute. Derrière Andrew Senior, dont le regard le trouble, s'étalent des dizaines de photos posées sur des étagères. Il n'en a jamais vu autant. On y voit invariablement la même jeune femme, brune aux cheveux longs.

— On allait se partager une bourriche d'huîtres. Joins-toi à nous !

Sandwich, pommes, petits fours, et la course à toute allure durant quinze minutes pour arriver jusqu'ici : Richard a la nausée.

— Avec plaisir, monsieur.

Andrew ne prononce pas un mot. Dans la semi-obscurité, Richard distingue une pièce attenante remplie de cartons, dont les murs semblent également couverts de photos. Il tente de maîtriser un vague malaise, et tout en discutant sport avec le père de son ami, il regarde les clichés de la jeune femme qui saturent les étagères. Elle pose en maillot de bain à la sortie de l'eau, puis très maquillée avec de grosses boucles d'oreilles, puis dans un champ avec un bébé dans les bras, puis embrassant le sosie d'Andrew, c'est-à-dire le père d'Andrew, c'est-à-dire... c'est-à-dire que cette jeune femme est la mère d'Andrew. Qu'elle est probablement morte, vu la collection d'anges en porcelaine, de bouquets fanés et de bougies disposés devant les photos. Il poursuit son exploration discrète. Elle joue au tennis en sous-vêtements. Trône en mariée au bras de son époux, en haut d'un escalier. Est photographiée enfant, cheveux courts à la garçonne, accroupie devant un chien. Puis à côté d'un gâteau d'anniversaire. Cette femme est morte. Le père se rembrunit, tandis qu'Andrew siffle un deuxième verre. La morte le dévisage depuis tous les coins de la pièce, et les huîtres semblent s'accrocher à son gosier. De grands coups se font entendre, comme si on frappait dans les murs, et quand Richard interroge Andrew du regard, c'est le père qui répond :

— C'est Ducon, le chien, qui veut rentrer. Il est debout contre la porte.

Bientôt l'animal se met à japper, en terminant chaque aboiement par un hurlement lugubre. Richard se dit qu'il va peut-être se réveiller de ce rêve désagréable. Le père, passablement éméché, tient à lui faire visiter les lieux. Son corps légèrement voûté ressemble à celui d'un ancien sportif, et il conserve un certain charisme. Dans le salon où les cartons s'entassent, un trou noir destiné à accueillir le conduit d'un poêle perce le plafond, et un bow-window ouvre étrangement sur le mur du voisin.

— Ces cartons, Junior s'amuse à les déplacer depuis qu'il est petit.

— C'est bon, Senior, grommelle Andrew, raconte pas notre vie.

— Y'a pas de honte.

Dans la salle de bains, il remarque trois brosses à dents, du maquillage de femme recouvert de poussière, des peignes en écaille où s'emmêlent de longs cheveux bruns qu'on croirait figés dans la cire. La chambre du père, vert sombre, possède un lit et une armoire sans portes, dans laquelle des robes sont suspendues. Sur la table de chevet, une photo d'identité de la jeune femme, des colliers, des bracelets. Andrew tire Richard par la manche pour accélérer la visite, mais il a le temps d'apercevoir des sous-vêtements féminins fourrés sous les draps, et un portrait de la morte seins nus. Dans le couloir étroit qui mène à la chambre d'Andrew est accroché un portrait peint de la jeune épouse, sur lequel sont collés des mots découpés dans du papier journal, façon lettre anonyme : *mon rayon de soleil.*

Richard a toujours imaginé qu'Andrew vivait dans une maison lumineuse, avec des parents aimants. La noblesse de ses traits, son port altier et ses déclarations à l'emporte-pièce lui ont fait broder un scénario qui se révèle complètement ridicule. Sur les murs de la chambre, il est surpris de découvrir des posters tirés des revues de sport qu'Andrew dénigre en permanence. Il aperçoit la photo de Brumel qu'il lui a donnée l'année dernière, au milieu d'un tas de paperasse sur son bureau.

— Des losers casse-cou, comme nous ! dit Andrew en désignant les posters, comme pour se justifier.

Le père les quitte et Richard essaie en vain d'entamer la conversation. Le lit est très bas, et il n'y a aucune chaise pour s'asseoir. Il se prend à chercher du regard un portrait de la femme morte. Son absence la rend encore plus obsédante, et il a l'impression d'être épié par ses yeux noirs depuis un coin secret de la maison. Le manteau dans l'entrée, les robes dans la chambre, le maquillage — on dirait qu'elle va rentrer d'un moment à l'autre. Et si elle n'était pas décédée ? Mais ça sent trop fort la mort, et une lumière flotte dans la maison qu'il n'a jamais vue ailleurs, une lumière d'après l'orage.

— Ça fait longtemps que vous habitez ici ?

— Ma mère est morte il y a dix ans, si c'est ce que tu veux savoir. Elle n'a vécu que quelques mois ici.

Richard tripote sa manche. Les huîtres ne passent pas.

Andrew a retrouvé l'expression cynique qui déforme ses traits et aigrit sa voix. Ils essaient de parler de l'entraînement, de la technique des ciseaux que maîtrise si bien Andrew, mais la sauce ne prend pas. Le mal-être qu'éprouve Richard est plus fort que son empathie habituelle, et il s'excuse de devoir partir.

Dans le vestibule, quand il salue son ami, le manteau de la morte le frôle et il se jette dans la nuit bleutée avec soulagement. Quelle heure est-il ? Il se met à trotter malgré la nausée, vaguement inquiet, et décide de traverser le grand parc public pour gagner du temps. Les arbres sont noirs et muets. Tout est figé et tout l'observe. Il s'arrête un instant à cause d'un point de côté, ramasse une poignée d'épines de pin et les écrase dans sa paume en espérant sortir de sa confusion. Le mal-être persiste, jusqu'à ce que le hululement d'une chouette le ramène enfin à lui. Tout le décor se remet en place, et il reprend la route.

Sa mère n'est pas encore rentrée, et son père regarde la télévision. Il l'embrasse, soudain heureux de le retrouver. L'odeur familière de son foyer l'enveloppe, et il remarque à quel point ses gestes sont ajustés à l'agencement de la maison : il peut grimper l'escalier dans le noir, allumer n'importe quel interrupteur les yeux fermés. L'idée le frappe, c'est exactement ce qu'il a travaillé durant des années, à l'instinct : il a multiplié les courses d'appel jusqu'à ce que son corps acquière une connaissance inconsciente des mouvements à accomplir. Il lui faudra encore des mois de travail pour que son saut dorsal atteigne ce degré de spontanéité, mais les progrès sont incroyablement rapides. Dans son lit, il a l'impression d'entendre encore le silence lugubre de la maison d'Andrew, comme si ce lieu l'avait imprégné, ou même ingéré sans son consentement. L'idée de revoir son ami le lendemain le glace.

Il a rêvé de Beckie. Même s'il n'a gardé aucun souvenir de son rêve, il baigne encore dans sa chaleur amoureuse et il met un certain temps à se rappeler de sa visite de la veille chez Andrew. Pour la première fois, il craint leurs conversations qui ne mènent nulle part et ses récriminations contre la vie. Il n'a pas la finesse de Beckie pour analyser tout ça, mais lorsqu'il pense à elle, à sa spontanéité, à sa sobriété élégante, le contraste avec Andrew est flagrant. Quelque chose sonne faux chez lui, mais le souvenir du visage de sa mère morte le fait douter de son jugement. Peut-être n'a-t-il aucune idée des conséquences d'un tel chagrin. En tout cas, il a la nette sensation de ne pas pouvoir échanger avec lui. Ses avis tranchés se contredisent de plus en plus, et il présente un visage aussi lisse qu'une paroi gelée. Seule une flamme amère éclaire son regard, que Richard a vue grandir ces derniers temps. La veille au soir, alors qu'il le quittait, Andrew a crié depuis le perron qu'il arrêtait le saut en hauteur, et ce cri a résonné dans la nuit. Richard l'a reçu comme un coup porté à distance. Il a déjà vu son ami se saboter des tas de fois, et il a peur de dépenser toute son énergie à le convaincre de ne pas le faire. Andrew est un bel athlète, et même s'il plafonne depuis des mois, son ciseau est impeccable et Johnson estime son travail. À côté de lui, Richard se sent comme un canard boiteux.

En arrivant à la cafétéria, il aperçoit Andrew au fond de la salle. Il pose vite fait une assiette garnie et un fruit sur son plateau pour le rejoindre. Quand son ami lève la tête vers lui,

Richard a un mouvement de recul. Il s'est rasé le crâne. Andrew lui fait un clin d'œil et mâchonne ses frites avec le faux air détaché qu'il arbore souvent. Sa tête de Marine le rend un peu moins beau qu'avant, mais ses mâchoires sont encore plus saillantes, et son regard plus étrange.

Clarisse s'arrête devant leur table et fait la bise à Richard, sans dire un mot, avant de retrouver un groupe de copines.

— Qu'est-ce qui t'a pris ? demande Richard en attaquant son steak.

Andrew engloutit son assiette avant de répondre.

— Tout ce que j'approche me dégoûte. J'ai envie de tout envoyer balader. J'ai besoin de me rincer.

— Et le saut ? Ça t'aide pas à te rincer ?

— Y'a rien qui peut purger la bête.

Richard éprouve le malaise habituel et propose à contrecœur :

— On peut aller à la salle de billard, si tu veux. Ou au cinéma.

— T'es un type extraordinaire, mon Rico.

Richard est perplexe. Il entend Clarisse et ses copines glousser bruyamment. L'ambiance est animée, et au milieu des visages bavards, celui d'Andrew a l'air de cire. Il balaie plusieurs fois le réfectoire des yeux, mais il sait que Beckie déjeune toujours dehors à cette saison.

— Je suis un type hyper banal, et tu le sais, finit-il par répondre à Andrew.

— T'es pas vraiment terre à terre, comme mec.

— Je suis parfaitement terre à terre. Je suis même plutôt limité.

— Ouais, t'es même obligé de sauter comme un handicapé mental pour rester dans la course.

Richard encaisse sans broncher.

— Je fais en fonction de ce que j'apprends.
Et sans réfléchir il se lève, abandonnant son repas.

*

Il est de nouveau dans le lit de Beckie. À chaque baiser, à chaque étreinte, il est émerveillé que l'histoire se poursuive. Elle se penche pour chercher quelque chose, et il admire à loisir son dos et ses fesses rondes, jusqu'à ce qu'elle se relève en brandissant une cigarette. Elle la passe sous son nez avant de la lui tendre. L'odeur du tabac est douce mêlée aux effluves animales de l'amour. Beckie l'embrasse du regard avec une bienveillance bouleversante. Éprouve-t-elle la même chose que lui ? Elle lui reprend la cigarette, la glisse entre ses lèvres et attrape le livre qu'il lui a rapporté. Ils rient de la façon dont elle prononce les mots en faisant semblant de fumer. Quand elle se met à déclamer, il appuie sa main sur sa bouche pour qu'on ne l'entende pas depuis la rue, et leurs corps nus s'engagent dans une fausse bataille. Il se couche sur elle et la prend sans préméditation. La puissance de leur tendresse respective les écrase l'un contre l'autre, et tous deux ont le souffle court. Très vite, Richard s'extirpe de la pesanteur et s'élance dans le soleil.

*

— L'énergie est toujours neutre, lui explique le Philosophe en le regardant de très près, comme pour enfoncer les mots dans son esprit.

Aujourd'hui, Johnson s'occupe d'un groupe d'élèves de première année, dont les sauts en ciseaux sont déjà très impressionnants. Il a recueilli pas mal de données concernant le saut dorsal, en étudiant les films réalisés le dimanche. Smith, venu le trouver immédiatement après l'échauffement, est content de reprendre un peu le flambeau. Mais face au père de Beckie, Richard n'est pas très à l'aise.

— Sans enseignement, tu as beau développer ton énergie et ta maîtrise, tu peux aller dans une mauvaise direction. C'est pour ça qu'on est là. Il y a des apprentis sportifs qui ont le sens de ce qu'il faut faire, et d'autres qui ont besoin d'être guidés. Je pense que tu appartiens à la seconde catégorie.

— Mon enseignant, c'est le saut lui-même, monsieur Smith.

— Si je ne te connaissais pas, et si tu n'avais pas réalisé cette progression incroyable, je te trouverais orgueilleux. Mais n'oublions pas que ton saut est particulier, sinon il ne transformerait pas chaque meeting en pugilat...

— Je tenais à vous remercier de votre soutien.

— Je suis les directives de Johnson. Mais aujourd'hui, tu vas prendre une leçon. Je vais faire mon boulot de prof, et toi le tien en tant qu'élève.

Smith se dirige vers un sautoir.

— On va travailler la réception.

Le regard de Richard s'illumine. La réception est une étape qu'il ne visualise pas encore. Il pense soudain aux après-midi où il s'introduit en douce chez le Philosophe, et l'angoisse le prend à la gorge. Après le cinquième saut, Smith s'approche de nouveau très près de lui pour lui parler :

— Tes actions ne doivent pas entraîner de désordre.

Richard pique une suée. Est-ce une phrase à double sens ? Smith est-il au courant de ses incartades ? Va-t-il s'arranger pour le faire renvoyer, ou interdire à sa fille de le revoir ? Il essuie ses paumes moites sur son marcel.

— Ton saut ne doit laisser aucune trace, poursuit le Philosophe. Ça veut dire quoi ?

Il s'apaise, c'est sans doute sa façon d'introduire la leçon du jour.

— Que le saut doit être parfaitement exécuté jusqu'au bout, pour utiliser au maximum l'énergie cinétique, répond-il avec application.

— L'énergie cinétique, l'énergie mécanique, et l'énergie de pesanteur. Si tu lâches une balle depuis une hauteur d'un mètre, que se passe-t-il ?

— Elle rebondit.

— Jusqu'où ?

— Moins haut que l'endroit d'où je l'ai lâchée.

— Oui, parce que, comme tu le sais depuis qu'on t'a appris la course d'élan, le sol absorbe une partie de ton énergie. C'est pour ça que passer la barre est si difficile.

Richard repense à Andrew qu'il a mal jugé quand il affirmait « arracher des sauts au néant ». Peut-être a-t-il une compréhension plus claire, plus savante des choses que lui, qui ne peut se fier qu'à son instinct.

— Tu veux être ingénieur en mécanique, tu peux donc observer n'importe quel corps pour en tirer des conclusions. C'est ce qu'on ne cesse de faire en sport, pas vrai ?

— Oui, mais je ne sais pas le mettre en mots.

— Ta réception doit être pensée. Elle parachève le saut. Si elle le conclut proprement, le début de la course s'en trouvera amélioré. Donc pour te réceptionner correctement, tu vas apprendre à faire des roulades.

Richard écarquille les yeux et réfrène son envie de rire.

— Tu as choisi de déformer ta trajectoire avant l'appel, et c'est ce qui te permet désormais de passer la barre. Ta réception est d'autant plus importante qu'elle doit boucler l'axe que tu prends au moment où tu atteins ta troisième et dernière foulée d'appel. Si tu réalises toujours le même mouvement pour te réceptionner, ton corps se projettera davantage vers l'avant.

Il écoute attentivement. Smith lui indique un tapis libre et lui demande de se laisser tomber en arrière après une brève impulsion.

— Lorsque tu chutes, ton corps doit former un pont. Sinon tu vas te casser les reins. Pense toujours à ça : un pont.

Richard aperçoit Johnson qui regarde dans leur direction. Il devine que les exercices du jour sont le fruit de ses réflexions concernant le saut dorsal. Après une série de chandelles, il répète l'exercice précédé d'une roulade.

— Ferme les yeux ! Tu dois sentir où tu vas ! Enchaîne : roulade arrière, tu pousses sur les genoux, et chandelle ! Puis tu relâches, et tu te remets debout !

Les séances suivantes, il répète l'exercice avec une barre montée à hauteur de ses fesses. Après quelques semaines, alors que la fin de l'année scolaire approche, il maîtrise sa réception et son saut est enfin complet. Son corps se détend au-dessus de la barre, et il jette mieux la tête en arrière. Même s'il plafonne à 1,82 mètre, ses progrès techniques sont évidents.

Un lundi après-midi, Johnson l'attend à la sortie du vestiaire.

— Richard, tu veux participer au dernier meeting de l'année scolaire ?

— Celui qui a lieu dans notre école ? Bien sûr, Coach.

L'entraîneur marque un temps d'arrêt. Il a l'expression sévère qu'il arborait en début d'année.

— Écoute, tu peux continuer à travailler ton saut dorsal

tant que tu veux. Mais en compétition, tu devras désormais reprendre les ciseaux.

C'est un coup de massue. Richard voit des étoiles, sans comprendre.

— C'est la première fois que notre établissement organise un meeting depuis son ouverture. Si tu te qualifies avec ton saut, on criera au favoritisme et la rumeur créera un énorme scandale autour du lycée. À peu près l'inverse de ce que souhaite la direction.

— Mais... et pour les autres meetings ?

— C'est à chaque fois plus difficile de faire accepter ta technique. La presse risque de s'en mêler.

Dans la tête de Richard, des images d'un autre temps défilent. Les années d'échec, les blessures, les 1,62 mètre impossibles à dépasser. Les lèvres du coach remuent encore, mais Richard n'entend plus rien. Quand il réalise que l'entraîneur n'est plus devant lui, il jette un œil à la grande horloge du gymnase : 14 h 30. Encore deux heures d'entraînement avant de pouvoir s'échapper. Il étouffe. Il ne se sent pas la force de s'échauffer, d'exécuter ses chandelles et ses exercices. Il fait demi-tour pour aller se rhabiller, puis se ravise : c'est interdit par le règlement. Deux heures durant, il reste bras ballants, et lorsque le Philosophe passe près de lui, il baisse les yeux pour ne pas avoir à lui parler.

Dans sa chambre, ses yeux errent du miroir à la fenêtre. Il cède au découragement. Tout ce qu'il sentait grandir en lui, tout ce qui s'épanouissait depuis des mois vient d'être arrêté net. Il maudit sa naïveté. Durant tout ce temps, il a imaginé que la ferveur était la clef qui ouvrait toutes les portes. Il balance un coup de poing dans son oreiller. Comme un bleu, il a cru au happy end! Hors de question de sauter une seule fois en ciseaux et de détruire toute la chaîne de mouvements qu'il a si durement élaborée. Ce serait mentir, ce serait un suicide — public en plus. Il préfère affronter l'hostilité générale. Il a la conscience brûlante du temps qui lui sera nécessaire pour comprendre et parfaire son saut. Et on lui demande de prendre le risque de régresser, de repartir des années en arrière, de casser tout le travail qu'on avait fini par encourager? Brutalement, il se sent fatigué. Toute cette concentration jusqu'à devenir dingue, toute cette joie, tous ces exaucements...

— Merde!

Il braille. Il refuse que le tableau idyllique des derniers mois soit terni. Il refuse cette suite inattendue de l'histoire. Il se lève d'un bond, enfile une veste de survêtement, et vingt minutes plus tard il est devant le parc public qui remplace l'ancien stade d'athlétisme. Assis sur un banc, il regarde d'un œil aveugle les gens qui baguenaudent, indifférents. Heureusement, Jack's Path était identique à lui-même, mais déconcentré par la colère, il a mal vu les horizons et n'y a pas trouvé le réconfort habituel. Le temps est vacant. Il arrache quelques touffes d'herbe, se lève, regagne la maison en trottant. Revenu dans sa chambre, il dépoussière ses meubles avec une chaussette et change les objets de place. Trente minutes plus tard, il s'arrête pour contempler le résultat de ses efforts: mystérieusement, rien n'a changé.

— Richard! crie sa mère depuis le rez-de-chaussée.

Il ne répond pas. La moindre chose lui coûte. Il ne peut que tourner en rond, la tête en feu.

— Beckie au téléphone!

Il descend l'escalier à la vitesse de l'éclair.

Elle parle à voix basse dans le combiné :
— Salut, Richard.
La douceur de sa voix le revigore. Son rêve a toujours un corps, et le présent se reconstitue.
— Salut, Beckie.
— Mon père vient de me dire que tu ne participeras pas au meeting de l'école.
— C'est pas exactement ça, répond-il tandis que sa mère s'éclipse. On m'a demandé de sauter en ciseaux.
— Pourquoi ?
— Pour ne pas donner l'impression que le lycée favorise ses élèves en leur accordant des privilèges.
— Je croyais que ton saut était légal ?
— Il l'est selon le règlement mais pas selon l'opinion, qui est apparemment le supérieur hiérarchique de tout directeur d'établissement qui se respecte.
— Richard, je ne peux pas te parler longtemps. Mais le pire dans cette histoire serait que tu deviennes amer. Ne réagis pas comme ça.
— ...
— Tu te souviens de la joie que nous éprouvons quand nous sommes ensemble ? demande-t-elle tout bas.
— Évidemment. Elle ne me quitte pas.
— Penses-y. Pense à ta joie quand tu franchis la barre, aussi. Et dis-toi que nous sommes supérieurs à tout ça.
— Tout ça quoi ?
— À notre joie. Nous sommes supérieurs à elle. Tu ne peux rien perdre. Considère que tout va bien.
Elle raccroche brutalement, sans doute surprise par son père. Non, il n'est pas supérieur à sa joie. C'est la joie qui est supérieure, prodigue, intelligente, qui génère tout. Même s'il se

sent agacé, le fait qu'elle l'ait appelé lui fait chaud au cœur. C'est un vrai geste d'amour, et il respire un peu mieux.

Les jours suivants, il s'entraîne sans qu'on lui reparle du meeting. Il n'aborde pas la question non plus et se contente de redoubler d'efforts. Ses impulsions sont plus faibles que d'habitude, et il mobilise mal son énergie. Souvent éreinté en fin de séance, il fulmine contre sa persévérance naïve, ronge ses ongles, subit des crises de tremblement. La colère l'entrave moins que la peur de ne pas pouvoir poursuivre l'entraînement à sa façon. En lui, c'est impérieux et énigmatique : il veut continuer à sauter en dorsal. Il signe le registre d'inscription pour le meeting sans émotion particulière.

*

— Parasite !

— Tricheur !

Les huées fusent au milieu de la standing ovation. Il l'a fait. Sans avertir Johnson ni ses assistants, devant cinq mille personnes, il a défendu les couleurs de son lycée en effaçant la barre en dorsal, en misant tout sur un seul saut. Les applaudissements et les sifflets lui arrachent les oreilles, et tandis que le tableau de résultats affiche 1,82 mètre, il distingue la silhouette du proviseur qui marche d'un pas décidé vers son entraîneur. Smith, qui a rejoint Richard, est hébété.

— Le bon moment, c'était maintenant, lâche Richard.

— Je pensais t'avoir dit que tes actions ne devaient générer aucun désordre.

— Je pensais que vous parliez de mon saut.

— Le sport, c'est l'école de la vie.

— Mais j'ai fait gagner beaucoup de points au lycée, rétorque-t-il, étonné de son aplomb.

Johnson, qui les rejoint à son tour, réprime mal son enthousiasme dans le crépitement des flashs.

— Merde, Richard, ton saut était exceptionnel. Bravo Smith, dit-il en serrant énergiquement la main de son assistant. Beau boulot.

La foule continue à applaudir, pendant que quelques pères de famille s'empoignent.

— Le proviseur a l'air content, déclare Johnson, le lycée va sans doute remporter le meeting, et il pense que ton saut est une excellente publicité. Peut-être que demain son enthousiasme retombera. Prie pour ne pas être renvoyé.

Au loin, son père et sa mère lui font de grands signes. À leurs côtés, il reconnaît la silhouette immobile de Beckie. En rejoignant les vestiaires, il tente de retrouver ses esprits. Il savait qu'il passerait la barre sur le dos, mais ce n'était pas un acte de rébellion, c'était seulement pour sauver tout ce qu'il a appris. C'était un geste envers lui-même. Une fois devant le sautoir, il a obéi à un réflexe transparent. Il ne regrette rien. Il refuse simplement d'être dérangé. D'être déconcentré. D'être attaqué. Il ne se fait pas d'illusion : le saut qu'il vient de réaliser le galvanise, l'inonde d'une fraîche pluie d'endorphines, mais la peur d'être renvoyé lui tordra les boyaux dès qu'il rentrera chez lui.

*

Richard éprouve un retour soudain de confiance envers les choses. Est-ce une intuition ou une foi, il ne sait pas, mais cette sérénité fait de nouveau battre son cœur à un rythme régulier, et quand il croise son reflet dans le miroir, ses traits sont détendus. Peut-être parce que les vacances arrivent. Peut-être parce qu'il vient d'apprendre qu'il est admis en classe supérieure. Peut-être parce qu'Andrew est de belle humeur en ce moment. Ce jour-là, l'entraînement a lieu en extérieur, et après un échauffement à base de sauts de haies, de flexions et de course de relais, Richard se retrouve devant le sautoir. La mécanique a un peu de mal à se mettre en route à cause du changement de repères, mais il parvient finalement à transposer sa vision dans ce lieu. Il se balance d'avant en arrière et la marée silencieuse commence à monter. Il louche un peu en fixant un point immobile devant lui ; on dirait que deux soleils flottent dans la nappe bleue. Il les perçoit sans conscience depuis l'autre côté, puis il s'élance, court, et le spasme de l'impulsion le propulse au-delà de la barre dans un passage dorsal parfaitement maîtrisé. Roulade arrière, chandelle, le revoilà sur ses pieds. Après une série de douze sauts, la détente qui suit est intense, comme une foudre à l'envers, comme une lame de fond qui se retire de son corps avec la même vigueur que celle avec laquelle elle y était entrée. La décompression est si forte que ses jambes flageolent. Il fait brutalement très chaud, et ses sens sont un peu brouillés. Lorsqu'il aperçoit Beckie qui traverse le stade, un sourire fier sur les lèvres, il croit à une hallucination.

— Qu'est-ce que tu fais là ? lui demande-t-il quand elle le rejoint.

Les autres ricanent, quelques filles la toisent tandis qu'elle le suit à l'écart de la piste.

— J'ai demandé la permission à mon père, répond-elle avec un soupçon d'espièglerie. J'ai dit que j'avais un mot à remettre à Clarisse de la part de son prof de théâtre.

— Mais… l'entraînement n'est pas ouvert aux autres élèves.
— Je voulais juste te voir dans tes œuvres. Et je ne regrette pas.

Richard cherche Smith des yeux mais ne le trouve pas.

— Écoute, il vaudrait mieux que tu quittes le stade, bredouille-t-il, mal à l'aise. On se verra après les cours, à l'arrêt du tram…

Une ombre passe dans les prunelles de la jeune fille.

— Comme tu voudras.

À la sortie, Beckie n'est pas au rendez-vous. Il la connaît suffisamment pour savoir qu'il est inutile de l'attendre.

— Y'a rien de spectaculaire, tu sais, les progrès sont très subtils, explique-t-il à Beckie qu'il retrouve dans la cour à huit heures sonnantes le lendemain.

— Au contraire, mon père dit qu'il n'a jamais vu aucun élève améliorer son record de façon aussi rapide.

— Ça c'est l'aspect visible des choses, mais on ne progresse pas en un seul saut.

Un frisson d'impatience la parcourt. Le vent fait ondoyer doucement le bas de sa robe, et quelques fils décousus caressent ses mollets.

— En tout cas, j'ai aimé te voir sauter. Quand j'étais petite, j'aimais regarder les gens jouer au tennis, ça m'en apprenait dix fois plus sur eux que n'importe quel discours. Leur façon de bouger, leurs grimaces durant l'effort… Tu ne peux pas mentir dans ces moments-là.

Le ciel s'éclaircit puis s'assombrit successivement, projetant des ombres aussitôt désintégrées.

— Et puis comment imaginer t'aimer sans te voir pratiquer ton sport ? Ça serait vraiment bizarre, non ?

Il hausse les épaules. Le mot « aimer » lui ouvre la poitrine, mais pour le reste, c'est comme si son cerveau refusait d'analyser ses mots.

— C'est un tel engagement au quotidien..., reprend-elle.

Le nez sur ses baskets, Richard note qu'elles commencent à rendre l'âme. Il n'écoute plus ; mais quand Beckie lui apprend qu'elle a parcouru son itinéraire sur Jack's Path, c'est comme une commotion.

— Je voulais voir ce que tu vois. Merci, ajoute-t-elle en pressant doucement sa main, car la promenade était belle.

Elle remarque son air contrarié.

— Excuse-moi, c'était juste une façon de mieux te connaître.

De mieux me connaître ? Il repense à leurs ébats, à la fois déçu, vexé et étrangement agacé. Soudain, un mur se dresse entre eux. Elle a touché quelque chose qu'il ne sait pas identifier, et il panique de se sentir soudain froid, indifférent, séparé d'elle. Il arrache une mauvaise herbe poussée entre des cailloux et l'émiette d'un air absent. Elle est allée seule sur Jack's Path. Elle a reproduit son circuit, voulu voir les horizons, Morning Park, l'église, le fantôme du chien... Il s'entend dire qu'il doit partir, tourne les talons, et comme un somnambule, il rejoint sa salle de cours.

Pendant toute la soirée, il observe la sensation qui s'est installée en lui. Beckie, qui était comme confondue à son corps, est redevenue une personne distincte, et il est si frappé de se sentir froid à son égard qu'il respire lentement pour faire passer l'anxiété. Il essaie de s'occuper l'esprit, mais cette confusion glaçante ne le quitte pas. Vers une heure du matin, incapable de trouver le sommeil, il cède à la panique et à la tristesse. Il refuse de ne plus aimer Beckie, ça ne peut pas arriver, pas aussi brutalement, il n'avait pas imaginé une chose pareille, qu'est-ce qui s'est bloqué en lui, qu'est-ce qui se passe ? En proie à une véritable crise nerveuse, il convoque les pires images pour réveiller son attachement et lever une bouffée d'amour salvatrice : il arrive un accident à Beckie, elle embrasse Andrew sous son nez et lui révèle qu'elle a toujours voulu coucher avec lui, elle déménage sur la côte Est… Quand il éprouve un léger pincement au cœur, il se concentre pour s'engouffrer dans sa douleur et retrouver ses sentiments habituels. Mais il reste obstinément étranger au flux de ses émotions.

Le lendemain matin, il avale son porridge en vitesse et part dans l'aube claire. Il reste un soupçon de nuit dans le ciel, et il veut faire son footing sans parler à personne. En retrouvant le défilement du paysage, quelque chose s'apaise en lui : c'est comme s'il avait toujours été le seul à parcourir ce chemin. Il *a* été le seul. Sa solitude n'est pas entamée. Rien n'est entamé. Le ciel au-dessus de sa tête, l'Oyster Bar, le coiffeur, l'église et le parc, tout est intact. Il pense à Beckie avec la tendresse habituelle, il a même envie d'elle. Tout rentre dans l'ordre. Tout va bien. C'est le week-end, il n'a pas de devoirs et du temps libre devant lui. Il a l'impression de sortir d'une étrange mauvaise passe, et dans la vitrine de Shield's, ses traits sont marqués. Quand le premier tramway arrive, il décide d'aller à Blue Square s'asseoir au bord de la Willamette.

La rivière est énorme et muette. Les ombres ne sont pas encore nées à cette heure-là. Sur la berge, des lutteurs réalisent des prises au ralenti, dans la lumière pailletée du matin. Leurs mouvements sont exécutés avec une impressionnante lenteur, et on dirait qu'ils flottent à la surface de l'eau. Au loin, le grand pont lui envoie le souvenir de ses étreintes avec Beckie, quand ils ne connaissaient pas encore leurs corps, quand leur intimité naissante les rendait indomptables et sans âge. L'odeur d'eau stagnante se mêlait aux émanations étrangères de son corps de femme, et à cette pensée Richard frissonne, tandis qu'un des lutteurs tourne lentement sur lui-même. Leurs regards se croisent durant tout le temps de la rotation. Richard masse ses mollets, se tapote le visage pour se désengourdir. À voir ces corps en action, il a envie de partager le plaisir physique de se mouvoir et il essaie de les imiter. Comme son corps rechigne à adopter certaines postures, il ferme les yeux et improvise, pour se sentir glisser dans la chaleur progressive de l'effort, et pour s'emplir de l'odeur étrange de la rivière, face à la masse sombre des montagnes.

*

Richard frappe à la porte de la maison de Beckie. Après sa promenade au centre-ville, il a flâné sur le trajet du retour et s'est retrouvé devant chez elle sans l'avoir cherché. L'allée de cailloux qui mène aux trois marches du perron, la peinture écaillée de la porte, tous ces détails sont enfoncés dans sa mémoire. Chaque fois qu'il est venu ici pour faire l'amour avec elle, il les a vus. Il sent le désir monter en lui et s'apprête à tourner les talons quand la porte s'ouvre. Le Philosophe lui fait face. Richard déglutit. Il veut voir Beckie, il veut suturer la plaie qui bée entre eux depuis des jours, il veut embrasser sa bouche, la serrer contre lui, et ensuite, si elle le permet...

— Eh bien, Richard, je me demandais si tu franchirais le pas un jour.

Le Philosophe recule pour le faire entrer, mais Richard ne bouge pas.

— Je ne veux pas vous déranger, bredouille-t-il. Je me demandais si Beckie était là… Enfin, je me demandais si je pouvais la voir cinq minutes, si… enfin, si elle était là….

Et soudain il a peur de la voir, il n'a rien préparé, il a obéi à ses jambes, il a pensé à autre chose pendant tout le trajet, et le voilà en train de parler à Smith. Impossible de faire marche arrière.

— Mais entre ! Ne reste pas là.

Dans la cuisine, il regarde le bout de ses chaussures, jusqu'à ce que Beckie descende les marches à toute volée, dissipant immédiatement son angoisse. Quelle élégance de caractère. Quelle spontanéité. Elle est pieds nus, la prunelle limpide.

— On va discuter là-haut, lance-t-elle.

— Tu ne veux pas goûter ma recette spécial sportif ? lui demande le Philosophe en lui tendant un verre empli d'un épais liquide jaune.

— Qu'est-ce que c'est ?

— Un lait de poule.

— Oui enfin, un lait de poule de régime, raille Beckie. Sans rhum et sans crème ! Le lait de poule à la Smith ! Un peu comme un jambon-beurre sans pain et sans beurre…

— C'est pour avaler des protéines. Du lait, des œufs, un peu de vanille, et de la cannelle pour renforcer le système immunitaire.

Richard se laisse tenter. Beckie a oublié de préciser que ça n'était pas sucré, et à la deuxième gorgée, le verre lui semble sans fond. Il la suit enfin dans l'escalier, où le chat est tapi comme la première nuit. Elle laisse la porte entrouverte, et l'odeur familière de sa chambre l'émeut. Il se retient de la toucher, et presque de la regarder.

— Allongez-vous, monsieur Richard, commençons cette

séance d'analyse, lance-t-elle en s'asseyant sur la chaise de son bureau.

Au mur, le portrait de l'homme blond a disparu, remplacé par une estampe japonaise qui représente deux canards mandarins.

— Excuse-moi pour la dernière fois, bredouille Richard assis au bord du lit.

Il a l'impression que son entraîneur les écoute et il n'est pas très à l'aise. Elle se penche vers lui et lui lèche furtivement les lèvres avant de reprendre sa place.

— Bah, on a tous des moments d'égarement.

Cette phrase le surprend et le déçoit. Beckie a l'air sûre d'elle, elle n'a donc pas compris qu'il lui est impossible de partager certaines choses, qu'il ne peut laisser entrer personne dans son processus de concentration.

— Je me suis sentie rejetée, continue-t-elle.

Il essaie de la comprendre. Il n'y a pas d'équivalent au sport dans sa vie à elle. Vers quoi est-elle tendue ? Et que cherche-t-elle quand elle va sur Jack's Path, que pense-t-elle y trouver ? Malgré ses efforts, il ne la comprend pas.

— Mon saut, mon entraînement, c'est... c'est comme ma chambre, quoi... explique-t-il en sentant qu'il perd pied.

— Et je ne peux pas entrer dans ta chambre ? Tu es bien dans la mienne, toi.

Pris de court, il rougit. En vérité, il n'a jamais pensé qu'elle puisse venir chez lui. Ces espaces où il concentre ses forces sont comme impénétrables, sans porte. Il a besoin de ces caissons d'isolation pour tourner rond. Que lui dire ? Elle le regarde avec des yeux perçants, comme si elle entendait ses pensées.

— L'autre jour, reprend-elle, j'ai entendu une cantatrice à

la radio qui disait qu'elle refuse qu'on entre dans sa loge ou même qu'on aperçoive ses costumes de scène avant le spectacle, parce que ça lui enlève de l'énergie.

Richard ne sait pas si elle se moque de lui ou non, mais il est gêné de se sentir en accord avec cette chanteuse. Même parler de son saut lui est impossible et lui semble risqué, tout comme se regarder sur les films réalisés par Johnson. Il est refermé sur son expérience, sur son plaisir et ses douleurs, ce qu'elle ne semble pas comprendre. Comment lui expliquer ? La confiance qu'elle lui accorde est à la fois précieuse et vaine. Une planche de salut et une planche pourrie. Si en échange il doit faire semblant de la laisser avancer sur un terrain où il sera invariablement seul, alors ils entrent dans le mensonge. Elle mord ses lèvres fines en continuant de l'observer. Leurs yeux se sondent un instant. Le plaisir que lui procure la présence de Beckie lui est tout aussi nécessaire que celui, singulier, que lui donne le sport. Et soudain, il découvre que ces deux nécessités se font la guerre.

— Quand j'ai du temps libre, je ne pense qu'à être avec toi, tu comprends ? lui dit-elle.

— Bien sûr, tu ne sors pas de mes pensées non plus.

— Alors me voir sur le stade devrait être l'apothéose pour toi ! répond-elle vivement, en cachant mal son émotivité.

Au moment où elle s'approche de lui, il se penche pour attacher son lacet défait et la tête de Beckie vient heurter sa pommette. Immédiatement, sa peau devient violette. Fin de la discussion.

Dans la cuisine, le Philosophe ne prête pas attention à son œil qui commence à noircir. Richard sent sa joue enfler, et le glaçon que Beckie enferme dans un mouchoir en guise de compresse dégouline sur sa main.

— Toutes les portes ne s'ouvrent pas avec des clefs, lui dit-elle en appliquant délicatement la glace sur sa peau. Mon père m'a dit ça hier soir, je transmets.

Cette phrase obscure ne lui est d'aucune aide ; elle les sépare même davantage. Il préfère mille fois ses gestes tendres, et rêve vainement qu'elle l'embrasse.

— Parfois, c'est une formule magique qui ouvre la porte, et je crois que je ne la connais pas, conclut-elle.

Le mieux à faire serait de se toucher, pense-t-il. Ce serait plus juste que ces phrases idiotes et inutiles.

— Ce n'est pas ça, la phrase que je t'ai dite, intervient Smith. C'est : toutes les portes ne s'ouvrent pas avec une clef ; parfois, elles s'ouvrent en posant la bonne question.

Impatient de sortir, Richard demande :

— Et ma question à moi, c'est : est-ce que lundi on reprendra le travail sur la réception en extérieur ?

*

Les jours filent, la joie le porte. La joie est joyeuse et génère de la joie. Elle est plus profonde que l'enthousiasme, elle est terrienne, il en est lourd, elle le muscle, elle le travaille au corps. Elle est heureuse et grave. Elle est certifiée, avérée, elle s'est installée dans sa vie et il s'est installé en elle. Quelque chose est arrivé, quelque chose est en train d'arriver. Ce n'est pas seulement parce qu'il vient d'améliorer son record de deux centimètres, non, c'est le fruit de la sensation qu'il éprouve désormais en continu : celle d'être à sa place. Tout est fluide et bienveillant. La vie lui témoigne de l'amitié. Sa chambre, Jack's Path, le gymnase du lycée, les repas avec ses parents, l'amour avec Beckie, tout fait partie de l'enchantement. Il jouit d'un profond sentiment de sécurité, et d'une intuition des joies à venir.

Il se sent chez lui au stade, avec Johnson, à travailler son saut. Il se sent accueilli, sans pouvoir dire par quoi. C'est comme si un accord avait été passé entre lui et l'existence.

Il efface la barre en souriant béatement.

— T'as l'air d'un chameau quand tu t'élances ! Merde, Richard, concentre-toi !

Il singe sa propre dégaine en allant se remettre en place, un peu d'écume au coin des lèvres. Johnson hausse les épaules, mais Richard perçoit la confiance qui luit dans son regard et il se retient de faire la roue.

Le cœur gonflé, il se montre bavard au dîner, reprend deux fois de la soupe de pois qu'il n'aime pas, parle avec affection de sa tante Lee qui vit à Newport. Il accepte d'y passer quelques jours en été, heureux à l'idée de retrouver les paysages de son enfance.

À sept heures trente le lendemain, il prend le chemin du lycée d'un pas allègre. Les cours sont terminés, mais ceux qui suivent le cursus sportif ont encore huit jours d'entraînement. Beckie l'attend devant la grille. Elle est venue lui dire au revoir, elle part dans sa famille à Eugene l'après-midi même. C'est la première fois qu'ils seront séparés aussi longtemps, et ils n'ont pas eu l'occasion de se retrouver vraiment depuis leur brouille. Au milieu du flot d'élèves, il leur est difficile de se parler. Elle prend sa main et la serre, sans réussir à dire un seul mot, plonge ses yeux paniqués dans les siens puis le quitte brusquement. Ses épaules se voûtent à mesure qu'elle s'éloigne, comme si elle se protégeait de la pluie, alors que le soleil est éclatant. En traversant la cour dans la direction opposée, Richard se sent un peu confus à l'idée de ne pas la voir durant des semaines. Il se repasse le film de leur échange sans mots, plus fort encore que leurs baisers. Ce corps aimé, bien vivant devant lui, accessible enfin, ce corps a fait un effort pour ne pas tomber comme un chiffon au moment de la séparation. Il lui écrira. Elle l'inondera de lettres, comme lors des derniers meetings.

Cette émotion de la quitter a accéléré la course du sang dans ses veines, et quand il sort du stade à midi, il est encore légèrement survolté. Il passe par Morning Park avant de rentrer, s'accroupit au bord de la rivière, inspire longuement en passant la main dans ses cheveux fraîchement coupés. Une douce mélancolie l'envahit, et il ferme les yeux. L'été est toujours intimidant. Une fois l'émotion passée, une nouvelle bouffée d'allégresse le prend. Il croit que le désir physique va s'emparer de lui, mais c'est autre chose de plus grand qui le tient, et quand la joie se fait poignante, il ferme les yeux à nouveau. En se promenant sous les arbres, il réalise que Johnson ne lui a pas reparlé de son inscription au gymnase de Third Street, où il entraîne ses élèves durant les vacances scolaires. Peut-être aurait-il dû s'en inquiéter plus tôt ? Bah, le coach lui indiquera les démarches à effectuer le moment venu.

Durant les quinze minutes de footing qui le ramènent chez lui, il se sent plein d'un nouveau souffle. Il se compose un visage neutre avant d'ouvrir la porte, mais sa mère le dévisage comme si de la lumière jaillissait de ses yeux. Il la considère à son tour durant quelques secondes qui défilent au ralenti. Puis le mouvement et les couleurs reviennent.

— Tu as l'air heureux, Richard. Dis-moi ce qui t'arrive ?

— Rien, je crois que je suis content d'être en vacances.

Elle veut le serrer dans ses bras, mais elle est si petite devant lui qu'elle ne sait pas comment s'y prendre. Ils rient avec pudeur, tandis que la vieille Chevrolet de son père se gare devant la maison. Une heure plus tard, le lycée appelle pour l'avertir de la fermeture du gymnase pendant deux jours, à cause d'un problème de canalisations. Consterné, Richard se focalise sur la fin de la semaine, quand l'entraînement reprendra. Il tâte la clef du gymnase dans sa poche. Plusieurs fois, l'idée de s'y rendre en douce, à une heure où le campus est désert, lui a traversé l'esprit. Mais impossible de trahir la confiance du coach et de Smith — ou du moins, de trahir *davantage* la confiance de Smith... Soudain désœuvré, il se sent anxieux, comme si tout se mettait à trembler autour de lui. La foi optimiste qui l'a saisi tout entier dans Morning Park a-t-elle fichu le camp ? Il l'a éprouvée durant le trajet du retour, et voilà que le doute ronronne en lui, aussi irritant que le bourdonnement d'un insecte impossible à localiser. Ce repos forcé sera sans doute une bonne chose : il ne laisse pas assez ses muscles et ses tendons récupérer, et Johnson l'a enguirlandé plus d'une fois à ce sujet. Pourtant, dans le dernier article consacré à la préparation physique drastique que suit Brumel, il n'est pas question de repos. Et ses habitudes quotidiennes font pâle figure à côté de l'engagement acharné de l'athlète. Du pipi de chat, comme dirait Andrew.

Le vendredi, tous reprennent l'entraînement au gymnase dans une odeur d'eau croupie. Quand Richard croise Johnson, il lui demande s'il aura bien accès à la salle de sport de Third Street, comme prévu, pour préparer le grand meeting d'octobre. Le coach se détourne sans lui répondre, et se contente de brailler à l'attention d'un autre :

— Anderson, qu'est-ce qui te prend ? T'es complètement raide quand t'attaques la barre !

Richard lui tend la clef en espérant une réponse, mais Johnson se contente de la prendre en continuant à crier :

— Enchaînez ! Merde, si vous perdez en trois jours ce que vous avez acquis en plusieurs mois, qu'est-ce que je vais faire de vous ? Bordel, on se secoue !

L'entraîneur évite son regard, puis finit par presser son index sur sa poitrine.

— La peur est la limite, souviens-toi de ça, fiston.

Et il s'éloigne, la clef dans la main. C'est le bouquet. Le coach se met à faire son Philosophe, et il ne lui a rien dit concernant le gymnase de Third Street. Il a un mauvais pressentiment. Et s'il ne pouvait pas s'entraîner près de chez lui ? Non, Johnson ne le laisserait pas sans lieu où travailler à trois mois du meeting qu'ils préparent sans relâche depuis des semaines. Il lui a même garanti qu'il avertirait les juges de la légalité de son saut avant la compétition, histoire d'éviter le tollé habituel.

En sortant des vestiaires à la fin de la séance, il aperçoit le coach qui avance dans sa direction. Ouf. Il aurait pu éviter de le faire mariner toute la journée. Il affiche un air sévère, mais Richard ne s'inquiète plus de ses sautes d'humeur.

— Je voulais te dire qu'il n'y aura pas de suite à la rentrée, annonce Johnson d'une voix dure.

— ... Pas de suite à quoi ?

— Nous ne travaillerons plus ensemble. J'arrête avec toi, je ne serai plus ton entraîneur.

Les autres sortent du vestiaire.

— Même si je m'améliore encore d'ici à septembre ? bredouille-t-il alors que son tee-shirt lui colle d'un coup à la peau.

— Tu dois trouver un autre entraîneur.

Et Johnson tourne les talons, sans explication.

*

Au réveil, Richard est engourdi. Il a sommeil. Après le petit-déjeuner et la douche, l'impression persiste. Il a beau réfléchir, il ne se souvient pas avoir connu un état pareil. Sa mère frappe à la porte de sa chambre avant d'entrer.

— Veux-tu de l'argent pour aller au cinéma ? Il faut te changer les idées.

Cette perspective le laisse froid. Il fait non de la tête et s'allonge en tentant un sourire.

— Repose-toi mon garçon, répond-elle avant de redescendre.

Richard observe les arbres par la fenêtre, eux dont la vue lui donnait tant d'émotion et d'énergie. Ils sont bien vivants, égaux à eux-mêmes. Mais leur beauté ne le touche plus. Il convoque des pensées enthousiasmantes — électrocardiogramme plat. Aucune promesse de plaisir ne semble le concerner. En dernier recours, il va chercher une lettre de Beckie dans le tiroir de son bureau. Au contact du papier, quelque chose bondit dans sa poitrine, quelque chose de lointain. Quand il se retourne, son père est là.

— Richard, il faut que tu tondes la pelouse aujourd'hui. Et avant ça, passe au drugstore, et choisis-toi un bon truc à manger pour ce midi. Ta mère ne rentre pas.

— Entendu, Papa.

Son père fait demi-tour, avant de revenir sur ses pas.

— Eh, mon grand...

Il presse sa main sur son épaule.

— C'est rien qu'une gueule de bois, ça va passer.

Au drugstore, Richard reste planté devant les paquets de gâteaux, incapable de déceler la moindre préférence en lui. Il essaie d'imaginer les saveurs et le plaisir qu'il pourrait en tirer — rien ne vient. Il attrape un paquet de biscuits à la myrtille, le repose, change de rayon sous le regard suspicieux de la caissière, puis, de plus en plus oppressé, finit par détaler en vitesse. Sur le trajet du retour, le désespoir l'écrase : ses parents n'ont visiblement pas compris que sans le soutien de Johnson, il ne pourra plus sauter en dorsal ni participer à aucune compétition. L'obtention d'une bourse pour entrer à l'Université est totalement compromise. Dans la rue, les maisons semblent pencher, tandis que des mères insouciantes promènent leurs enfants. Quel entraîneur acceptera de le suivre ? Johnson et lui n'étaient-ils pas liés ? Pourquoi ne pas lui avoir expliqué les raisons de sa décision ? En quelques minutes tout a basculé, et tout en lui refuse d'épouser cette nouvelle réalité.

— Et si je m'améliore encore d'ici à septembre ?

— Tu dois trouver un autre entraîneur.

*

Trois heures plus tard, les fesses talées d'être resté assis sans bouger, il sort dans la cour. Une pluie d'orage a cinglé l'asphalte durant de longues minutes, avant d'être chassée par le ciel bleu. La lumière a complètement changé. Par réflexe, il ouvre la boîte aux lettres et y découvre une carte postale de Beckie, détrempée, qu'il tient à deux doigts pour éviter qu'elle ne tombe en lambeaux. En la déposant sur la table de la cuisine, il perçoit l'odeur tiède de l'été qui s'est engouffrée à sa suite. Les mots à demi effacés lui apprennent qu'elle souhaite réfléchir à leur relation, et que les vacances en seront l'occasion. Le reste est illisible. Voûté au bord de la table, il inspire profondément en luttant contre un vertige inconnu. Il passe le reste de la journée dans un état de semi-conscience, les pupilles brouillées par la fièvre, soumis au mouvement incompréhensible qui l'emmène loin de sa propre vie. Le soir, son père lui annonce que sa tante Lee l'attend à Newport dès le lendemain, où il passera une dizaine de jours pour se remettre sur pied. Richard ne bronche pas, alors que le moindre geste lui coûte et qu'il a l'impression d'être en plomb. La tonte de la pelouse lui est complètement sortie de la tête, sans doute parce que cette corvée était destinée à le divertir de ses ruminations. De retour dans sa chambre, faire sa valise lui demande un effort colossal. Ce qu'il s'apprête à vivre est plus qu'un départ en vacances, il le sait. C'est la suite de son existence, qui bat sourdement dans sa poitrine, et dont il ignore ce qu'elle lui réserve.

II

Il répète la phrase plusieurs fois : je n'ai plus d'entraîneur, je n'ai plus d'entraîneur, pour s'enfoncer cette réalité dans le crâne. Debout contre le chambranle de la porte, il entend ses parents discuter au rez-de-chaussée :

— Tout de même, Richard a travaillé dur toutes ces années, Johnson aurait pu attendre la fin des vacances pour le lui dire.

Il se tourne vers le miroir, recouvert par le drap humide que sa mère y accroche pour rafraîchir la pièce. Il se sent broyé de l'intérieur.

Tôt le lendemain, il prend le tramway pour se rendre chez Andrew. La fête endiablée que lui réserve le molosse est un réconfort. Accroupi, Richard essaie de lui embrasser la truffe, mais l'animal est si excité qu'il se dégage de son étreinte avec des halètements furieux. Les yeux de la morte le suivent probablement derrière les vitres opaques, et le malaise éprouvé lors de sa dernière visite l'envahit alors qu'il s'apprête à appuyer sur la sonnette. Il se ravise, extirpe de sa poche l'enveloppe qui contient sa médaille militaire et la dépose sur le paillasson. Tandis qu'il s'éloigne, il entend Andrew l'appeler. Le sourire de joie qu'il sent apparaître sur son visage se fige lorsqu'il l'aperçoit, le regard vitreux, les lèvres violettes. Son débit est lent et son expression mauvaise : à neuf heures du matin, il est complètement saoul. Sans s'en rendre compte, Andrew piétine la médaille, et Richard est partagé entre l'envie de fuir et celle de consoler son ami, qu'il finit par suivre à l'intérieur de la maison déserte. En fonçant dans la cuisine, le chien renverse une chaise et Andrew se met à beugler, avant de se reprendre :

— Tu vois pourquoi on l'appelle Ducon... Tu crois que j'suis une brute mal dégrossie et que j'vois rien... mais j'suis malin et j'ai le sens de l'observation...

Durant une heure, Richard ne prononce pas un mot ; même s'il le voulait, il n'en aurait pas l'opportunité : Andrew soliloque non-stop, hagard, en montant le son de la radio au maximum. Les yeux fermés, il ondule au rythme de la musique, et dès que Richard se lève pour s'éclipser, il l'attrape par le bras pour lui demander de rester.

— Je prends le train pour Newport à 17 heures, finit-il par lâcher.

— Ah, putain, je le savais... Personne comprend ce que j'aime... T'as jamais rien compris à la musique...

Richard se rassoit sous les yeux de la morte tandis qu'Andrew recommence à s'agiter tout seul, en vérifiant de temps en temps que son spectateur est toujours là.

— Merde, Rico, j'te fais partager ce que j'ai de plus cher!

Et il descend un quart de la bouteille de vin posée sur la table basse, riant quand Richard tente de l'en empêcher.

— Quel rabat-joie, celui-là... Je l'ai senti dès que je l'ai rencontré...

Durant une énième danse, il ouvre un œil et capte un regard de Richard en direction d'un portrait de sa mère.

— T'imagines ce que ça fait de vivre avec la grâce incarnée? crie Andrew en décrochant le cadre avant de le lui tendre.

Dans la cuisine le chien fait un raffut du diable, mais Andrew, qui enlève son tee-shirt, semble ne rien entendre. Richard déglutit. Entre ses mains, la jeune femme affiche un sourire radieux. Andrew lui arrache le portrait, le tient à bout de bras quelques secondes avant d'écraser sa langue sur le sous-verre pour le lécher de bas en haut. Une trace violette s'étire sur la photo, et Andrew éclate de rire en crachant de la poussière. Cette fois Richard le repousse violemment quand il essaie de le retenir, et son ami tombe sur le canapé. Le plaid qui recouvrait des coussins maculés de taches sombres se déchire, la bouteille se répand sur le parquet, et le portrait glisse à l'autre bout de la pièce. Le cœur de Richard se met à cogner sourdement. Il avance à grandes enjambées sans regarder derrière lui, traverse le couloir, la cuisine, le jardin, puis sprinte jusqu'à l'extrémité du lotissement. Avant de bifurquer pour rejoindre la ligne de tram, il se retourne furtivement et son sang ne fait qu'un tour. Nu comme un ver, Andrew imite le discobole perché sur le muret du jardin. Cette vision l'achève et il rejoint l'avenue la mort dans l'âme.

Dans le train qui file vers le Pacifique, il croise le regard d'une fille dont il ne perçoit pas les traits. Où est Beckie à cette heure-ci ? Il tourne la tête et pense à Newport qu'il n'a pas revu depuis ses huit ans. Comme il aimait les vacances au bord de l'océan, les eaux froides qui lui gelaient les orteils, les promenades à Lincoln City avec sa tante Lee, dans l'espoir d'apercevoir les baleines le long des côtes. Et comme il se cachait derrière elle quand les phoques rugissaient au passage des chalutiers chargés de crabes juteux et de saumons sauvages. Dans son souvenir, un chemin rallie la plage depuis la résidence, et il pourra y faire son footing. Mais comment travailler son saut ? Tout son apprentissage des dernières semaines sera perdu, et cette idée le désespère. Il a l'impression qu'on lui a enlevé un poumon, et dès qu'il pense à la rentrée, il respire difficilement.

Lee le précède dans l'ancien salon transformé en chambre.

— Tu es ici chez toi, Richard. Nous sommes si contents que tu sois venu ! La dernière fois, tu étais encore petit. Tu avais les dents cassées, tu te souviens ?

— Oui, j'étais tombé en jouant au baseball.

Revoir son oncle et sa tante lui fait plaisir, mais le besoin d'être seul pour ressasser ses pensées l'oppresse. Il doit trouver une solution pour septembre, et les questions tournent dans sa cervelle comme des chiens enragés. Il se prend à imaginer ce que Johnson lui dirait pour l'aider.

— Elle est bonne, celle-là ! lâche-t-il tout haut.

Sa tante le dévisage en souriant et s'éclipse après lui avoir donné du linge de toilette. La chambre est spartiate, occupée par un lit, un chevet sur lequel trône une lampe à l'abat-jour bancal et une grande armoire à glace. Face au lit est accroché le portrait d'une sainte au visage viril. Il s'approche pour contempler les traits rustiques, le regard brun et doux qui semble énoncer une consigne secrète. Au bas du tableau est écrit en lettres dorées : *Sainte Thérèse*. Il décide qu'il l'enlèvera chaque soir avant de se coucher, et qu'il le raccrochera ni vu ni connu au petit matin.

À minuit, il ne dort pas. Les yeux grands ouverts, il regarde la chambre qu'un flot de lumière blanche inonde à intervalles réguliers, dans le vacarme de la houle. Il avait oublié ce grondement incessant et la pulsation du phare éjectant son flash toutes les dix secondes. Beckie lui manque obstinément, et il maudit ce signal lumineux qui lui électrise la tête. À 6 heures, le phare n'émet plus qu'une faible lueur. Accoudé à la fenêtre, Richard essaie de savourer la quiétude matinale. L'aurore a la douceur d'un crépuscule, l'air est tiède, et une odeur sucrée flotte jusqu'à lui. Il se sent vidé. Le visage de son amoureuse l'obsède, il la convoque, essaie de la débusquer comme on débusque un fantôme, pour s'exciter un peu les nerfs. Il se tourne machinalement vers le portrait de la sainte, qu'il a oublié de décrocher. Le regard de Thérèse interrompt ses pensées.

Après quelques étirements exécutés machinalement, il enfile des vêtements de sport et quitte sa chambre en se composant un visage aimable. À table, il mâche ses céréales en faisant tous les efforts du monde pour suivre la conversation. Son oncle et sa tante sont volubiles et lui racontent la transformation de leur ville.

— On a même un festival folk ! Et ils parlent de créer un grand jardin botanique.

Richard s'excuse et va s'enfermer aux toilettes. Une barre lui comprime le ventre. Recroquevillé dans cette pièce exiguë, il sent qu'une avalanche l'emporte dans un ralenti insoutenable.

*

Dans la lumière du jour, il redécouvre les rues d'autrefois sans oser descendre jusqu'à l'océan. À plusieurs reprises, l'angoisse fuse en lui. Il a peur du désenchantement. Peur que quelque chose se soit retiré de ce paysage d'enfance. Il n'ose pas revoir le phare de Yaquina Head depuis la plage, le plus haut phare de l'Ouest, « notre Miss Liberty à nous », comme disent les marins du coin. Il tourne en boucle dans le même circuit, regarde au loin la brume d'herbes blondes le long de la côte déchirée, hésite, puis court en direction de la mer.

La vision est intacte. C'est le même corps-à-corps entre les éléments, le même big bang, la même houle terrifiante qui projette son écume sur les rochers envahis d'oiseaux. Plus loin, sur le port, les phoques sont agglutinés sur les pontons, la gueule ouverte au soleil depuis une éternité. Au point de jonction avec la mer, le ciel vire au céladon. Richard sait que la force indistincte qui remue les eaux l'emporterait s'il approchait trop près du rivage. Il imagine les lames de fond mortelles, les courants glacials traversés par les ombres des cétacés. Au bout de la jetée, le phare de Yaquina Head est éteint, mais cette nuit, l'intensité du signal reprendra. *L'intensité du signal reprendra.*

Il se retourne brusquement, croyant sentir une présence. Personne. Au loin, il distingue le Cap Perpetua, visible par temps clair. L'oncle Bly lui disait toujours de faire un vœu quand il l'apercevait, et il lui racontait que là-bas des étoiles de mer géantes tapissent la plage à marée basse, et que quand elles meurent, leur masse rouge putréfiée exhale son odeur jusqu'à Newport. Il disait aussi que le Cap voulait « son mort tous les ans » : pas une année sans qu'on retrouve un corps noyé.

— La destinée choisit ses enfants. Elle les élève ou les terrasse pour les mêmes raisons. Nous avons tous un devoir à accomplir.

À la tombée du jour, les nuages et les montagnes qui bordent la plage se confondent. Le phare s'allume et Richard s'éloigne à reculons, sans le quitter des yeux, jusqu'à ce qu'il ne soit plus qu'un cierge brûlant dans la nuit.

*

Il se réveille en sueur au sortir d'un cauchemar, et quand il croise le regard de Thérèse, il ne peut pas s'empêcher de crier. La lumière du phare lèche son front puis se répand sur lui avant de se retirer. Il est dans le gymnase, il raconte à Johnson qu'il a rêvé que leur collaboration s'arrêtait, il rit, mais revoilà la langue incandescente qui soulève sa paupière, et la réalité lui rappelle qu'elle n'est plus sa complice. Sur la pointe des pieds, il rejoint la cuisine où il se sert un verre de lait pour avoir quelque chose à faire. La pomme qu'il croque est sans saveur mais elle le transporte sous le pommier, dans le paradis simple de son jardin. Il voudrait discuter avec le petit bègue et éprouver encore la poignante douceur de vivre. Beckie traverse sa rêverie, fraîche et robuste. Il enfouit son visage dans son corsage et, prompte à l'amour, elle l'entraîne dans la remise où elle lui dit des mots crus.

Il passe sa deuxième journée à flâner au bord des falaises, croisant quelques dieux grecs en plein footing. Jamais il n'a vu une telle concentration de beaux garçons — heureusement que Beckie n'est pas là. Depuis sa crique favorite, il contemple l'océan entre ses doigts comme à travers une meurtrière, avant d'élargir d'un coup son champ de vision. Les vagues avancent alors vers lui avec une détermination effrayante, et sans ciller, il exécute devant elles les mouvements des lutteurs du bord de la Willamette. Quand l'eau atteint ses mollets et que le sable commence à l'aspirer, il se remet en route. Sur le chemin, toutes les femmes qu'il croise le happent, quel que soit leur âge. Il guette un regard, un sourire étranger qui le frappe et lui rende sa lucidité. Il ne voit pas encore assez clair pour savoir ce qui, de sa vie, s'est évaporé lors des derniers événements. Il est trop tôt, tout vient à peine d'être pulvérisé. Autour de lui, les embruns font comme une pluie de cendres transparentes, et il se colle une légère gifle pour se réveiller. Peut-être que ce séjour chez sa tante sera une bonne chose. Peut-être reviendra-t-il à lui. *Oh Beckie, c'est tout ce que j'espère, revenir à moi.* Voilà qu'il sanglote dans l'air frais. L'espace d'une seconde, se savoir sans avenir lui fait tourner la tête. La vue brouillée, il descend dans une nouvelle crique et éprouve très vite une drôle de sensation. Le vent dans les herbes fait monter une musique qu'il avait oubliée, un air dont il pensait autrefois que c'était le chant des sirènes. Il observe l'empreinte de ses pas sur le sable puis s'arrête brusquement. Un énorme lion de mer le scrute, à quelques mètres de là. Sa gueule de sphinx est effarante. Les oiseaux se dédoublent, les étoiles se multiplient en plein jour, il se met à haleter, en proie à une crise de tachycardie. Plié en deux, il s'entend scander :

— Tu ne considères pas assez que tout va bien, tu ne considères pas assez que tout va bien.

En rentrant, il jette un œil sur la commode de l'entrée où le courrier est déposé. Invariablement, le silence de Beckie l'écœure, et sous la nausée il reconnaît l'angoisse. Il entame alors un combat rituel pour éviter de se dissoudre, et va s'accouder à la fenêtre dans l'espoir que le paysage apaise ses pulsions. Mais sans les ors d'une perspective nouvelle, il se sent incapable de redevenir joyeux, incapable de redevenir celui qui effaçait la barre à 1,84 mètre sans se poser de questions.

*

Assis en tailleur sur le lit, il dévisage Thérèse. Depuis trois jours qu'il vit là, elle est devenue sa copine de chambrée.

— Je tiendrai le coup, lui dit-il à voix haute.

Elle arbore l'air autoritaire d'un entraîneur, tranquille et imposante, mère intimidante aux seins inconnus. Cette nuit-là, il ouvre brusquement les yeux après avoir rêvé d'elle. Le phare de Yaquina Head est éteint. La lune brille anormalement, et quand sa lumière décline, l'ombre avale la chambre et lui avec. Le souffle court, il cherche une lueur dans les recoins de la pièce, mais ses yeux ne rencontrent que l'obscurité. Le chevet tremble lorsqu'il allume la lampe et retrouve le regard altier de Thérèse.

— Pas de crainte à avoir ? lui demande-t-il.

Les yeux doux plongent dans les siens.

— OK, Boss. Je ferai de mon mieux. Mais tout de même, si tu pouvais m'expliquer pourquoi tout s'est mis à aller de travers...

Soudain, il a peur d'être fou. La peau couverte d'une sueur glacée, il va décrocher le portrait, le pose par terre, se recouche, puis se relève pour l'enfermer dans l'armoire. Haletant, il éteint la lampe. Il faut qu'il se calme. Il s'interdit de serrer les poings. Trois heures plus tard, il extirpe le portrait de Thérèse de sa cachette et sonde les iris bruns pour y déceler un encouragement. Est-ce qu'il disjoncte ou est-ce qu'il est revenu à la réalité ? Il voudrait se casser la nuque dans une fosse à sable, sortir de cette agonie du doute et retrouver l'intuition qui l'a secouru tant de fois. Mais la peine causée par sa rupture inexpliquée avec Johnson l'accable, et la leçon indéchiffrable des derniers événements lui écrase la tête. Jusqu'à ce qu'une pensée le traverse, dont la simplicité le frappe et le soulage d'un coup : il est déçu. Il est simplement déçu. Par lui-même, par l'entraîneur, par Beckie, par Andrew. Par la tournure des événements. Il n'a pas vu venir ces catastrophes. Si son intuition ne possède pas les pouvoirs qu'il imaginait, comment se guidera-t-il ? Son bonheur n'était-il que le fruit du hasard ?

Au loin, le phare rallumé éjecte sa lumière trois fois plus vite que d'habitude, et des mouettes tournoient dans les bourrasques. Richard est sur le qui-vive, soudain affamé de gestes amoureux. Il donnerait n'importe quoi pour qu'une femme surgisse dans sa chambre. Beckie ou une autre. L'angoisse excite son désir, le désir avive son angoisse, il veut arracher quelque chose à ces jours sévères, mais il sent qu'il ne dispose pas des forces nécessaires pour relever ce défi. Ses coups de reins solitaires sont furieux et la jouissance le laisse comme une coquille vide. Le vent hurle encore quand il jette son tee-shirt souillé sous le lit. Il pense à Johnson, à l'amitié qu'il éprouvait pour lui. À leurs deux années de travail et d'estime réciproque. Il croyait que le coach partageait sa conviction secrète. Recroquevillé sur son oreiller, évanoui dans le dédale de ses interrogations, Richard ne sait plus s'il est un homme.

*

Il est midi, une seconde plus tôt c'était l'aurore, ou peut-être le crépuscule.
Il dort plusieurs fois par jour.
Quand on frappe à la porte, il ne répond plus.

*

À son réveil, le soleil brille ardemment et il a les jambes en coton. L'oncle Bly lui apprend qu'il a dormi quarante-huit heures et lui conseille d'aller prendre l'air. La table du petit-déjeuner est mise au salon comme pour les grandes occasions, et la tendresse dont font preuve ses hôtes le culpabilise un peu. Il décide d'aller en ville pour les rassurer sur son état de santé et pour trouver un cadeau à leur offrir. Là-bas il se repose du vacarme de la houle et erre à la recherche d'une boutique inspirante, quand il aperçoit un poster de Valery Brumel scotché à l'intérieur d'un café. Il s'arrête net.
— Brumel à Moscou, l'année dernière. Six fois champion du monde, lance un type moustachu adossé à la porte.
Richard le regarde furtivement.
— Y'a deux ans, poursuit le moustachu, il nous a humiliés chez nous, à Palo Alto, en effaçant 2,26 mètres. Cinquante ans qu'on dominait la discipline, et vlan ! Ce gamin de vingt ans a tout pulvérisé. Haha ! Figure-toi qu'il est sacrément plus petit que toi, et il doit bien sauter trente centimètres au-dessus de ta taille ! T'as l'air de t'intéresser au sport. Entre, je t'offre un verre, ça me passera le temps. C'est le patron qui rince !
L'homme pose deux bières sur le comptoir et reprend son récit, affable et enthousiaste.
— Il pleuvait comme vache qui pisse ce jour-là. Quatre-vingt-quinze mille personnes ont assisté à ce miracle.

Durant une heure, Richard fait semblant d'écouter, semblant d'apprendre, en ruminant un vague sentiment d'humiliation. Ses yeux sont rivés au poster déteint par le soleil, sur lequel Valery développe son rouleau ventral à une hauteur proprement hallucinante, les jambes parallèles à la barre, le torse tourné vers le sol en une contorsion qui défie toutes les lois physiques.

En sortant du bar, Richard s'attend à bouillir de colère, mais il est surpris de se sentir bien pour la première fois depuis des jours. Il a l'impression de réintégrer son corps. Dans le jardin public, les cris des gamins l'égaient, et les arbres s'élancent vers le ciel avec souplesse. Le paysage sort de nouveau de terre, et autour de lui, tout est en dur. Il touche l'écorce de quelques troncs, se sent soudain présent aux choses, et un sourire monte à ses lèvres.

Au retour, il trouve sa tante en train de jouer avec un chaton roux, heureuse et ravissante. Richard lui tend timidement le paquet de gâteaux qu'il a apportés pour le dessert. Elle l'embrasse et retourne vers le chat, titillant les fines moustaches avec un ruban de son corsage. Le félin se jette sur l'index de Richard pour le mordiller.

— Ta mère a téléphoné pour dire qu'elle avait croisé ton entraîneur, dit Lee. Il a demandé si tes vacances se passaient bien.

Richard bute dans la table du salon.

— Il est à qui ce chaton ?

— Ma voisine me l'a apporté ce matin. Tu saurais comment l'appeler ?

Il fait non de la tête et quitte la pièce en chancelant.

Le lendemain au réveil, il croit percevoir une lueur de joie en lui. Il essaie de retenir la sensation, mais des coups discrets frappés à la porte l'interrompent. Sans un bruit, sa tante entre dans la chambre et dépose le chaton sur son torse. Les narines minuscules de l'animal se dilatent quand il renifle son visage. Lee s'assoit au bord du lit.

— Il n'a toujours pas de nom, dit-elle.

— Tu finiras par lui en trouver un, répond Richard qui sent que les obligations du quotidien lui pèsent moins.

Thérèse les observe en souriant.

— J'espère que ces quelques jours de vacances t'auront fait du bien malgré ta tristesse. De nouvelles choses se présenteront, tu verras. Laisse décanter. Ne t'attarde pas dans tes mauvaises pensées. Tu n'as qu'une chose à faire, c'est te laisser aller. Pour une fois que tu peux te déconcentrer !

Il est frappé par le bon sens de ses paroles. La jupe relevée sur les genoux, elle lui sourit, l'air juvénile. La jeune fille espiègle qu'elle était apparaît furtivement. Derrière elle, Thérèse arbore un air satisfait. En prenant sa douche, il sent que les mots de Lee travaillent en lui, et c'est un soulagement. Après tout, il ne s'est quasiment pas reposé depuis des années, ce qui lui a valu les reproches en quadriphonie de sa mère, de son père, du coach et du Philosophe, et même s'il est rétif à cette idée, peut-être est-ce une façon pour la vie de l'obliger à s'arrêter. À moitié convaincu, il se savonne avec vigueur.

Dans la cuisine, la radio diffuse un morceau de jazz auquel il n'est pas insensible. Le timide retour de confiance envers l'existence se confirme. Peut-être est-il inséparable de sa joie, de son saut, de cette vie qui était la sienne depuis deux ans. Peut-être cela ne peut-il pas lui être enlevé. Ses éblouissements sur Jack's Path lui manquent. En interrompant leur collaboration, Johnson a tout anéanti. Et pour lui, ne plus s'extasier est une chose déshonorante. Il ne veut pas ressembler à Andrew.

— Veux-tu aller dans un endroit spécial avant ton départ ? demande Lee en entrant.

— C'est gentil, je vais juste retourner voir l'océan et me promener en ville.

Avant de quitter Newport, il souhaite aller saluer le fan de Brumel. Éprouver ce genre d'envie relève du miracle, et il espère retrouver la sensation bienfaisante qu'a déclenché en lui la vision du poster. Depuis ce jour-là, il rumine les détails techniques qu'il testera dès qu'il aura retrouvé un entraîneur, ainsi que le discours qui le convaincra de le laisser sauter en dorsal. En attendant, il doit traverser ce temps. Au téléphone, sa mère lui confirme qu'aucune lettre n'est arrivée pour lui. Il fait profil bas. *Le bon moment, c'est pas maintenant.*

Le brouillard recouvre la ville et l'océan a disparu. En cette veille de départ, Richard contemple la chambre monacale qui l'a recueilli. Le lit, le chevet, l'abat-jour bancal, la grande armoire face à la fenêtre, et le portrait de Sainte-Thérèse.

Chère Beckie, Quelle solitude, et comme ton corps me manque. Comment en sommes-nous arrivés là ? Je me bats à ma mesure, ce n'est pas facile à expliquer. J'espère pouvoir continuer à faire mes armes, c'est tout. J'ai hâte de rentrer et de reprendre le saut. Agir me soulagera. C'est comme avec toi : je préfère mille fois t'embrasser que rêver de toi. J'aurais aimé que tu m'écrives, aimé te lire dans le train ; je me serais fait croire que ta main était posée sur ma cuisse, comme avant.

Après avoir rédigé mentalement cette lettre, il n'a pas le courage de la coucher sur le papier. Dans la lumière pluvieuse du jour, l'océan réapparaît peu à peu. Des moutons d'écume s'y forment comme des plaies argentées. La crête des vagues est un feu blanc, et devant ce spectacle, la conscience d'avoir été heureux le traverse.

*

Richard descend jusqu'à la crique pour une ultime promenade. Son train est à 14 heures. Devant lui, un homme en combinaison salue la mer avant de s'élancer dans les flots. Il salue l'océan à son tour et délace ses baskets pour faire quelques pas dans l'eau glacée. Des mouettes planent au-dessus des roches sombres, et sous leur égide il se sent redevenir loyal, prêt à affronter les aléas de son existence. Il sait qu'il n'évitera ni la peur ni le chagrin, mais il sait aussi qu'il retrouvera le point d'horizon de l'autre côté de la barre, ce point qui soutiendra chacun de ses mouvements. Il a compris que pratiquer le saut ne suffit plus. Il lui incombe désormais de créer et de défendre les circonstances qui lui permettront de s'exercer. Ce n'est plus un cadeau, plus une évidence. Cette idée est déstabilisante, mais elle fait dorénavant partie du jeu. Il tâte la poche de son bermuda à la recherche des pâtes de fruits que Lee lui a données pour son voyage de retour. Il décolle patiemment le papier des confiseries et en gobe trois d'un coup.

*

— Reviens vite nous voir ! murmure sa tante en le serrant dans ses bras devant la commode de l'entrée.

En l'étreignant à son tour, il cherche Thérèse des yeux en se penchant vers sa chambre, mais de là où il est, il ne peut pas la voir. Au-dehors, le ciel jette sa lumière verte habituelle.

Cinq minutes plus tard, l'oncle Bly démarre la Buick quand Lee surgit dans le rétroviseur, courant pieds nus sur le bitume.

— T'as dû oublier quelque chose, marmonne son oncle.

Lee se penche à la vitre de la portière, échevelée.

— J'ai décidé d'appeler le chat Valery ! Valery, comme ton collègue !

Richard agite le bras le plus longtemps possible, jusqu'à ce que la silhouette de sa tante disparaisse.

Dans le train qui le ramène à Portland, à l'étroit sur son siège, Richard est de nouveau en proie au malaise. Ce satané démon a la peau dure. Pour le contrer, il rêve au meeting d'octobre et au moment où il n'aura plus affaire à Johnson — comment s'entraîner sous les yeux d'un type qui l'a lâché ? *Tu t'habitueras*, lui souffle une voix sans visage. Peut-être celle de Lee, qui a tenté avec le plus de respect possible de l'apaiser.

— Parfois les choses ont l'air de régresser. Chaque matin, quand tu te réveilles, elles sont plus inatteignables que la veille. En réalité, elles sont en train de se préparer. Eh ! C'est toi qui pratiques le saut, tu devrais le savoir mieux que moi. Ne dit-on pas « reculer pour mieux sauter » ?

Calé contre la vitre, gêné par le coude de son voisin qui ronfle, il se demande à quoi penser. Beckie s'impose tout de suite, et il se redresse d'un coup. Peut-être tout rentrera-t-il dans l'ordre, comme par magie ? Peut-être que tout ça libérera une énergie inconnue et qu'il finira par effacer 1,90 mètre. *Arrête tes conneries*. Il croise et décroise les jambes. En tout cas, il a retrouvé un visage humain, se dit-il en apercevant son reflet dilaté dans le paysage.

*

Les rideaux sont lavés et repassés, les pièces soigneusement rangées. Il lit la satisfaction sur le visage de sa mère : elle a fait tout ça pour que ses premières impressions soient réconfortantes. Les traits de Lee se superposent un instant aux siens ; c'est comme s'il voyait mieux les femmes de leur âge, comme s'il en était moins séparé dans le temps.

Dans la salle de bains, il s'éponge avec une serviette de toilette. L'odeur familière le saisit : c'est l'odeur de son propre corps, l'odeur du corps de ses parents, l'odeur de leur maison. Au salon, son père ne cache pas son plaisir de le retrouver.

— Tu as bonne mine, tu as même pris un peu de poids ! Ma belle-sœur t'a bien nourri !

— J'ai pas fait de sport...

— Excellent ! Une bonne coupure, y'a rien de tel ! C'est pour ça qu'une fois par an, ta mère m'envoie dormir sur le canapé, pas vrai Bichette ?

Sa mère glousse. Ce séjour en tête-à-tête semble leur avoir profité.

— Tu sais fiston, reprend son père, t'étais peut-être trop replié sur ta discipline. Changer d'entraîneur te fera rencontrer d'autres gens. Ça peut pas te faire de mal !

Richard lui sait gré de ne pas laisser planer de non-dit sur leurs retrouvailles. Aussi rêche que soit le réel, il veut s'y frotter. De retour dans son univers habituel, il pense à Johnson avec rancune, plein d'une virilité mauvaise, bagarreuse, et cette hargne lui permet de se hisser au-dessus de la situation. Mais en pénétrant dans sa chambre, l'effet retombe comme un soufflé. En un clin d'œil, il retrouve sa misère. Les fleurs que sa mère avait déposées sur son bureau avant son départ sont mortes, et leurs tiges baignent dans un fond d'eau brune et grasse. Il les jette dans sa corbeille à papier, et une étrange odeur de brûlé s'élève dans la pièce.

*

Il essuie le miroir embué à hauteur d'yeux. La nuit a été pleine d'agitation. Le mieux à faire est de retourner immédiatement sur Jack's Path, sans réfléchir, sans prendre le temps de manger. Il est sept heures, son père est parti et sa mère va bientôt se lever. Derrière le rideau, le monde a l'air animé et la lumière d'août invite à le rejoindre. Il va reprendre son footing. Sa course d'appel.

Rendu à ses repères, il retrouve toutes ses sensations. Le poids de ses muscles et la souplesse de ses amortis, la régularité de sa respiration calée sur ses mouvements. Il est un animal, il perçoit les senteurs du parcours familier, il sait ce qui a fleuri ou défleuri, il débusque les ombres. Le chemin est fait à son pied, il court sans regarder sans penser, le plaisir se diffuse en lui, il se charge d'endorphines et jouit en silence au rythme de sa foulée. Il ne voit pas ceux qu'il croise, rien ne compte que les retrouvailles avec le paysage. Il court, certains chants d'oiseaux se sont évanouis, les canards sont dorés dans la poussière solaire, il remarque un ruban accroché à un buisson. Il court encore, un léger vertige le prend, l'église est plus jaune que dans son souvenir et la banderole a été enlevée. Il retrouve un peu de souffle, puis son énergie chute brutalement, et il doute de pouvoir terminer la boucle habituelle. Il n'a rien avalé depuis la veille. Quand les cloches se mettent à sonner, toutes les perspectives familières du trajet, tous les horizons se télescopent, et il accélère, incapable d'interpréter ce signal, galopant de plus belle. Une voiture passe tous phares allumés alors qu'il fait déjà jour, et il s'arrête pour respirer la bouche grande ouverte, tandis que les colverts passent au-dessus de lui comme des flèches. Le révérend Miller arrive de son pas traînant, un sac en papier à la main. Richard a l'impression d'être pris en faute.

— Ça va, mon garçon ? Tu as passé de bonnes vacances ?

— Très bonnes, merci.

— Tu cours quelle que soit la saison, tu es courageux.

— C'est que j'aime ça. Mais là, je manque un peu d'entraînement...

Le pasteur extirpe une banane de son sac.

— Mange et marche doucement.

Miller commence à s'éloigner en direction de l'église et Richard lui emboîte le pas en épluchant son fruit. À l'intérieur, la fraîcheur le saisit.

— Viens assister au sermon ? lui propose le pasteur. Tu m'as l'air d'avoir besoin d'un petit remontant.

Richard s'éponge le front.

— Oh, c'est juste un peu de fatigue. Vous allez parler de quoi, aujourd'hui ?

— De Saint Paul : « J'ai vu de nouveaux cieux et une nouvelle terre, car les premiers cieux et la première terre s'étaient éteints... »

Richard n'écoute pas, il tourne déjà le dos au chœur pour repartir. Tout ça le rebute, et il se sent un peu mieux.

— Il paraît que tu bats des records dans ta discipline, dit Miller en le rejoignant sur le perron.

— Oui mon Père. Mais de façon pas très...

— Catholique ?

— Voilà !

— J'ai lu ça dans le journal. En tout cas, bravo. Tu les as convaincus de te laisser faire à ta façon.

Richard grimace.

— La liberté, c'est quelque chose de violent, mon garçon.

— Mais non, c'est l'inverse qui est violent.

Le révérend lève le nez au ciel, lui montre les arbres qui se tordent dans le vent chaud.

— Question de hauteur d'esprit.

Mais Richard ne veut pas laisser ses muscles refroidir, et il reprend sa route après un salut poli. Les réverbères cliquettent comme des mâts en tremblant drôlement, et il pense à Newport avec une pointe de nostalgie — l'odeur du port, les taches rouges des phoques dans le lointain, l'œil étrange du monstre rencontré dans la crique. Et sa tante Lee, qui cassait des plaques de chocolat chaque soir afin de lui donner le nombre de carrés réglementaire pour éviter toute carence. Le vent est bon, il le prend en pleine face avec plaisir, le gobe en trottant, coïncidant de nouveau avec son paysage. Il coupe par un quartier voisin pour rentrer plus vite, débouche de l'autre côté de la rue, et dans le rayon de lumière oblique qui tombe sur le lotissement, sa maison lui apparaît comme dans un rêve, un rêve où tout est identique à la réalité, à un détail près — un détail impossible à déceler.

*

Il passe le balai, la serpillière, essaie de rester calme en vaquant à des occupations simples. « Mange ta soupe et lave ton bol », lui disait toujours son père quand il lui confiait ses soucis d'enfant : s'en tenir au quotidien avec humilité, procéder dans l'ordre en gardant la tête froide. Demain, jour de rentrée, il va revoir l'entraîneur et Beckie dont il n'a eu aucune nouvelle. Dans le jardin, il regarde de près les rosiers de sa mère et en hume les fleurs. Peut-être, lors de cette dernière année au lycée, croisera-t-il d'autres visages qui l'aideront à survivre à la rupture, à oublier Beckie, Andrew, et Johnson.

Il rentre, puis sort de nouveau pour regagner la maison deux minutes plus tard. Fébrile, il est soumis à un courant électrique à peine assez fort pour être douloureux, mais qui grésille incessamment au fond de lui.

— Tu n'as pas bonne mine, lui dit son père au dîner.

— Bah, la rentrée me stresse...

— Demain tu y verras plus clair.

Sa mère entortille sa serviette autour de son index sans rien dire.

— Papa ?

— Oui, fiston ?

— Si on se sent convalescent, ça veut dire qu'on est encore malade ou qu'on est déjà guéri ?

— Les deux, mon capitaine. Disons que c'est comme être à mi-pente. Mais ferme la bouche, Richard, t'as l'air idiot à me regarder comme ça.

Le coach lui faisait souvent cette réflexion, *avant*.

Sa nuit est une alternance de coma et d'insomnie, durant laquelle il entrouvre les yeux en se demandant où il se trouve : à Newport ? Dans un dortoir, la veille d'une compétition ? Plutôt dans un endroit où il n'est jamais allé, conclut-il en observant l'ombre grise du mobilier. Il somnole à l'aube, réintégrant lentement le temps et l'espace. Comme lui, des milliers de lycéens s'apprêtent à entamer leur première journée de cours. Il imagine les arbres frémir au-dehors, sous Vénus encore visible à cette heure. Il frémit avec eux. Il imagine Beckie dans son lit, et tous les détails de son corps. *Qui avons-nous été ?*

*

Dans le gymnase, tout le monde est aligné devant Johnson, le Philosophe et un nouveau professeur de sport. Le cœur de Richard bat à tout rompre. Retrouver l'odeur familière, le sautoir, le visage du père de Beckie, celui du coach... et rencontrer ce type qu'il va falloir convaincre. Son ex-entraîneur n'a pas un regard pour lui. Quant à Smith, Richard est soulagé de le voir : il craignait que Beckie et lui aient déménagé. Il sent une énergie terrible monter en lui, qui pulvérise toute la sagesse accumulée tant bien que mal durant l'été. L'échauffement commence : sauts à pieds joints autour du gymnase avec des poids accrochés aux chevilles, pas chassés... Il contracte ses muscles de toutes ses forces, tape des pieds, n'a qu'une hâte : courir, retrouver la course d'appel, franchir la barre ; et en même temps, il est déconcentré par l'illusion que Beckie le regarde depuis quelque recoin secret. Andrew est absent, il ne l'a pas croisé de la matinée. Henry, rencontré après le cours de maths, lui a appris que Clarisse avait arrêté ses études pour se marier. À chaque tour de piste, en passant près du sautoir, il se sent ému comme s'il retrouvait un vieil ami — son plus sûr ami. Le nouvel entraîneur, la trentaine athlétique, a l'air sympathique.

Après l'heure d'échauffement, alors que Richard fait la queue devant le sautoir, Johnson vient le voir.

— Tes vacances se sont bien passées ?

Richard est interloqué. Est-ce qu'il se fiche de lui ?

— J'avoue que l'annonce de l'arrêt de notre collaboration m'a fichu un coup, Coach.

Johnson siffle un grand coup pour que les élèves prêts à sauter se mettent en place, ce qui lui vrille les tympans.

— L'arrêt, l'arrêt..., poursuit Johnson. Disons que je te confie à quelqu'un d'autre.

Richard ne demande pas pourquoi. Soudain ça lui est égal, il veut juste savoir s'il pourra travailler son saut à sa façon.

— Ta participation au grand meeting d'octobre est remise en cause.

Richard encaisse.

— En revanche, tu dois te préparer pour celui de mars.

— Mais on sera presque à la fin de l'année !

— Mon collègue, John Davis, va te prendre en charge.

— Ça veut dire quoi ?

Le coach fronce les sourcils.

— Tu peux continuer à sauter avec ta méthode, si c'est ce que tu veux savoir, mais il n'y aura pas de meeting pour toi en octobre.

Richard a l'esprit embrouillé. Il cherche à éprouver la violente joie du soulagement : il pourra continuer à travailler à sa façon, et l'univers devrait s'ouvrir devant lui à cette seconde. Mais l'indifférence de Johnson et son absence d'explications lui font mal. Et puis le meeting d'octobre a été son horizon durant tout l'été. Davis, son nouvel entraîneur, acceptera-t-il d'appuyer son dossier de bourse au risque de se compromettre ? Il court se mettre en place, remonte ses chaussettes de couleurs différentes, effectue quelques étirements. Il y est. Le sautoir lui fait face. Il rit tout seul, les mains sur les genoux, puis disparaît dans sa concentration.

Sa course d'élan est parfaite. La courbe, l'impulsion, le saut dorsal — tout est intact. Sa réception est excellente, merci le Philosophe. Un type le bouscule :

— Il était gracieux ton saut, haha !

Ça siffle un peu, ça chahute, mais Richard se concentre à nouveau. Il refera tout le chemin. Au loin, Davis l'observe. Après une série de six franchissements, il est obligé de laisser la place et va s'asseoir près du vestiaire. Il suit du regard le père de Beckie, comme s'il pouvait trouver une réponse en lui. Pour l'heure, il ne peut explorer aucune nouvelle piste. Il doit d'abord répéter inlassablement la course, le saut, la réception, et ce pendant des semaines, jusqu'à ce que son corps redevienne parfaitement autonome, indépendant de sa pensée. La sueur lui coule sur le visage et il cherche sa serviette, à quatre pattes entre les coffres en bois. Une paire de baskets s'arrête devant son nez, et lorsqu'il lève la tête, Davis le fixe de toute sa hauteur. Vu de près il a l'air moins avenant, à la réflexion.

— Qu'est-ce que tu fous par terre ?

— Je cherche ma serviette, répond-il en se rasseyant sur le coffre.

Davis s'éloigne pour s'occuper d'un groupe d'élèves, devant lesquels il exécute une course d'élan époustouflante. Les muscles bandés, il atteint une vitesse folle en quelques secondes, et tout le monde applaudit. Il lui fait penser à Andrew, qui lui manque depuis ce matin. Où est-il ? Davis revient vers lui comme si rien ne s'était passé.

— Dis donc, le Contorsionniste, t'as regardé sous ton cul ?

— Quoi ?

— On dit : comment, Coach ?

— Comment, Coach ?

— T'as regardé *sous ton cul* ?

Richard se lève, pense à fermer la bouche pour ne pas avoir l'air niais, et ouvre le coffre. Ses affaires sont rangées à l'intérieur, et il sourit bêtement en imaginant la tirade que déclamerait le Philosophe.

— Merci, monsieur ! Enfin, je veux dire : merci, Coach !

Et Davis lui serre la main.

*

La nuit d'octobre est fraîche, il tire sur les manches trop courtes de son sweat-shirt en méditant dans le jardin. Ce soir, les chauves-souris ne se montrent pas. Sans savoir ce qui les liait, Davis lui a appris qu'Andrew s'était engagé dans l'infanterie. Pour Richard, c'est un choc. Il se revoit déposer chez lui la médaille militaire achetée le jour où il avait effacé 1,77 mètre. Il revoit l'expression d'Andrew la première fois qu'il avait passé la barre en dorsal. La façon dont il l'avait tenu par les épaules après lui avoir renversé un verre d'eau sur la tête. Il était fier et heureux, malgré son regard fuyant. Il revoit l'horrible moment passé avec lui avant de partir à Newport. Andrew ne lui a laissé aucun mot, ne lui a fait aucun signe avant de partir. Richard ne mesure pas bien ce que signifie cet engagement, il se souvient juste des tracts distribués dans les boîtes aux lettres avant les vacances, destinés à convaincre les jeunes gens d'aller grossir les troupes au Vietnam. Il tente de garder la tête froide, dans l'espoir de retrouver la joie malgré tous ces événements. Peut-être reviendra-t-elle quand il aura la certitude que Davis appuiera son dossier d'inscription à l'université d'Eugene. Car il est sûr d'une chose : la joie le rend plus lucide.

Depuis la rentrée, Davis le laisse s'entraîner comme il veut, sans se départir d'une espèce d'ironie. Pour l'heure il plafonne à 1,84 mètre. Les anciennes promesses de Johnson, leurs projets, la façon dont ils avaient préparé ensemble le meeting qui se déroule en ce moment même, tout a été dissolu. La tristesse demeure, mais il tient sa ligne. Il sait qu'il a franchi des paliers de déniaisement, et il se sent à la fois abîmé et intact, un peu comme son histoire avec Beckie. Il ne l'a revue que huit jours après la rentrée, assise dans le parc au milieu de lycéens de sa classe. En le voyant approcher, elle a gardé son sang-froid :

— Salut le sportif.

Durant quelques secondes, ils sont restés intensément silencieux en sondant le regard de l'autre. Puis ils ont échangé quelques mots polis avant de promettre de se revoir.

En montant l'escalier qui mène à sa chambre, un peu engourdi par le froid, Richard se dit que tout s'évanouit et change, les amours, les amitiés, les alliances, exactement comme l'hiver cède la place à l'été de façon brutale de ce côté du continent américain. Il n'y a pas à lutter. Il n'y a pas à chercher d'explications. Il n'y a qu'à acquiescer au grand mystère.

*

Il a retrouvé le silence du saut, celui de Jack's Path et celui du miroir. Il a rejoint son état. La vie a redémarré, les journées se déploient entre les cours et l'entraînement. Par moments, il a la sensation galvanisante d'avoir des hectolitres d'oxygène dans le corps, comme avant.

— Amuse-toi bien, Richard, et pense à bûcher tes cours. Nous serons de retour à la fin de la semaine.

Il embrasse ses parents qui partent pour Medford. Une fois

la voiture disparue, il s'assoit dans la cuisine vide. Disposer de la maison est très agréable, et chaque geste banal offre une perspective de plaisir nouveau. Comme un somnambule, il va décrocher le téléphone.

— Bonjour monsieur Smith, c'est Richard. Est-ce que Beckie est là ?

Elle se tient devant lui, comme lors de sa première visite. Une pelisse claire a remplacé son manteau rouge, mais elle porte toujours ses bottines au cuir tanné. La douceur de la laine va bien à sa carnation rosée. Dans son œil, il trouve le même chatoiement de défi, mais une interrogation nouvelle flotte sur son visage.

— Entre.

Il s'étonne de son aisance devant elle, de la facilité de leurs retrouvailles. Beckie doit partir à 21 heures, il la raccompagnera. Le Philosophe ignore que les parents de Richard sont absents, et ce mensonge qui en rappelle d'autres les unit comme avant. Ils dînent d'une omelette, en discutant avec une politesse distante, bafouillant des choses que ni l'un ni l'autre n'entend. Puis très vite, ils se retrouvent enlacés, leurs bouches s'unissant furieusement. Le souffle de l'un active celui de l'autre, comme dans une forge. Il l'entraîne sur le canapé et en une minute, ils sont nus tous les deux, tandis que le téléphone sonne dans le lointain d'une autre réalité. Leurs corps se reconnaissent, s'harmonisent, tout est familier et grisant. Richard serre les épaules rondes, empoigne les hanches, veut lui arracher quelque chose, va profond dans sa bouche. Elle s'accroche à lui comme si elle allait tomber, et son cœur cogne violemment contre sa poitrine, désirant entrer dans son corps à lui. Leur échange est fervent, nimbé d'une inquiétude rageuse. Une fois la vague passée, elle reste allongée les yeux clos, un bras sur les seins. Il la regarde. Ce visage qu'elle a après l'amour, il a le sentiment d'avoir grandi avec. Lorsque leurs yeux se croisent, ils sont emplis d'une tendresse douloureuse. S'ensuit un silence inédit, dans lequel ils ont l'impression de se dissoudre, au point qu'elle se lève lentement, trop lentement, attrape ses vêtements et se dirige vers les toilettes. Elle ne demande pas à voir sa chambre.

Les pluies d'octobre font déborder les égouts, et il la raccompagne chez elle dans une atmosphère viciée. Sans se concerter, ils s'arrêtent à l'entrée du pâté de maisons pour se regarder un moment. Simplifiés par la fatigue, ils ne se forcent pas à sourire. Elle lui tend la main, il la serre, et ils se séparent.

De retour chez lui, il fait la vaisselle. La visite de Beckie est aussi irréelle qu'un rêve : il ne reste rien de son parfum dans le salon, et il a pris soin de remettre le canapé en ordre pendant qu'elle était aux toilettes. Il le regrette à présent qu'il se retrouve seul face à ce qui vient d'avoir lieu, dont il voudrait recueillir des preuves. Il aimerait retrouver la densité de cette minute durant laquelle ils se sont serrés à en avoir mal, éblouis de se rencontrer à ce point dans la sexualité. L'instant d'après, il s'était senti heureux et misérable, puis le temps présent l'avait repris. Ce corps, comme il l'avait aimé, et comme il en avait été aimé. Comme il le connaissait, et comme ça avait été bon de le connaître.

*

Beckie l'attend à la grille du lycée le lendemain et lui annonce sans préambule la fin de leur histoire. Aucun des deux n'a besoin d'explication, ils portent leur séparation depuis des mois. Malgré tout, la réalité est affolante et le choc très vif dans sa poitrine. Durant des jours il s'adresse mentalement à elle, où qu'il se trouve — au drugstore, à la bibliothèque, sur Jack's Path où il emprunte désormais l'itinéraire le plus court. Seul le temps du saut est vierge d'elle, mais sitôt l'entraînement terminé, les ruminations reprennent. De nouveau le chagrin l'aiguillonne, il se sent héritier des jours de Newport, ces jours de catastrophe anonyme. Il ne voit pas comment regagner le chemin de la douceur avec une plaie pareille dans le ventre. La fatigue appuie sur lui. En rentrant dans la maison déserte, après les cours, il se fait des tartines de beurre au sucre, s'assoit dans le jardin, occupe la place de son père dans le fauteuil à l'assise moelleuse. Mais son humeur ne varie pas, et tout ce tralala pour s'apaiser lui semble bien misérable.

*

Le nez dans son assiette, Richard fulmine encore contre ses mauvais résultats. Enrhumé, il a échoué à propulser ses quatre-vingts kilos au-dessus de cette barre à la noix. Par quel miracle aurait-il pu réussir un truc pareil en apnée ? Il a fait le zouave, dansé, et ça n'a fait rire personne. Armé de son irritabilité, il ne s'est même pas inquiété d'offenser Davis. Ses parents à peine rentrés font tout pour lui être agréable, en vain.

— Tu savais que les hommes ont appris à sauter en hauteur pour échapper aux fauves ? lui demande sa mère.

— Mmmm, répond Richard en mâchant sa pomme de terre.

— Ça ne t'intéresse pas de connaître l'origine de ta discipline ?

Ça ne l'intéresse pas du tout. Ce qui l'intéresse, c'est le positionnement parfait de son pied d'appel. Ce qui l'intéresse, c'est de trouver comment maîtriser le temps entre le moment où il se propulse et celui où il se réceptionne. Son père lui tend un fruit.

— Tu veux un dessert ?

— Non merci, Papa.

Sa propre voix, virile et cassée, le surprend. Quand cette mue est-elle arrivée ? Son père semble ne rien remarquer. La chaise couine lorsqu'il la recule pour sortir de table.

— Tu fais quoi ce week-end ? lui demande sa mère pour le retenir un instant.

— Je tricote..., répond-il en soupirant.

Elle lui jette un œil noir.

— Bah je m'entraîne, Maman.

— Pour le meeting de mars ?

— Voilà.

*

Un petit merle vole, affolé, à hauteur de son visage, tandis qu'il observe un nid dans la remise. Les baskets pleines de fiente, il s'éclipse et rejoint Jack's Path par Long Avenue, qu'il a coutume d'éviter à cause des nombreux passants. Sur l'artère qui se précipite vers le soleil couchant, il croise un groupe d'enfants avec des sacs de sport, qui sortent de son ancien gymnase. Des bosquets jaillissent sur sa trajectoire, des maisons jamais vues auparavant, un échafaudage, et il s'enfonce dans l'ombre accueillante de Morning Park. La rumeur des voitures étouffée par l'enceinte des arbres lui fait croire que l'orage gronde. Près de la rivière, l'humidité du soir rend ses mouvements plus lents, et ses articulations lui font mal. Mais après quinze minutes d'exercice, il sent venir un regain de vitalité. Il grogne comme un ours, et un de ses tympans semble crever : les sons assourdis redeviennent brutalement cristallins, et une myriade de pépiements d'oiseaux et de bruits d'eau lui explosent à la tête. Quelque chose force le passage en lui, une énergie du fond de son être. Il longe la rivière en faisant des pas chassés, quand un chien se met à bondir autour de lui, sourd aux appels de ses maîtres. Richard reste concentré sur son plaisir. La vie reflue d'un coup. Finies les heures passées à genoux, les larmes aux yeux et l'écume aux lèvres ?

Au retour, après la douche, il se met au lit le cœur décapé.

*

En mars, Richard reçoit une lettre d'Andrew. Il décachette l'enveloppe sans émotion. *À mains jointes, je te demande de me pardonner et de garder nos bons souvenirs vivants. Ma vie serait vacuité et mensonge si je ne t'avais pas rencontré.* Richard plie le papier déchiré qui ne porte pas de signature et le range soigneusement, en réprimant un sourire. Ce satané Andrew n'a pas changé ! Il ne lui raconte rien du tout, mais avec grandiloquence.

Depuis des mois, le sport emplit sa vie de façon exclusive, et ses résultats scolaires sont bien meilleurs. Davis a accepté d'appuyer sa candidature à la faculté d'Eugene, mais sans s'engager clairement. Quant à Johnson, Richard n'attend plus ses explications. Il préfère garder la tête dans le guidon, c'est-à-dire s'entraîner sans penser. Parfois, il est écrasé par ce besoin irritant de persévérer. Il jure, crache, se déteste.

— Fait chier !

Et il se remet en place face au sautoir.

Chaque matin il se réveille à 5 heures 30, le cœur transformé en pile électrique. Souvent il halète, sans savoir s'il est excité ou apeuré, et la violence de cette agitation le rend fou. Il part sur Jack's Path très tôt, dans le vent glacial, pour être rappelé ici et maintenant, pour échapper à la peur de ne pas mener son travail à bien. Il respire mal, mais il perçoit l'été qui couve dans le paysage et qui surgira bientôt, implacable.

*

Dans le vestiaire, la tension est palpable. C'est son premier meeting depuis un an, et le brouhaha, l'odeur de sueur qui précède l'effort, tout lui tourne la tête. Il a très bien travaillé ces dernières semaines, et il se sent confiant et heureux d'être là. Davis devient officiellement son entraîneur ce jour, et il doit effacer au moins 1,82 mètre.

— Ça va vite écrémer, aujourd'hui, lui dit le type qui lace ses baskets à côté de lui. Y'a des poids lourds dans ce championnat régional.

Les gradins sont combles et on entend quelques applaudissements. Le favori, un certain Palmer du lycée adverse, se prépare sans la ramener. C'est une armoire à glace, avec de longues jambes et de grands bras. Tous rejoignent le gymnase, leur bouteille d'eau à la main, tandis que les juges mesurent la hauteur de la barre et vérifient les marques au sol. Comme Richard crée ses propres repères, il lui faut un certain temps pour visualiser l'endroit, et il marche de long en large sans quitter le sautoir des yeux. Pour se concentrer, certains braillent, d'autres prennent la pose devant les journalistes.

L'épreuve commence avec une barre à 1,82 mètre. Il sera le huitième à sauter, et il imagine la stupeur habituelle quand il franchira la barre en dorsal. Dans ce gymnase, le public se trouve en face de lui, juste derrière le sautoir, et c'est la première fois qu'il expérimente cette configuration. En appréhendant la distance, il pressent que sa courbe devra être plus ample que d'habitude et il décide de tester un angle d'attaque plus latéral. Il respire calmement, s'habitue à la peinture jaune de la salle, aux poteaux rouges, aux silhouettes des juges. C'est à lui, il se met en place, respire plus profondément encore. Il plisse les yeux — oui, sa courbe devra être plus ample. Il se balance d'avant en arrière, son appui est bon et son pied léger. Il voit la trajectoire, puis le saut. C'est parti.

Au quatrième saut, il efface 1,97 mètre. Davis, Smith, Johnson, tout le monde court vers lui et le félicite, devant les autres athlètes hilares ou sidérés.

— T'es deuxième de l'Oregon ! Le deuxième ! braille Johnson en levant les poings au ciel.

Davis le secoue comme un cocotier :

— T'es le recordman du lycée ! Beau boulot !

Dans le public, la liesse le dispute aux huées, les chapeaux volent et des tracts sont piétinés.

— Au moins, on n'a pas à lui faire oublier les mauvaises postures qu'il a apprises dans les gymnases, déclare un entraîneur du lycée adverse qui ne le quitte pas des yeux.

— Ouais, mais aucun sélectionneur ne lui donnera sa chance, rétorque un autre.

Dans le bus, sur le trajet du retour, Davis lui apprend qu'il concourra à son premier meeting national à Houston, dans deux mois. Mais Richard ne pense qu'à son saut, à sa courbe plus ample. Une fois propulsé en l'air, ses bras se sont ouverts plus largement et il a gagné quelques millièmes de secondes pour accentuer sa cambrure. Aux journalistes qui se sont empressés de lui poser des questions, il n'a pas su quoi répondre. Et quand ils lui ont demandé de refaire une démonstration, à froid, comme une performance d'acteur, il a simplement éclaté de rire pour ne pas paraître désobligeant, ce qui n'a pas eu l'air de leur plaire. 1,97 mètre. Il se répète le chiffre. Ses oreilles bourdonnent.

Sa mère saute sur place en battant des mains lorsqu'il lui annonce la nouvelle. Elle se précipite dans sa chambre, fouille dans une boîte rangée sous l'armoire et revient avec un mètre ruban et un petit crayon.

— Appuie-le bien contre le mur.

Richard s'accroupit pour tenir le ruban, à l'endroit précis où elle le mesurait quand il était enfant. Elle monte sur une chaise, tire le mètre jusqu'à 1,97 et trace un trait sur la peinture, avant de descendre prestement et de désigner la marque, comme si elle inaugurait une œuvre d'art.

— Voilà ! Voilà ce que tu as fait !

Elle court dans le salon et en rapporte une bouteille de vin.

— Débouche-la ! Ça fera arriver ton père. Quand il va savoir que tu es inscrit à une compétition nationale !

*

En plein cours d'algèbre, la porte s'ouvre sur le directeur du lycée. Toute la classe se lève. Sans un mot, l'homme en costume désigne Richard du menton et lui fait signe de le suivre. Leurs pas résonnent dans les grands couloirs, jusqu'au bureau où il entre pour la première fois. Après l'avoir invité à s'asseoir, le directeur lui tend le *Medford-Mail Tribune*, le journal que lit son père. Une photo de lui au dernier meeting couvre un quart de la Une, avec en gros titre : *Flop ou succès ?*

— Lis.

En guise de compte-rendu du championnat, tout le papier parle de son saut, « *celui d'un poisson qui jaillirait hors de l'eau pour échouer sur un bateau* ». Richard essaie de déceler une réaction sur le visage de son interlocuteur.

— Un flop prometteur ! lance le principal. Je voulais te féliciter, car tu honores ton lycée en devenant champion de notre État... même si c'est grâce à ta méthode fantaisiste.

Alors qu'il traverse la cour pour rejoindre sa classe, des filles le regardent de bas en haut d'un air narquois.

— Tu crois qu'au lit aussi il fait des acrobaties ?

Une fois rentré chez lui, il trouve sa mère attablée devant le journal, l'air embarrassé.

— Dans ce milieu, tu montes aussi vite que tu descends ! gémit-elle.

— Je ne suis ni monté ni descendu...

— En comment tu appelles ça ? dit-elle en montrant l'article.

— Je ne fais que continuer, je fais ce que je fais depuis des années.

— C'est quand même ingrat.

— Mais quoi ?!

Il se sent bouillir : l'étroitesse d'esprit de sa mère l'agace. Elle ne va pas se prendre au jeu publicitaire de ces ânes.

— Je continue, c'est tout, répète-t-il en jetant un œil au trait de crayon sur le mur.

Merde, c'est tout de même haut pour un saut de poisson.

— Quand on pense à ce que tu sacrifies, pour quelques minutes par an...

Tout ce qu'il vise c'est le stade suivant, la découverte suivante, et voilà que sa mère fait comme si un gouffre s'était ouvert devant lui.

— En tout cas, mon garçon, je te souhaite d'être reconnu un jour pour ce que tu fais.

Cette fois, il se mord le poing. Entre Clarisse qui l'applaudissait même quand il était mauvais, Beckie qui n'a pas compris que sa pratique était impossible à partager, et sa mère qui est animée d'une ambition puérile pour son rejeton, il a de quoi enrager. Il aurait fait tout ce chemin depuis le fin fond du miroir, depuis l'extrémité de Jack's Path, pour taper sur l'épaule de ces types qui écrivent dans les journaux ? Cette gêne qu'il éprouve avec les gens qu'il aime ne le quitte plus depuis des années, elle semble inhérente à ce qui lui *arrive* depuis que le saut fait partie de sa vie.

— Poissons, lit sa mère à haute voix en consultant l'horoscope. Vous êtes guidé par le cœur et les émotions, soyez plus pragmatique.

L'amour inconditionnel est une bénédiction et une malédiction, se dit-il en la regardant. Être aimé sans être compris, en voilà un cadeau empoisonné.

*

Après son exploit, il médite sur la suite à donner à son travail. Des angles nouveaux s'éclairent, d'autres s'éteignent brusquement. Le meeting national de Houston a lieu dans un mois. Jamais il n'aurait imaginé participer à un tel évènement. Ce qui l'intéresse, outre le défi sportif, c'est la façon dont le trac agira sur son énergie. Réussira-t-il à passer une nouvelle fois 1,97 mètre ? Bon sang. Il a dix-huit ans. Peut-être arrivera-t-il à passer les 2 mètres un jour. Ce serait proprement délirant. Il pense aux 2,26 mètres de Brumel, immortalisés sur le poster du bar de Newport. À son âge, Valery avait accompli quatre cents sauts et effacé plus de dix fois 2,20 mètres. En somme, il avait déjà tutoyé Dieu.

*

Libère-toi libère-toi cours et libère-toi affranchis-toi encore encore cours avec ton ventre.

L'émotion n'a pas le temps de demeurer en lui, c'est lui qui la traverse comme une flèche, qui la perfore, rien ne peut s'accrocher à lui, il attaque la barre avec un angle à soixante degrés il fend l'espace ouvert efface la barre maîtrise le temps du saut et retombe.

Il a franchi 2,01 mètres.

À Houston, Richard est sacré champion dans la catégorie junior.

*

Depuis quelques jours, ses parents sont harcelés de coups de fil de journalistes qui veulent l'interviewer, et certains l'attendent même à la sortie du lycée. On l'aborde comme une bête curieuse. Ça lui rappelle l'arrivée du gorille au zoo de Forest Park en 1952, l'année de ses cinq ans.

Son père pose les journaux sur la table et déplie le premier de la pile. On y voit un cliché de Richard en plein saut, dans une position peu flatteuse.

— « *Quand il franchit la barre, cet hurluberlu de génie ressemble à un type qui s'allonge sur un transat trop petit pour lui...* »

Sur le visage de son père, Richard discerne un mélange de colère et de fierté. Ce battage médiatique le surprend et détonne avec ce qu'il vit intérieurement. Depuis son exploit à Houston, il connaît une sorte de progression accélérée : chaque tentative pour s'améliorer aboutit à une modification de son saut. Son dynamisme est meilleur, le temps passé au-dessus de la barre s'accroît, et il gagne en hauteur. C'est extraordinaire, tout répond en un laps de temps dix fois moins long qu'avant. Le blabla autour de sa technique le laisse indifférent. S'il est d'accord pour amuser la galerie, et s'il aime rencontrer d'autres athlètes lors des meetings, il ne se sent pas en phase avec les journalistes. Dans le tréfonds du sommeil, lorsqu'il rêve qu'il est à l'entraînement, il atteint l'impulsion suprême, le mouvement sauvage et parfait, celui qui répond à une autre intelligence, impossible à transcrire dans ces papiers destinés aux rotatives. Il n'existe pas de preuve de l'existence de ce qui le tient.

Bien sûr, son père aurait préféré qu'on s'intéresse à lui pour sa performance. Le matin même, il l'a entendu discuter avec le voisin, qui regrettait que Richard soit connu pour ses « pirouettes ».

— Le sport, c'est si important pour la nation.

Tandis que son père découpe les articles et que Richard replie les journaux au fur et à mesure, le téléphone sonne. Ils soupirent en même temps.

— Encore !

Richard décroche à contrecœur. Il est surpris d'entendre Thomas Dingle, un type de sa classe qu'il n'a jamais fréquenté.

— Salut, j'organise une fête pour mes dix-huit ans à la fin du mois. Y'aura pas mal de monde, et ça me ferait plaisir que tu sois là.

Cette nouvelle l'enchante, et pendant deux secondes il retrouve l'enthousiasme de ses dix ans.

— J'y serai !

— D'ici là, on saura qui est diplômé ou pas. Si tu changes d'avis, tiens-moi au courant.

Il a à peine raccroché que le combiné vibre de nouveau. Son père lève les yeux au ciel et disparaît dans le couloir. Sa réaction nerveuse indique qu'il est affecté par les critiques sceptiques qui fleurissent dans la presse à propos de son fils. Le combiné collé à l'oreille, perdu dans ses pensées, Richard ne prononce pas un mot. Une voix grave demande s'il y a quelqu'un au bout du fil. Il sort de sa torpeur pour se présenter. La pendule indique 18 heures, il voudrait aller courir sur Jack's Path et faire quelques étirements dans Morning Park. Si ça continue, il n'en aura pas le temps.

— Je suis Eddie Sengler, capitaine de l'équipe universitaire de Corvallis.

— Enchanté...

Richard se mord la lèvre. Il a été pris de court.

— Je vous ai repéré au meeting de Houston.

Tu m'étonnes, pense Richard en apercevant les photos étalées sur la table, qui le montrent dans les positions les plus saugrenues. Peut-être va-t-il lui demander la permission de filmer son saut afin de l'analyser, comme le font ses collègues depuis qu'il est devenu champion junior. Les yeux rivés sur la pendule, il prépare sa réponse, mais Sengler le devance :

— Je pense qu'on peut faire du bon boulot ensemble. Je vous propose de devenir votre entraîneur.

Sous le coup de l'émotion, quelque chose chute dans la poitrine de Richard.

C'est en train d'arriver.

Sengler poursuit :

— Si vous acceptez, la faculté de Corvallis, à Medford, vous attribuera une bourse.

Richard pose le combiné à côté du téléphone et va chercher son père.

*

La fête a lieu dans le jardin de Thomas, où une table a été dressée sous un auvent. Il fait très chaud, et une trentaine de personnes discutent déjà à bâtons rompus en sirotant des bières. Tous les garçons portent des bermudas et des chemisettes colorées, et les filles, pieds nus, arborent des jupes courtes. En tee-shirt et en short blanc, Richard a l'air d'un tennisman qui sort du court. La plupart des invités viennent de décrocher leur diplôme, comme lui, et les années lycée sont officiellement révolues. Il lance quelques sourires à droite à gauche et va se chercher un verre. Thomas le salue de loin. Des filles flirtent avec des types sous les arbres, d'autres fument allongés sur des couvertures.

Sous l'auvent, deux gâteaux trônent à côté d'une pile d'assiettes et d'un tourne-disque. L'ambiance est détendue, et il cherche un coin où s'installer. Tous ces gens qu'il a croisés durant quatre ans au lycée ont considérablement changé. Les garçons sont devenus des hommes, et les filles des femmes intimidantes, aux formes affirmées et au regard plus direct. L'une d'elles, coiffée d'une couronne de fleurs, s'approche de lui.

— Je t'adore, Richard, t'es toujours tout sourire... Dommage qu'on n'ait pas été une seule fois dans la même classe... Chaque fois qu'on se croisait, au lycée, je répétais à mes copines que t'étais pas un type ordinaire...

Ginger minaude en tournant autour de lui comme une danseuse.

— T'es gentil, ça crève les yeux. Et puis t'as de grands bras, comme mon père...

Elle se colle contre lui et des sifflets fusent. Richard est sensible à son parfum qu'il ne parvient pas à identifier. Du chèvrefeuille ? Un foulard à pois est noué autour de son cou, et son soutien-gorge pointu donne à ses seins un profil d'obus. Elle ne suscite rien en lui mais il lui offre son verre, après avoir refusé la cigarette qu'elle lui tend.

Vers dix-neuf heures les gâteaux sont dévorés, le tourne-disque chauffe, les bières et les sandwiches circulent. L'ambiance s'anime, tout le monde sue et danse, on s'embrasse, les mains s'aventurent sous les vêtements. Les hymnes de l'université de Corvallis et d'Eugene sont entonnés, et tout le monde se déhanche de plus belle. Excité par l'alcool et la chaleur, Richard entame une chorégraphie, balançant ses bras de géant sous les applaudissements des autres. Tout le monde se met à sauter, à brailler, à chanter, on fume de plus belle, on boit et on reboit, on s'enlace, et enfin la joie se répand en lui. Il réalise que c'est bien vrai : il va à la Fac, il a décroché une bourse, il a trouvé un entraîneur !

— Wouhoooooooooou !

Richard secoue la tête jusqu'à perdre l'équilibre et s'étale dans l'herbe en mimant une crise d'épilepsie. La musique lui a pris les tripes, et il est encore chaud quand ils pénètrent tous dans le parc public, à l'extrémité de la rue. La lune monte dans le ciel, les oiseaux de nuit entonnent leur chant. Des groupes se forment, des couples disparaissent, et Richard entraîne Mary, la fille du patron de l'Oyster Bar, dans un coin reculé. Elle est restée en retrait tout l'après-midi, assise en tailleur à regarder les autres. Ils s'allongent sous les hêtres. Richard sent encore les pulsations de la musique secouer son corps. Après des mois de tourment, l'avenir s'ouvre à nouveau devant lui. Longtemps qu'il n'avait pas été pris par une bouffée de joie aussi violente. Mary et lui ne disent pas un mot. Ses cuisses de jeune fille sont striées de rouge comme si les brins d'herbe s'étaient incrustés dans sa chair. En apesanteur, Richard promène ses mains sur ce corps doux et rond. Il retrousse la robe blanche, et quand il est en elle, il l'embrasse plus durement qu'il ne le voudrait. Sa propre énergie le déborde, tandis qu'elle ondule en silence avec un sourire d'approbation.

Sur le trajet de retour, il est surpris par une averse d'été. Il pense à la Fac, à la direction à donner à son saut. Il va de nouveau être assisté et défendu par un entraîneur, qui cette fois l'a choisi en connaissance de cause — qui a choisi l'Hurluberlu. L'eau le rafraîchit, mais sa peau est comme un marbre saturé de chaleur, et le moment passé avec Mary n'a pas calmé son ardeur.

Au loin, Morning Park est une masse sombre. Dans la nuit noire, il fait des pas chassés, et quand il passe sous le faisceau orangé des réverbères, on dirait que des étincelles pleuvent sur lui comme s'il courait au bord d'un volcan. À hauteur du cimetière, une sensation de bonheur le submerge. Il ne voit plus la lune plus la route il ferme les yeux, il est pris tout entier, il voudrait tomber à genoux pour exprimer cette sensation qui le dépasse de toutes parts, mais ses jambes le portent toujours, le soutiennent et continuent d'accomplir leurs foulées. Tandis qu'il accélère dans la nuit, la joie le jette plus loin sur le chemin. Il traverse l'avenue, et une fois Second Street derrière lui, il court encore, extasié et heureux.

*

— Nous avons passé l'été, Jack...

À 11 heures le lendemain matin, sous un soleil de plomb, Richard est accroupi devant la maison des Jones où aucun chien n'est jamais venu remplacer le molosse noir de son enfance. Il étire une jambe, puis l'autre, assouplit ses articulations sur le trottoir.

— Nous avons subi des avaries, mais nous pouvons encore manœuvrer...

Une fois debout, il contemple ce paysage familier. Dans quinze jours, il quittera sa chambre, sa maison, Jack's Path et son enfance, pour emménager à Medford.

*

En plein cœur de Medford, dans la vallée de la Willamette, le campus est une vaste étendue verte, rouge et bleue. Des édifices majestueux s'élèvent au milieu des arbres, et le parc semble sans fin. Aussi paisible qu'à Portland, la rivière reflète les montagnes qui encerclent la ville, l'azur clair et le vif orange des toits. L'atmosphère est encore plus douce que chez lui, et le soleil envoie des promesses de jours heureux. L'absence de volcan le décontenance un peu — il a grandi avec la proéminence du Mont Hood, et ici, rien ne dépasse de l'enceinte boisée. La ville semble plus basse, plus resserrée, dénuée de lyrisme et de nervosité.

— On se croirait à Oxford ! s'est écrié son père en se garant devant les arcades imposantes qui marquent l'entrée de la faculté.

Après l'inscription d'usage au bureau d'accueil, qui laisse Richard un peu ému, ils visitent le parc, où tout le comté semble déambuler. Des couples se promènent main dans la main, des femmes sillonnent les chemins à vélo, des étudiants fument en discutant avec ferveur, à moins que ce ne soit des professeurs. Trois types en short leur tendent un papier avant de poursuivre leur chemin.

— Le Journal du Club Omnisports Universitaire !

Son père lui tape l'épaule en fixant l'horizon.

— Faudra assurer au niveau des résultats scolaires. C'est une sacrée opportunité d'étudier ici.

Quand ils débouchent sur l'aire dédiée au sport, ils n'en croient pas leurs yeux. Un stade immense, des courts de tennis, et un gymnase encore plus impressionnant que celui du lycée. Le restaurant universitaire, les bâtiments où logent les étudiants, la bibliothèque, la salle d'exposition... C'est une ville dans la ville, et Richard se demande s'il réussira à se repérer dans cet endroit incroyable. Ils s'assoient un instant sur un banc, près d'une fontaine où des filles se font photographier. Son père feuillette le Journal du Club Omnisports ; le nombre d'événements sportifs programmés au premier semestre est si étonnant qu'ils les comptent deux fois.

— Peut-être que tu écriras des chroniques sportives !

— Je ne crois pas, répond Richard en regardant les étudiantes qui prennent la pause.

Écrire sur le sport ? En parler est déjà compliqué. Il n'a rien d'un intellectuel, il ne sait que suivre son instinct. Il réalise soudain que c'est ici qu'il va pratiquer le saut, ici que l'aventure va se poursuivre. En embrassant le parc du regard, il pense au parcours quotidien qui se cache encore dans ce terrain inconnu. Vivra-t-il une histoire d'amour avec une de ces filles qui passent devant lui ? Ça lui semble impossible. À cette heure, Beckie a rejoint la fac d'Eugene. À quoi ressemble son campus ? Que vit-elle ? Il chasse ces interrogations de la main, comme si un moustique le harcelait. Vivre loin de Johnson, loin du père de Beckie et de la maison d'Andrew est une bonne chose, une chose nécessaire. La nouveauté jouera peut-être en sa faveur, comme à Grants Pass où le dépaysement l'a porté, au point de générer ce saut inattendu. Il contemple ce temps à venir déployé devant lui, offert, étourdissant. Il l'apprivoisera à son rythme.

Au crépuscule, il déambule seul le long des bâtiments. Au gré des variations de la lumière, des bas-reliefs apparaissent dans le granit. Des têtes d'angelots, des inscriptions, de curieuses scènes agricoles. Il sent qu'il n'est pas d'ici, qu'il a tout à apprendre. Le parc exhale des effluves d'herbe, d'eau et de fleurs, mêlées aux relents de la ville : gaz d'échappement, poussière des trottoirs. Les trains qui passent tout près rugissent dans la nuit rose, et le nez en l'air, il se sent soudain à la merci du trac. Une vague appréhension flotte en lui, et il remonte la fermeture éclair de sa veste de survêtement. Il croise quelques promeneurs, des filles bras dessus, bras dessous, et le revoilà devant le banc qu'il occupait avec son père l'après-midi même. Les abords de la fontaine sont désertés. Cette fois c'est sûr, il est entré de plain-pied dans une nouvelle ère de sa vie. Soudain des odeurs fantômes lui parviennent : celle du vestiaire du collège, celle du sable de la fosse de l'ancien stade d'athlétisme. Celle de sa chambre. Celle de la peau de Beckie après l'amour. Celle de la bière préférée d'Andrew.

*

Quand il entre dans le gymnase, en compagnie des autres étudiants de l'équipe, il jouit d'une profonde tranquillité, aussi dense que les fonds de la Willamette qu'il aperçoit depuis la fenêtre de sa chambre universitaire. Il se sent décontracté, même si sa taille l'empêche comme toujours de passer inaperçu. Les installations sportives sont flambant neuves, les gradins peints en rouge courent tout autour de la salle immense. La section de saut en hauteur est appelée à rejoindre un grand type blond, qui porte un tee-shirt aux couleurs de l'université. C'est Eddie Sengler. Il leur serre la main à tour de rôle, après quoi tout le monde se regarde en coin. Richard dévore le gymnase des yeux : c'est ici qu'il va apprendre. Qui aurait parié qu'il se retrouverait là grâce à son saut ? Pas lui — il n'a jamais vu plus loin que le sautoir.

— Vous êtes les premiers sauteurs en hauteur de l'université de Corvallis, déclare Sengler. Soyez-en flattés et remerciés.

Richard ne se sent pas inquiet. Il sait que dans quelques mois, ses jambes et son cerveau seront habitués à ce lieu. C'est la première étape du travail qu'il va effectuer ici : intégrer sa course et son saut à cet espace, acquérir des réflexes, avant de tenter de dépasser son stade actuel. Le groupe écoute Sengler détailler le calendrier des rencontres sportives et expliquer l'esprit d'équipe dans lequel ils doivent travailler.

— Si vous êtes ici aujourd'hui, c'est que nous partageons la même ambition. Elle doit s'exprimer dans l'exercice de votre discipline, et justifier votre appartenance à cette université. Quand vous concourez dans les meetings, pensez toujours en termes d'équipe. Le dépassement de soi suivra. Vous pouvez choisir un parrain parmi les étudiants de troisième année, la liste sera affichée dès ce soir dans la salle de réunion, à côté des vestiaires.

— À quoi sert un parrain, Coach ? demande un type en short et marcel rouges.

— À vous indiquer, par exemple, où vous procurer les maillots aux couleurs de Corvallis. À vous maintenir dans l'esprit du lieu.

Richard regarde les vêtements du type, qui porte également des chaussettes rouges et, cerise sur le gâteau, des baskets rouges. Où les a-t-il trouvées ? Cette tenue est géniale.

— L'admission dans l'équipe universitaire répond à des règles strictes. Un exemplaire du règlement vous sera remis dans quelques jours. Vous le signerez, et dès la semaine prochaine, vous viendrez à l'entraînement avec l'insigne de la Fac. Son port est obligatoire.

Personne ne bronche.

— *Même insigne, même idéal.*

Après une heure d'échauffement, dont tous sortent rincés à cause des vacances qui les ont rouillés, les sautoirs et les tapis les attendent. Eddie vient voir Richard, qui le dépasse d'au moins deux têtes. Le coach se tient comme un boxeur, jambes écartées.

— On va faire du bon boulot. Tu as beaucoup d'atouts, et on va t'emmener loin. C'est en te voyant au meeting de Houston que j'ai décidé d'ouvrir cette section de saut en hauteur à Corvallis. Il n'y en avait pas avant.

Richard se contente d'acquiescer.

— Te mets pas la pression, poursuit Sengler, j'ai recruté quelques futurs champions, et le traitement sera le même pour tous. Maintenant, au boulot. Lace ta basket gauche, ça vaudra mieux.

Quand vient son tour, Richard reste un moment à visualiser son premier saut dans ce gymnase. Il a du mal à sentir les choses, il attend, recule de quelques pas, se repositionne. Ça vient mal. Eddie l'observe, les autres patientent. Il tend sa jambe droite devant lui, fléchit légèrement la gauche et commence à se balancer pour que son esprit enclenche. Ça vient. Il se connecte aux choses, il écoute le grand chœur pour trouver le moment précis où il devra jouer sa partition. Il attend de percevoir tout l'espace et toute la situation, il attend d'en faire totalement partie. Il en fait totalement partie, le chœur s'élève, le soubassement énergique des choses accentue son balancement, il voit le sautoir et le tapis, la course et le saut, les autres disparaissent, il est seul dans sa configuration. Et soudain, c'est à lui — il attaque, il y va.

Il passe la barre couché sur le dos, les bras plus écartés que d'habitude. Comme toujours, ce n'est que plusieurs secondes après la réception qu'il apprend ce qui s'est passé, qu'il retrouve le lieu, que les choses reprennent leur vitesse de déroulement habituelle. Il réintègre le moment. Les autres sont comme des ronds de flan, puis les langues se délient dans un grand brouhaha.

— Quand tu sautes, on dirait le Christ qui passe la barre ! lance un petit baraqué.

Et le type plie les jambes et écarte les bras pour l'imiter. Richard hausse les épaules et grimace :

— Bon qu'à ça !

— Nan mais c'est dingue d'effacer la barre comme ça, faudra que j'essaie. D'où ça t'est venu ?

D'un arbre.

— Par hasard, en m'entraînant.

— C'est avec cette technique que t'as décroché la deuxième place en Oregon ?

— Ouais.

— Ça s'appelle comment ?

— Euh... ça a pas de nom.

L'entraîneur siffle et leur demande de se mettre en place. Richard observe le type en rouge qui s'apprête à sauter. Il souffle sur ses poings en fixant le sautoir et attaque sa course d'élan. Sa foulée n'est pas explosive, elle est même étonnamment molle, mais il passe la barre sans problème, en enroulé ventral, comme Brumel. Au moment où il la franchit, le jeune athlète lâche un faible cri, mi-humain, mi-animal. Richard pense aux sons étranges que Beckie laissait échapper pendant l'amour. Il avait l'impression de découvrir une part d'elle totalement inconnue, qui le troublait. Ses cris étaient ceux d'une obéissance, d'une soumission à quelque chose en elle, et il s'était souvent demandé quelle ligne invisible elle franchissait.

— Pensez toujours au ventre mou, les gars !

Eddie fait les cent pas en leur donnant des consignes.

— Votre course doit être souple. Si vous contractez les abdos et les cuisses, la moitié de l'énergie de l'impulsion sera bouffée avant que vous arriviez à l'appel.

Les quinze athlètes hochent la tête. Richard ne se sent pas concerné, puisque sa technique ne répond pas aux mêmes paramètres, mais il écoute attentivement. Il peut désormais réfléchir dans le détail aux autres types de saut, ce qu'il était incapable de faire auparavant, sous peine de brouiller sa vision de toutes les composantes de sa course.

— Coach, on n'est pas des fiottes, pas vrai ? demande un garçon frisé qui pratique le saut en ciseaux.

— Qu'est-ce que c'est que cette histoire ? lâche Sengler en fonçant sur lui.

— Vous parlez de ventre mou. Ma petite amie est chanteuse lyrique et sa prof de chant lui interdit de muscler ses abdos.

— Très drôle tout ça, Campers, très drôle. C'est votre manière à vous de vous présenter aux autres ?

— Ça doit être ça, Coach. Pour entretenir l'esprit d'équipe.

— Suis-moi dans mon bureau, annonce Sengler à Richard.

— À demain, Jésus, lui lance Campers en lui faisant signe de la main.

Pour gagner le bureau de l'entraîneur, Richard passe devant le terrain de volley où des filles s'entraînent. L'une d'elles ressemble à Clarisse. Il a du mal à l'imaginer en épouse, et encore plus en mère de famille.

Eddie s'assoit derrière son bureau et Richard l'imite.

— Tu as remarqué que je t'ai fait passer après Sanders durant tout l'entraînement ?

— Je pensais que c'était aléatoire, Coach.

— Il n'y a rien d'aléatoire. Il n'y a pas marqué prestidigitateur sur mon CV. Sanders est mon meilleur sauteur en enroulé ventral.

Richard hoche la tête.

— J'ai été médaillé en saut en hauteur, avant d'arrêter à cause d'une blessure au genou, continue Eddie. Je suis donc particulièrement fier d'avoir créé cette section cette année.

Il tripote un crayon qu'il fait passer entre ses doigts comme un bâton de majorette.

— C'est quoi ton but, Richard, dans le sport ?

Devant son air interloqué, Sengler poursuit :

— Tu veux gagner combien de centimètres en combien de temps ?

— J'ai pas de but à part m'améliorer, Coach.

— Il faut que tu te fixes des buts précis. Il faut être précis.

L'entraîneur se lève et fait de nouveau les cent pas.

— Ta course est très dynamique, et ton appel, explosif. Bon, je vais être précis, histoire de donner l'exemple : t'as tout ce qu'il faut pour réaliser de parfaits sauts en ciseaux.

— ... En ciseaux ! ? Des sauts en ciseaux ?

— En ciseaux, oui ! Y'a pas trente-six mille façons de passer la barre.

Le ciel lui tombe sur la tête. C'est une blague ? *Bis repetita.* Bouche bée, il n'éprouve plus rien, ne sait ni ce qu'il pense ni ce qu'il sent. En lui, tout est blanc.

Il s'entend répondre :

— C'est vous le coach.

Puis il se lève, signe le règlement et récupère son sac dans le vestiaire, avant de regagner sa chambre par le chemin le plus court.

À genoux sur son oreiller, il contemple la Willamette derrière la fenêtre. Ici, la ville s'étale d'un seul côté de la rivière. Le front collé à la vitre, il ravale un hoquet. Il ne peut pas retrouver l'impasse du saut en ciseaux. Pas après tout le chemin parcouru. Cette épreuve, il l'a déjà affrontée quand il était enfant, ça appartient à un autre temps. Son corps ne connaît désormais qu'un seul saut, n'est éduqué à exécuter que ce saut. Il secoue la tête. Non.

Il ne peut pas y croire.

Il n'y croit pas.

Il est étudiant à l'université de Corvallis, il a effacé 1,97 mètre en dorsal, et on lui demande de sauter en ciseaux. Aucune explication plausible ne lui vient en tête. Et aucune solution non plus.

*

— J'ai sélectionné un athlète qui effaçait 1,97 mètre, et je me retrouve avec un type qui passe à peine 1,80 mètre !

Énervé, Sengler piétine comme à son habitude. Au loin, Campers lève le pouce en signe d'encouragement, avant de faire mine de sauter les bras en croix. Richard ne dit pas un mot. Il ne comprend pas ce que le coach a dans le crâne. Pas la peine de chercher midi à quatorze heures : il ne peut passer la barre que sur le dos.

— Y'a pas marqué non plus prestidigitateur sur mon CV, maugrée-t-il.

— Qu'est-ce que tu dis ? demande l'entraîneur.

Et sans attendre la moindre réponse :

— On va se fixer une date butoir. Tu travailles tes ciseaux jusqu'à fin octobre et on voit ce que ça donne.

— Et le premier meeting ?

Il a une désagréable sensation de déjà-vu.

— Tu sauteras en dorsal pour les compétitions, je t'y autorise.

— Pour faire gagner des points à la Fac...

— Les journalistes s'intéressent à ton saut, ça divise les gens, ça fait vendre, ça fait un peu de sensationnel...

Richard se met à tousser.

— Je pense qu'en une année universitaire, tu peux accéder

à un niveau correct en ciseaux, reprend Eddie. Faut juste que tu le décides.

*

Un soir d'octobre, Sengler lui donne rendez-vous au Red Wood Café. C'est inhabituel, et Richard s'y rend à reculons. Sans surprise, depuis la rentrée, il stagne à 1,80 mètre avec la technique des ciseaux, et ses adducteurs le font beaucoup souffrir. Malgré des séances d'étirements de plus en plus longues, ses lombaires aussi sont en compote, et ses appuis s'en ressentent. Sa concentration est moins intense, il fatigue plus vite et il est contraint de passer le double de temps au gymnase sans pouvoir mettre le nez dans ses livres. Quand il téléphone à ses parents, une fois par semaine, il feint toujours la joie et l'enthousiasme.

— Et les cours ?

— Impec ! Franchement, je comprends des trucs que j'étais incapable de comprendre avant !

Il a surtout compris l'avertissement du prof de maths le jour où il a remis les pieds dans l'amphithéâtre après deux semaines de sèche pour aller s'entraîner.

Assis dans le box, il commande une bière en attendant le coach. Le bar est bondé, bruyant et enfumé, et cette atmosphère lui fait du bien. Ces derniers temps, il a sympathisé avec Campers, qui égaie un peu ses journées, et il discute de temps en temps avec Gregory, son voisin de palier, intarissable sur la traversée du grand Ouest. Mais il n'a pas d'ami proche, et aucune fille ne l'intéresse.

Eddie arrive, en jean et chemisette à carreaux, accompagné d'une femme vêtue comme lui.

— Je te présente Linda.
— Enchanté, madame.
— J'espère que ma présence ne te gêne pas ? lui demande-t-elle en plantant ses yeux noirs dans les siens.

Richard commande deux autres bières, avec l'air du type habitué. Sengler est de bonne humeur, et la discussion tourne rapidement autour de l'équipe de foot de la Fac, jusqu'à ce que le coach lance à brûle-pourpoint :

— Brumel est mort.

Richard repose brutalement sa bière sur la table en s'éclaboussant.

— T'exagères, enchaîne Linda de sa voix traînante.
— C'est tout comme, répond Sengler en sifflant sa bouteille, tandis que Richard essuie son tee-shirt. Il a eu un accident et il s'est blessé aux jambes.

Un éclair de douleur le traverse. Jusqu'ici, la colère l'aidait à résister à l'angoisse, mais soudain, il se sent redevenir poreux.

— Qu'est-ce qui s'est passé ? bredouille-t-il.
— Il s'est pris un arbre à moto.
— Il pleuvait à verse, explique Linda d'un air désolé.

Richard revoit le poster de Valery, immortalisé en plein saut sous la pluie, dans le bar de Newport. Il respire mal et la banquette en skaï lui colle aux cuisses. Le patron qui passe par là renchérit :

— Il faut l'amputer de la jambe gauche, mais le chirurgien refuse.

Richard décolle une nouvelle fois sa cuisse de la banquette en faisant un bruit de ventouse. Il a mal au cœur et repousse sa bière.

— Il paraît qu'il reçoit des lettres du monde entier ! s'exclame Linda qui minaude depuis l'arrivée du patron.

— Même cloué dans son lit d'hôpital, il a déclaré qu'il sauterait à nouveau, dit le coach. Merde, ça m'a empêché de dormir la nuit dernière.

Tous se taisent un instant, puis le patron s'éloigne en criant :

— Force et temps !

Richard interroge Sengler du regard.

— C'est la devise russe. Et tu vas te l'approprier. « Force et temps » : tu feras un sauteur en ciseaux hors pair.

Richard laisse échapper un soupir qui dure au moins cinq secondes et qui le soulage d'un coup.

— Tu sais, je t'avoue que quand je t'ai revu, au gymnase, j'ai été surpris par ta stature, poursuit l'entraîneur. Tu es très grand, et vraiment puissant pendant ta course. Mais ta musculature est ordinaire, à peine visible.

— Le saut dorsal n'exige pas une mobilisation violente des muscles comme pour les ciseaux.

— Ce n'est pas une mobilisation violente, c'est une mobilisation explosive sur un temps très bref.

— Ma puissance à moi ne s'exprime pas comme ça.

— Ce qui arrive à Brumel m'a fait avoir une idée, le coupe Sengler.

— Je vous écoute, Coach.

— Brumel suivait un entraînement particulier.

— De la musculation intensive, je sais.

— Tu sais ça ? Bien.

Les yeux de Linda glissent sur les bras maigres de Richard.

— Je pense qu'en alliant des exercices de renforcement musculaire à l'entraînement classique, tu auras de meilleures ressources pour les ciseaux.

— Je suis d'accord pour la musculation.

Développer sa masse musculaire pourrait l'aider à avoir une

course mieux équilibrée, et de meilleurs décollages. Ils se serrent la main, même si Richard sait qu'Eddie n'est pas dupe quant à son implication dans le saut en ciseaux.

— On peut commencer dès demain, Coach. Dois-je suivre un régime alimentaire spécial ?

— Pour l'instant, vide ton verre.

— À la santé de Valery, murmure Richard.

Deux heures plus tard, Linda les quitte pour ne pas manquer son émission préférée. Ils sont un peu ivres tous les deux. Cette proximité déleste Richard d'un poids, même si elle ne change rien à la situation. Il travaillera jour après jour, jusqu'à ce qu'il retrouve sa liberté. Il aura une patience de chien. Du moins l'espère-t-il.

— Tu connais l'anecdote du panier de basket ? lance Sengler avachi sur la banquette, en lorgnant les serveuses.

— Nan..., répond Richard qui se rappelle sans émotion qu'il a une évaluation de physique le lendemain.

— C'est Brumel...

Il se redresse.

— Quand il avait ton âge, il a parié avec des potes qu'il réussirait à toucher un panier de basket avec sa chaussure, juste en sautant.

Richard pouffe de rire, il maîtrise mal ses réactions. Sous le néon du plafond, Sengler a la peau toute bleue. Et lui, les idées de moins en moins claires. Le coach le regarde avec intensité.

— Je crois en toi, t'as rien d'un hurluberlu, faut juste te montrer la voie.

Richard se voit agiter lentement l'index sous son nez en signe de refus, avant de le toiser d'un air ironique.

— Alors, il a gagné son pari, Brumel ?

Son ton est plus autoritaire qu'il ne l'aurait voulu, mais Eddie semble égaré dans sa propre brume.

— Évidemment ! Il a touché le panier avec sa chaussure sans problème. C'est le Boss. Le King. Notre maître à tous.

Ils trinquent. Richard a la nausée.

— Moi aussi j'ai fait un pari de ce genre quand j'étais au lycée, commence-t-il.

Sengler est tout ouïe.

— Du moins, j'ai relevé un pari. Dans un club de théâtre...

— Un club de théâtre !?

— J'y allais pour voir une copine. Comme les autres savaient que je faisais du saut en hauteur, ils m'ont mis au défi de sauter par-dessus un énorme fauteuil.

— Fastoche...

— Je me suis étalé et cassé le poignet.

Eddie est dégrisé d'un coup, et il le regarde d'un air inquiet. *Je vais peut-être pas lui dire que je me suis cassé les dents en jouant au baseball*, se dit Richard en observant le néon qui se met à clignoter.

*

Richard entame son quatrième tour du Parker Stadium, sous les yeux d'Eddie. Sa foulée est puissante, et le plaisir est fort. Chacun d'eux sait à quoi s'en tenir, même si l'entraîneur est toujours convaincu de pouvoir le faire changer de voie. Il a chaud, il accélère, Sengler agite les bras pour lui dire de ralentir. Il ferme les yeux pour vérifier qu'après ces semaines d'entraînement, ses jambes connaissent parfaitement les lignes de course. Courir les yeux fermés lui procure un frisson impossible à décrire, presque douloureux. Son amorti est parfait sur ce revêtement, le pied rebondit sans envoyer aucune vibration dans la colonne vertébrale. Il achève sa course avec une respiration pleinement maîtrisée, et le coach a l'air content.

— Tu as vraiment un beau développé, et une sacrée endurance. On voit que tu as bien travaillé ces dernières années.

Richard n'écoute plus. Un nuage accroché à un lampadaire du stade lui cause une forte impression. Soudain, un des horizons de Jack's Path se reforme. Il revit la façon dont il courait face au soleil, sans autre but que de le faire.

— Je voudrais que tu développes tes cuisses. La force que tu dois exercer au sol pour sauter en ciseaux doit être équivalente à quatre fois ton poids.

À l'adolescence, il était ahuri chaque fois qu'il sortait faire son footing. Le monde extérieur était dingue, tout était dingue. *Tout est toujours dingue,* se dit-il en entendant la voix du coach de très loin. Sengler pose la main sur son épaule :

— Je te demande juste d'essayer. Mon rôle c'est de t'entraîner, le tien de me faire confiance. « Force et temps ».

*

Après des semaines à ce régime, Sengler finit par se détourner de Richard qui reste abonné à ses 1,80 mètre en ciseaux. Un après-midi de mars, il vient le trouver dans le vestiaire.

— Richard, tu as joué le jeu sérieusement. Et il n'y a rien à faire, tu n'es pas assez agressif pour cette technique. Il y a un truc trop zen en toi.

Sengler fait les cent pas, quelques types les écoutent en s'épongeant avec leurs serviettes. La libération est peut-être tout proche.

— Tu avais raison, tes muscles travaillent mieux en élongation, et quand tu n'es pas en plein effort, tu as l'air si...

— Dégingandé ?

— Voilà.

— C'est pourquoi j'accepte de reconnaître que je me suis trompé. De toute façon, comme l'a dit le directeur de la Fac, même les lanceurs de poids sautent plus haut que toi...

Richard ne le quitte pas des yeux, suspendu à ses lèvres. L'espoir est à portée de main.

— Il y a un truc que je n'avais pas vu chez toi, poursuit le coach, mais désormais c'est clair. Tu as tout pour devenir un athlète performant en triple saut.

Richard a l'impression que sa mâchoire va se décrocher.

*

Comme dans un mauvais rêve, il se retrouve sur le stade en compagnie d'Eddie et d'un autre entraîneur, pour s'essayer au triple saut.

— Bon, le principe est simple, balance le deuxième coach, visiblement pas enchanté d'avoir à se coltiner ce nouveau poulain. D'abord, une course d'élan, comme pour le saut en hauteur. Ensuite, trois sauts. Le premier doit être effectué avec ton pied d'appel. Tu réalises ta séquence à partir de la marque au sol, et le tour est joué.

Le tour est joué, répète Richard qui prie pour ne pas se faire une tendinite. Toutes ces âneries freinent ses progrès en dorsal.

— C'est juste pour essayer, s'entête Sengler.

— C'est pas du tout la même course d'élan, Coach, je suis habitué à transformer l'énergie horizontale en énergie verticale...

— Essaie. Tu acquiers ta vitesse horizontale maximale, puis tu montes les genoux très haut. Arrivé à la planche, tu crées une impulsion vers l'avant. Tu as observé les autres durant deux heures avant-hier. Tu vois un peu comment ça se passe.

Richard se concentre, mais impossible de visualiser autre chose qu'un saut en hauteur. Alors qu'il est prêt à s'élancer, il s'arrête net et fait demi-tour. Le deuxième entraîneur le rattrape à grandes enjambées en tapotant le cadran de sa montre.

— J'ai pas que ça à foutre, moi, un autre cours m'attend. Alors remballe ton orgueil et ta trouille, et amène-toi.

Richard retourne se mettre en place, en se mordant le poing pour ne pas le lancer dans la figure d'Eddie. Ses mains tremblent, et il s'en veut de ne pas savoir comment réagir. Il demande l'autorisation de réaliser plusieurs courses d'élan à la suite. En s'exécutant, il travaille ses appuis pour améliorer la poussée verticale qui précède le saut dorsal. Il sourit, une nouvelle piste s'ouvre devant lui qu'il travaillera dès le retour au gymnase. Les autres le regardent afficher une mine béate et réaliser enfin son saut, un bond hybride entre saut en hauteur et saut en longueur, les bras levés au ciel, les jambes exécutant de somptueux moulinets dans les airs avant la chute dans le sable, à peine un mètre plus loin. Le deuxième entraîneur se tape le front comme dans un film muet. Sengler affecte de se creuser les méninges pour se sortir de cette impasse.

Gêné pour lui, Richard cherche quelque chose à dire.

— J'ai dix-neuf ans, Coach, c'est un peu tard pour commencer... Et puis j'ai toujours eu un problème pour élever mon centre de gravité. C'est précisément pour ça que je me suis retrouvé sur le dos...

— Il a raison, ce môme, dit le deuxième entraîneur. Il a de la force, de la vitesse, mais pas du tout de technique. Enfin, ça se voit, il n'a pas le physique, pas le mental... Soulève ton maillot.

Richard s'exécute, interloqué.

— T'as de bons abdos, et ta ceinture lombaire semble costaud, dit-il en tournant autour de lui. Mais t'as pas du tout la musculature adaptée. Bon, heureusement que le bronzage n'entre pas non plus en ligne de compte...

Il sourit en montrant ses dents, presque content que ça se passe mal.

— Y'a trop de boulot, conclut l'entraîneur en se tournant vers Sengler. Je peux le coller sur la piste et le faire travailler des passages de bancs, le chronométrer sur cent cinquante mètres, le faire sprinter en ligne droite, en courbe, ou à reculons si tu veux, mais dans le meilleur des cas, il sera prêt pour le meeting de l'an 2000. Pour 1966, c'est grillé.

— Ok, ok, répond Eddie d'une voix sourde. Je jette l'éponge. Je suis content d'avoir eu ton avis, merci Arty.

L'autre regagne le gymnase sans un au revoir, avec une démarche de cow-boy. Dans les yeux de Sengler, Richard lit qu'il n'est pas vaincu. *Patinage artistique*? a-t-il envie de lui demander.

— Demain, même heure, même endroit, lui annonce le coach.

Même endroit? Cette blague cauchemardesque est donc sans fin.

Dans la nuit, il rêve de Jack's Path. Il a cinq ans, il est devant la maison des Jones et il voit le gros chien pour la première fois. L'animal occupe presque tout son champ de vision. Sa main d'enfant avance vers le poitrail imposant, des voix l'encouragent. Tout près de l'encolure, la main hésite et se retire, tandis que le chien, excité, attend la caresse. La main avance de nouveau et plonge d'un coup dans le pelage sombre. Le contact avec cette créature impressionnante est si fort que Richard se redresse d'un coup dans son lit. Derrière la fenêtre sans rideau, il fait nuit. Son marcel rouge recouvre la lampe de chevet allumée, et il fixe un temps cette lumière tamisée qui raconte des choses qu'il ne vit pas : des soirées passées à discuter avec des amis, des nuits au côté d'une amoureuse.

À la cafétéria, à l'heure du petit-déjeuner, il engage la conversation avec une étudiante qui hésite depuis cinq bonnes minutes devant une corbeille de fruits. Il se jette à l'eau, sans réel désir de lui parler. Une fleur coincée au-dessus de l'oreille, les cheveux tressés, elle le snobe un peu. Après avoir posé un bagel et du cheese cream sur son plateau, il la suit jusqu'à une table. Elle lui raconte sa passion pour les pierres précieuses d'un air impassible. Derrière les hautes vitres du réfectoire, le soleil qui promet une belle journée enjolive le moment.

— Tu m'as l'air de drôlement t'intéresser aux cristaux, raille-t-elle.

Il pose la main sur la sienne le plus naturellement du monde, comme s'ils étaient amis.

— Continue, j'aime bien. Explique-moi encore comment certaines roches deviennent translucides.

Il est content. Ça sent bon le café, et il est en train de faire la connaissance d'une fille.

— Un cristal peut se former aussi bien au fond d'une grotte humide que dans la cheminée d'un volcan.

— C'est pas vraiment la même ambiance, note-t-il, songeur.

— Et pourtant, ça aboutit à ces merveilles.

L'exposé dans lequel elle se lance est comme une pluie fraîche après ces mois de solitude dans le gymnase. Il se régale de la façon dont elle parle de ce qu'elle aime, l'œil en feu. À neuf heures, ils se quittent d'un simple signe de la main, et Richard va faire acte de présence en cours de physique. Ses pensées vagabondes l'aident à fuir l'angoisse qui l'envahit quand il se rend compte qu'il ne sait rien déchiffrer de ce que le prof inscrit au tableau, alors que les autres s'activent à prendre des notes. Il pense à cette fille dont il ne connaît même pas le nom. Elle ne s'est pas enquise du sien non plus. Distante, elle s'animait de si belle manière en parlant de fluides rares et de calcaires impurs, que tous ces termes savants finissaient par créer une musique agréable à l'oreille. Beckie avait suscité la même chose en lui, lors de leur première discussion dans le parc du Music Center. Son univers lui était alors inconnu, mais ses yeux brillants et ses joues roses l'avaient rendu attrayant.

Pour la première fois depuis des mois, il sent le désir le traverser.

*

— Je veux t'insuffler l'esprit de compétition, déclare Eddie.

Les haies semblent plus hautes de près, et les drapeaux du stade sont tendus par le vent.

— Merde, jure l'entraîneur. Le ciel n'est pas avec nous.

Les oiseaux crient dans les bourrasques chaudes, et l'écho de leur avertissement ouvre une profondeur de champ inédite. Mais Richard doit se concentrer pour apprendre à franchir les haies. L'entêtement de Sengler vire à l'obsession.

— On part du même atout, caractéristique chez toi : une

course d'impulsion puissante, avec une force horizontale parfaitement gérée.

La prophétie des oiseaux disparaît d'un coup, et la réalité, dont il perçoit de nouveau les couleurs, lui semble inerte.

— Tu dois finir par une demi-foulée. Le tronc à l'attaque, c'est-à-dire vers l'avant. Et surtout, tu repousses le sol au maximum avant de franchir l'obstacle.

— Je suis sûr de ne pas mobiliser ma jambe d'appel assez vite pour lever le genou comme il faut.

Sengler se tait un instant, et comme si rien ne lui venait, il se contente de poursuivre :

— Et regarde toujours loin devant toi.

Richard prend son appel trop près des haies, sa perception des distances est brouillée. Il s'équilibre mal, et au bout de trois essais, quand Sengler lui assène : « Je veux voir ta force de proposition ! », Richard jette l'éponge.

— Désolé Coach, mais j'arrête. Ce n'est pas ma discipline, et je ne vois pas ce que je fais ici. Je vais rentrer travailler mes maths.

Il lui serre la main et traverse le stade, sans colère et sans joie, rendu à sa tranquillité. Un canal clair s'ouvre devant lui, il le suit, il suit les chemins ensoleillés du parc qui le mènent jusqu'à sa chambre où il s'enferme. Assis à son bureau, décidé à réviser, il se rend vite compte qu'il ne fait que mimer la situation. Les yeux dans le vide, il ne parvient pas à se concentrer. Les examens de juin approchent à grands pas, et la catastrophe semble assurée. Son père verra rouge. La douceur des traits de sa mère lui revient, et une émotion le saisit. Il veut rentrer. Dès la fin des cours, il prendra un train pour Portland et ne remettra les pieds à la Fac qu'en septembre. Il retrouvera Jack's Path, ses bus vides en été, sa cafétéria, ses maisons, ses jardins devenus très verts, l'église jaune dans le soleil, le révérend Miller, le parc. Et les horizons. Tout sera là. Tout sera retrouvé. En tant qu'étudiant de Medford, il aura accès au gymnase sur River Street. Il pourra de nouveau agir par inspiration, sans subir les slogans qui emplissent les cours de sport. Sans entrave, et sans contrat.

Il se réveille le front écrasé sur ses livres et le dos en compote. Dans la pénombre cendrée, des bribes de rêve flottent encore devant ses yeux. Il se rendort, sans conscience du temps. Des enfants longent la Willamette en portant des flambeaux, la nuit liquide reflète leurs visages. Dans l'obscurité mouvante, les petites silhouettes agitent leurs torches avant de les jeter à l'eau. Mary, avec qui il a fait l'amour sous les hêtres, est assise à la cafétéria dans sa robe blanche. Un halo gris filtre à travers ses paupières, mais il repart dans le rêve. Mary est souriante, élégante, il la contemple avec fascination tandis que tous les étudiants sont tournés vers eux. Le désir le prend, et dans le demi-sommeil il glisse sa main dans son short. Il retrouve l'épaule ronde de Beckie et les flots de Newport, puis son saut. Quand le plaisir a colmaté l'étrange brèche ouverte en lui, il emprunte le couloir désert en direction des douches. Sous le jet d'eau chaude, il garde les yeux fermés. Il somnole, il ne veut pas quitter cette fente horizontale entre deux temps. Il lave soigneusement son sexe, ses pieds, ses jambes. Ses orteils se recroquevillent pour assurer son équilibre, et quand il ferme le robinet avant de s'essuyer, le froid qui le saisit lui lève le cœur. Il entrouvre les yeux, retourne dans sa chambre à pas silencieux, enfile un slip propre et regagne son lit.

Le soleil qui lui frappe le visage liquide les dernières gorgées de rêve. Il tousse, il a la bouche sèche et il sent mauvais. Il a expurgé une sueur inhabituelle, comme si un jus sale s'était évacué de lui. Deux minutes plus tard, le décor familier des douches lui est rendu dans toute sa netteté, avec son vacarme matinal et ses relents d'eau croupie. Ses voisins de palier braillent et se savonnent, ça cause vacances, filles et sport. Personne ne lui parle, et il se demande s'il est vraiment réveillé. À l'entraînement, Eddie lui fiche la paix. Il fait des tours de gymnase avec Campers, peaufine sa course d'élan, s'exerce à chuter, travaille la fluidité de ses enchaînements. Au bout d'une semaine, il sent la joie remonter en lui, avec sa force d'expansion. Les examens de fin d'année achevés, il boucle ses affaires, va saluer Campers et Gregory, et embrasse le campus du regard une dernière fois.

— Ciao, à dans deux mois.

Et il hâte le pas en direction de la gare.

*

Sa mère est là comme autrefois, souriante à la fenêtre. Les embrassades sont chaleureuses, et il reconnaît l'odeur du gâteau à la myrtille. Son père le serre contre lui brièvement, avec une certaine gêne. Quelque chose de nouveau s'est installé entre eux, ils ne se sourient plus de la même façon. La lumière de la cuisine lui semble différente, et la maison plus petite qu'avant. Le tic-tac de la pendule a-t-il toujours résonné aussi fort ? Il a l'impression de revenir après dix ans d'absence. Ses yeux s'attardent sur chaque meuble, sur chaque détail du décor. Sur le mur, la trace de crayon qui immortalise son saut à 1,97 mètre est intacte.

— Tu as tellement changé ! lance sa mère qui ne le quitte pas des yeux.

Richard jette un œil à son reflet dans la fenêtre.

— Je ne trouve pas.

— Tu n'es pas rentré depuis Noël, dit son père. Ça fait longtemps.

— Avec l'entraînement...

— Et les cours ? Tes résultats sont catastrophiques.

— Eddie Sengler m'a obligé à m'entraîner deux fois plus : pour mon saut, et pour les ciseaux, où j'ai plafonné toute l'année à 1,80 mètre...

— Il n'y a pas que le sport dans la vie. Et ton avenir ?

— C'est vrai Richard, renchérit sa mère avec une voix trop douce, on t'a attribué une bourse et tes résultats doivent prouver que tu la mérites.

— Tout va rentrer dans l'ordre à présent, car dès la rentrée je refuserai de m'entraîner pour autre chose que mon propre saut.

— C'est-à-dire ? gronde son père.

— En désespoir de cause, ils m'ont fait essayer le triple saut !

Il guette une réaction de surprise qui ne vient pas.

— Et ensuite... le saut de haies ! poursuit-il en espérant déclencher des rires complices.

— Ils sont enseignants, le coupe son père, ils savent mieux que toi ce que tu dois faire.

Richard réalise qu'une tension plane depuis son arrivée, qu'il n'avait pas remarquée.

— Non, répond-il à son père.

— Quoi, non ?

— Ils ne savent pas mieux que moi. Ce ne sont pas eux qui passent la barre.

— N'oublie pas que tu n'as jamais été doué en sport.

— Jusqu'à Grants Pass, corrige promptement sa mère.

— Mais justement, Papa, répond Richard. Justement.

Et il sourit en dévoilant ses dents, avant de gagner sa chambre.

Là-haut, tout est calme. Par la fenêtre, il aperçoit un adolescent blond en train de détruire une fourmilière. C'est le petit bègue, qui doit bien mesurer 1,85 mètre. June travaille désormais dans un drugstore, et dans quinze jours elle va épouser le marin qui l'a mise enceinte. Il fait le tour de sa chambre en trois enjambées. Elle est si étroite ! Comment pouvait-il faire ses devoirs sur ce bureau de gosse ? Comment calait-il ses genoux là-dessous ? Il ouvre la porte en grand et braille dans l'escalier :

— Maman ! Tu pourras donner mon bureau au Music Center ! La chaise aussi !

Elle apparaît au bas des marches.

— Entendu. Je pensais également changer les rideaux.

— Je pourrais donner un coup de peinture, cet été, pour rafraîchir la pièce.

— Sûr ! tonne la voix de son père.

Dans le tiroir du bureau, il retrouve un tas de reliques ternes et douces — vieux cahier, cailloux, articles de revues sportives, lacets cassés. Il faudra tout jeter. Étrangement, sa chambre d'étudiant lui manque, avec sa vue sur la Willamette qui s'enfonce dans les prés.

Le soir, une fois la maison endormie, il tourne en rond. En vidant son armoire, il retrouve les lettres de Beckie. Pas question de les lire : elles appartiennent à un temps qui n'a plus cours, et il tient à suivre la progression naturelle des événements, comme dans la course. Mi-sérieux, mi-amusé, il descend à la cuisine, son paquet d'enveloppes à la main, et craque une allumette. La flamme efface le nom de Beckie avant de se répandre de façon incontrôlable. Il jette le paquet dans l'évier, ouvre le robinet, et une odeur de brûlé envahit la pièce. Il emballe les enveloppes calcinées dans un torchon et sort comme un voleur dans la nuit. Aucun oiseau ne chante, aucun insecte ne se montre. Tout est immobile et désert sous le ciel clair. Il soulève le couvercle de la poubelle pour y jeter le paquet. Une fois remonté dans sa chambre, comme il n'a pas sommeil, il se plonge dans une vieille bande-dessinée. Quinze minutes plus tard, il croit sentir une odeur de fumée. Et si le feu avait pris dans les détritus ? En un bond il est debout et dévale l'escalier quatre à quatre, avant de passer la tête par la porte d'entrée. La poubelle, intacte, est muette comme un cercueil.

*

Un matin, sa mère affiche un sourire énigmatique en vérifiant sa coiffure dans le miroir du vestibule.

— Allez Maman ! insiste-t-il en prenant un pancake. Dis-moi ce que tu magouilles !

Cette complicité joyeuse est un baume, et pour un peu il entamerait une danse de Saint-Guy. Croisant les yeux de son fils emplis de gratitude, elle se détourne et quitte la maison à la hâte.

Sur Jack's Path, le bonheur qui le saisit est violent. Il avait oublié les bienfaits délivrés par ce chemin, les sensations offertes, confiées gracieusement. Il avait oublié le silence qui circule continuellement entre les éléments du paysage, du gymnase sur Vermont Street, horizon 2, à la maison des Thompson, horizon 10. C'est de ce silence-là qu'est faite sa course. La texture de la sensation est merveilleusement familière. Devant l'Oyster Bar, il ralentit pour inhaler l'odeur de savon qui monte des sols en train de sécher, puis il trotte en direction de Morning Park, avant de se décrasser en sprintant jusqu'au grand saule où il faisait ses étirements. Sous l'arbre, des gosses s'amusent à jeter des cailloux et des morceaux d'écorce dans l'eau, puis des bouquets d'herbe qui font comme des feux d'artifice en retombant. Après quelques fentes, il assouplit ses chevilles, ses poignets, quand une fillette débouche d'un bosquet pour l'observer. Elle fait une roue, puis une deuxième, avant d'exécuter une révérence. Il est en train de l'applaudir quand il repère une silhouette immobile à l'entrée du parc. C'est un homme en survêtement, et dans la lumière huileuse du matin, il n'arrive pas à distinguer son visage. Ni lui ni la silhouette ne bougent, jusqu'à ce qu'il reconnaisse le Philosophe. Le père de Beckie s'avance en même temps que lui, et ils échangent une poignée de main chaleureuse. En croisant son regard, Richard a un mouvement de recul : jamais il n'avait réalisé, à l'époque où Smith l'entraînait, à quel point sa fille lui ressemblait. Il traverse l'épaisseur d'un autre temps, et en face de lui se tient Beckie et son regard d'amour inoubliable.

— Eh !

La petite fille l'apostrophe en enchaînant trois roues d'affilée, et il lève le pouce avant de se tourner vers Smith.

— Comment allez-vous, monsieur Smith ?

— Tout va bien. Au lycée, on a quelques éléments très doués. J'ai l'impression que les jeunes gens sont de plus en plus sportifs, c'est étonnant...

Richard lui sourit, tandis que la lumière joue à percer entre les branchages.

— Et toi, Richard ? Nous suivons tes exploits dans la presse.
Nous.
— Je veux dire, tous tes profs du lycée, précise-t-il.
— La première année de Fac s'est bien passée…
— Tu as gardé ta technique de saut ?
— J'ai essayé…
Il préfère changer de sujet : il sent que l'émotion qu'ils éprouvent mutuellement est fragile comme de la porcelaine.
— Comment va Beckie ? s'entend-il demander sans préméditation.
— Très bien. Elle a brillamment réussi ses examens.
— Elle veut toujours être botaniste ?
— Oui, spécialisée en floristique.
— En floristique ?
— La science des fleurs.
Richard sourit encore. Chaque trouée de ciel bleu semble absorber ses palpitations anxieuses. Parle-t-elle de lui, parfois ? Mais le père de Beckie ne dit rien. Il contemple le paysage, tout à ses pensées, comme le faisait sa fille avant de se montrer brutalement volubile, relevant sa jupe pour s'asseoir à son aise avant de l'enlacer.
— Il y a pas mal de cours de statistiques, et elle n'est pas toujours très rigoureuse, poursuit Smith. Mais elle s'en sortira, je lui fais confiance.
Richard sent une boule enfler dans sa gorge.
— Oh, moi aussi ! répond-il d'une voix étranglée.
Ils font quelques pas, discutent de la canicule annoncée, des changements dans le quartier, du temps qui passe. Smith vient de souffler ses quarante bougies. En se confiant à lui sur l'angoisse d'être déjà au mitan de sa vie, Smith adopte un autre ton. Son murmure est parfois si ténu que le soleil pourrait le

brûler. Ils s'arrêtent au bord de l'eau, qui scintille comme si le fond vaseux régurgitait des éclats de quartz.

— Tu sais Richard, il y a quelque chose que j'ai toujours apprécié chez toi.

— Oui, monsieur?

— Appelle-moi Allan.

— Je ne peux pas, monsieur.

— Comme tu voudras.

Il pivote et le regarde droit dans les yeux.

— Il n'y a pas un soupçon d'ironie chez toi, jamais. C'est une grande qualité. Et tu n'es jamais dans la rivalité.

Un peu gêné, Richard hausse les épaules en cherchant quelque chose à répondre.

— Peut-être parce que je ne suis pas en mesure de rivaliser!

Smith rit, ce qui fait détaler un caneton.

— Tout ce que je sais, poursuit Richard, c'est que j'ai toujours éprouvé un vrai plaisir à faire ce que je fais. Là-dessus, je n'ai jamais menti.

Il sent son visage s'empourprer en pensant aux après-midi dans la chambre de Beckie.

— Tu ne te la racontes pas, c'est rare.

— Merci, monsieur.

Après un bref silence, Richard reprend:

— Ça me fait drôle de rentrer à la maison. Je n'étais pas revenu depuis Noël. J'imaginais ressentir autre chose.

— Qu'est-ce qui te manquait le plus?

— Rien ne me manquait. Et bizarrement, depuis que je suis ici, je m'ennuie du campus. Je vois la Willamette depuis mon lit, là-bas.

— Il y a une fête nocturne sur les berges, à Blue Square, le week-end prochain.

Richard regarde ses pieds, il creuse la terre avec le bout de sa basket.

— J'irai quand il n'y aura personne.

— Tu as toujours été un peu exclusif!

— Certes.

Ils s'esclaffent poliment.

— J'ai un peu peur de repartir à la fin de l'été, reprend-il.

— C'est ton envie de partir d'ici qui te fait peur, non?

— Oui. C'est comme si le campus m'appelait, alors que je n'y ai noué aucune relation particulière, précise-t-il pour que Smith ne s'imagine pas qu'une fille l'attend. Je suis heureux d'être là, mais j'ai peur qu'à chaque retour les sensations qui me comblaient avant soient moins fortes.

— Si tu pars, tu pourras revenir, dit Smith avec son ton prophétique d'antan. La rivière sait où tu es.

La rivière sait où tu es. Richard répète la phrase en boucle dans sa tête; il ne la comprend pas, mais elle le réconforte. Peut-être y a-t-il un peu de Beckie dans cette phrase-là. Le gymnase est ouvert, il sort sa carte d'étudiant et avance jusqu'à l'accueil.

— C'est pour une inscription, pour cet été.

La dame le considère gentiment.

— C'est toi le petit gars qui saute comme un saumon!

— Oui, c'est moi, répond Richard en humant l'odeur familière.

La dame se penche vers lui.

— J'ai un fils dans ton genre... Il en loupe pas une pour se faire remarquer! Mais il a un cœur en or. Comme toi, ça se voit sur ta figure.

Elle lui tend un papier.

— C'est vingt dollars pour les étudiants. Tu paieras à ton premier entraînement. Pour l'athlétisme, le gymnase est ouvert trois matinées par semaine : le mardi, le jeudi et le vendredi.
— Bien, madame.
— À la semaine prochaine, alors.
— Non, à demain, madame.

Le soir, en rentrant de son footing, il découvre une Volkswagen garée devant chez lui. Un pressentiment joyeux le traverse et il franchit les marches du perron en un seul bond. La porte s'ouvre sur sa tante Lee et son oncle Bly, qu'il embrasse avec effusion. Avec leur arrivée, l'ambiance change d'un coup : on boit des bières dans le jardin jusqu'à minuit, on se promène, on discute, on fume en lisant les journaux. Dès neuf heures du matin, la chaleur est écrasante, et certaines maisons restent hermétiquement fermées jusqu'à la nuit, tandis que les habitants du quartier vont chercher le frais au bord de la rivière. Richard est heureux, l'excitation de son oncle et de sa tante, qui prennent leurs premières vacances depuis dix ans, est communicative.
— C'est bien de s'arracher du terrier ! clame sa tante au dîner, en mordant dans son pain comme un enfant dans un gâteau. Aller chercher des sensations différentes, bousculer un peu notre quotidien !
L'oncle lui chatouille les cuisses avec des mimiques expressives, et ils entament une partie de cartes pour ne pas arriver trop tôt à la fête de la Willamette.

La nuit est chaude sur les berges, et les buvettes sont prises d'assaut. On dirait que chaque rire agite la surface de l'eau.

Richard inspire profondément et dit à ses parents d'avancer sans lui ; il les rejoindra plus tard. Depuis Blue Square où il est venu s'asseoir tant de fois, il contemple le quartier des affaires sur la rive d'en face, les arbres à écorce de velours et l'imposante masse du volcan qui veille sur les usines, les vignes et les laiteries. Ce paysage éternel le revigore. Une bourrasque lui prend le visage, et droit devant lui la lune s'extrait d'une nuée sombre. Il embrasse longuement cette vision. Les collines, les forêts, les poussières étranges qui flottent au-dessus de certains reliefs — tout est intact. Sa mère et sa tante lui font signe au loin, mais il décide d'aller faire un tour dans les rues voisines. En haut de Waterfront Street, il aperçoit le lion en marbre qui sépare l'artère en deux, au niveau du bâtiment fédéral. Il sait qu'une fois arrivé à hauteur du fauve, on voit la pointe du Mont Hood apparaître. Le lion est très blanc dans la nuit, et lorsqu'il le rejoint, Richard remarque qu'il a été restauré. Les ombres grises qui enveloppaient ses muscles ont disparu, et il affiche désormais une expression effrayée, les crocs poncés. Après une caresse sur l'encolure de pierre, Richard décide de rejoindre la fête. Le grand panneau publicitaire qui se dresse à l'angle de la rue est vide, et seul le panorama nocturne emplit le cadre métallique.

Quand elle l'aperçoit, sa mère accourt pour lui tendre une bière. Tous les cinq se remettent instantanément à discuter, complices dans leur volonté de s'amuser. Bly apporte des hot-dogs, et ils savourent ce deuxième dîner en chassant des myriades de petits moucherons. Sa tante lui sourit si gentiment qu'au bout d'un moment il se lève et l'invite à le suivre, comme pour une danse.

— On va faire quelques pas, Tante Lee et moi.

Alors qu'elle le précède en direction des hauteurs boisées du parc, des impressions de Newport se mêlent au paysage, comme si elle en répandait un peu à chaque pas. Ses escarpins roses, parfaitement inappropriés, la font ressembler à une femme d'un autre temps. Arrivés au sommet, ils croisent des filles en maillots de bain dont il cherche à humer le parfum, mais la senteur verte de la rivière recouvre tout. Lee s'assoit sous un jeune pin, tandis que des bruits d'eau émergent du silence — probablement des poissons gobant des insectes nocturnes.

— Tu as bonne mine, Richard. On dirait que ça va mieux que l'été dernier, dit-elle en clignant de l'œil.

— Ça va.

— J'ai toujours rêvé d'aller à la Fac. C'est grand ?

— Viens me voir, l'an prochain !

Elle époussette sa robe sur laquelle sont tombées quelques aiguilles.

— Bah, les campus ne sont pas faits pour les vieilles dames, mais pour les jeunes gens comme toi... Raconte !

Il lui parle du parc, des cours, des étudiants et du Red Wood Café. De ses mésaventures sportives. Elle pince les lèvres d'un air désolé.

— Et tu crois que l'an prochain ils te laisseront participer aux meetings avec ta technique ?

— Oui, je crois.

— Et toi, personnellement, tu as appris quoi cette année ?

Il suit des yeux le groupe de filles qui préparent un feu.

— J'ai appris que la liberté n'est pas donnée.

Il se tourne vers elle avec un large sourire.

— J'étais si naïf.

Les flammes montent d'un coup au milieu des ombres, et toutes applaudissent.

— Quand j'étais jeune, répond Lee, j'avais l'impression d'être la seule à vivre ce que je vivais.

— Tu veux dire de la façon dont tu le vivais ?

— Oui.

Le Philosophe aurait immédiatement trouvé la phrase pour couronner ses propos.

— Je pensais que les autres avaient de la chance de réussir à vivre avec leurs imperfections, poursuit-elle. À mes yeux, ils n'étaient conscients de rien...

Elle éclate de rire mais Richard fait une drôle de moue.

— Tu crois que je suis orgueilleux ? demande-t-il.

— Non, je crois que tu es libre. Ce truc bizarre que tu as fait à Grants Pass était beau. Ton père m'a montré les journaux.

— Parle-moi de toi, Tante Lee.

— Quand je suis tombée amoureuse de ton oncle, j'étais persuadée que personne d'autre ne connaissait ça... Ce bel Irlandais, avec son accent et son rire énorme, était arrivé direct d'une autre planète pour me rejoindre. Je ne voulais plus qu'on me parle, plus qu'on me déconcentre, je ne voulais penser qu'à lui...

Richard sonde ses yeux brillants avec avidité ; il aime ce qu'il y voit.

— Ah, je ne sais plus ce que je voulais dire, dit-elle en changeant de position. En tout cas, je sais ce que ça fait de se sentir écrasé par ce qu'on a besoin de vivre. C'est encore frais dans ma mémoire. Ohlala, dit-elle en s'éventant avec sa main, je parle trop, la bière d'ici est trop alcoolisée.

En contrebas, la rivière enfle dans la nuit. N'est-il pas chez lui, où qu'il se trouve, le long de ce cours d'eau qui serpente vers le fleuve Columbia ? Cette pensée le rend joyeux.

Medford n'est que la continuité de cette terre. Alors que Lee somnole les yeux mi-clos, il descend vers la berge. D'en bas, il distingue sa silhouette appuyée au tronc d'arbre, les jambes repliées sous elle.

La surface de l'eau remue doucement, et il s'accroupit pour y tremper un doigt. Il sait qu'en amont des lynx et des grizzlis s'y baignent, et que des tritons y naissent, nacrés comme des perles. Richard enfonce son bras dans l'eau sombre jusqu'au coude. En le retirant, il pense aux rumeurs de toxicité mortelle de la rivière. Mais il n'y a qu'à la regarder, avec sa sérénité virile de boa, pour savoir qu'elle est inoffensive. L'obscurité a englouti sa tante. Elle doit dormir. Le feu s'est éteint, et il ne discerne que des ombres sous les pins. La surface se plisse de nouveau à un rythme secret, comme agitée par en dessous. Il s'agenouille, recueille de l'eau dans ses mains et boit.

Le goût est étrange, fade et gras.

Il se redresse un peu vite, avec un léger vertige, puis il se met à rire. Il a l'impression d'avoir échangé un baiser dans la clandestinité de l'été. Il rit encore et sursaute quand une main se pose sur son épaule.

— Qu'est-ce que tu fais ? lui demande Lee. Je me suis endormie !

Peut-être va-t-il être malade ? Peut-être va-t-il développer une pathologie inconnue ? Il deviendra alors le premier patient atteint par la Maladie de la Willamette.

Le lendemain matin, l'aurore est pâle quand il ouvre un œil. Il a dormi profondément et rêvé qu'Andrew lui disait, plein d'hostilité :

— Je sens que je ne te manque pas.

Dans le miroir, aucune trace de boutons sur sa figure. Aucun signe d'empoisonnement. Deux heures plus tard, quand la Volkswagen s'éloigne en direction de l'autoroute, Richard sait que l'été a pris fin.

*

Dans le vestiaire, des types improvisent un match de volley avec des chaussettes. On entend le brouhaha du public dans le gymnase, des sifflements, puis la musique de la fanfare qui ouvre le meeting. Toute la matinée, des files de bus et de voitures ont rallié le campus. Kyle, le sauteur le plus doué de la Fac, qui détient le record avec 2,04 mètres, défile en short en faisant semblant de jouer de la grosse caisse, suivi par Richard et sa flûte invisible. C'est son premier meeting depuis des mois, et celui qui inaugure la nouvelle saison. Eddie les a échauffés en les enguirlandant, comme le veut la coutume, mais il ne lui a pas dit un mot sur ce qu'il avait le droit de faire ou non durant la compétition. Tout l'été, il s'est maintenu à 1,95 mètre, un bon résultat dans les conditions rudimentaires du petit gymnase, auxquelles il n'était plus habitué. Pour lui, l'enjeu est de bien démarrer l'année en se qualifiant, afin qu'on le laisse travailler son saut dorsal. Un type le regarde lacer ses baskets d'un air antipathique, en mâchant un chewing-gum qu'il finit par cracher au milieu du vestiaire. Les portes s'ouvrent et quelques journalistes s'infiltrent en prenant des photos à la sauvette. Eddie fait les cent pas avant de réunir ses athlètes pour leur serrer la main, en regardant chacun d'entre eux avec insistance — interdiction alors de baisser les yeux. Quand vient son tour, Richard lit un mélange de défi et d'inquiétude dans le regard de l'entraîneur.

Il serre fermement sa main et sent la joie gonfler sous ses côtes.

— Le championnat est diffusé à la radio, les gars. Dites-vous bien que dans les troquets, dans les salles de billard ou chez le crémier, vos proches entendront parler de vous… ou pas.

Lorsqu'ils entrent à la queue leu leu dans le gymnase et que les supporters tapent des pieds dans les gradins, une irritation inattendue s'empare de lui. Le soleil éclabousse les vitres, et toute la rage contenue durant des mois remonte d'un coup.

— Merde, c'est pas le moment…, marmonne-t-il.

Il saute sur place pour s'échauffer, sous le regard soucieux du coach. Kyle se met en position. Tout en continuant à bondir, Richard se demande comment il a réussi à passer l'été sereinement, sans être obsédé par ce qui va se jouer maintenant, et par les avancées qui se produiront peut-être ici, dans ce gymnase. Il enchaîne les sauts sans difficulté, améliorant son record, jusqu'à ce que la barre soit montée à 2,02 mètres. Tout le monde se lève quand Kyle l'efface avec une maîtrise époustouflante. Richard exécute quelques fentes au milieu des concurrents déconfits : la plupart sont éliminés et il n'y a plus beaucoup de suspens.

C'est à lui. Dans les gradins on siffle, on applaudit, on crie des mots qu'il ne comprend pas. Il se positionne dans l'axe de sa course et descend d'un coup dans le silence. Il souffle dans ses paumes, grimace sans s'en rendre compte : il sait que ce saut sera déterminant. Les poings serrés, il s'accroupit presque, comme un animal prêt à bondir. C'est parti. Alors que le mouvement le déploie, sa vue se brouille un instant et il éprouve l'étrange certitude qui l'accompagne à chaque saut. C'est le moment de l'appel, de la propulsion, et son bassin s'élève tout seul. Il passe la barre ! La foule applaudit, des appareils photos crépitent, Eddie lève un poing victorieux au ciel. Les derniers athlètes en lice font tomber la barre à trois reprises, et Kyle poursuit son ascension en effaçant 2,04 mètres. Richard se remet en place sans rien voir de ce qui l'entoure. La sueur lui coule sur les paupières et il s'essuie avec son marcel, pendant que des journalistes se postent tout près de lui. Soudain il est assis près de la portée de chatons dans le vieux stade. Le présent se multiplie et se dilate, il est prêt. Il sait qu'il a passé 2,02 mètres mais les chiffres ne lui disent plus rien, il doit juste rester à l'intérieur de son mouvement. Il s'essuie de nouveau le front sans quitter le sautoir des yeux. C'est parti. Ses foulées sont souples, la course en demi-cercle s'exécute toute seule, il prend son impulsion en déviant très légèrement de sa trajectoire. 2,04 mètres !!!

Il voit Kyle applaudir, tandis que la barre est montée à 2,06 mètres. Richard ne pense pas. Il a juste envie de courir. Il lui faut encore une course. Un bruit étrange sort de sa gorge. Quelques minutes plus tard, un grand « Ooooh ! » résonne dans le gymnase quand Kyle fait tomber la barre pour la troisième fois. Richard est prêt, la course est déjà dans ses jambes et il veut juste la rejoindre — et il la rejoint. Il réussit son saut, rebondit sur le tapis et se remet en place pour le suivant. Tout le monde crie quand il efface une nouvelle fois la barre, et les journalistes lui distribuent quelques beignes malencontreuses en tentant de lui tirer le portrait sur le vif. La morve coule de son nez, il ébauche un sourire et revient à lui. Le tableau de scores indique bien 2,08 mètres.

Une poigne vigoureuse lui secoue le bras. Eddie est radieux.

— Tu as battu le record de la Fac. Fini le plan A, on passe au plan B : je te suis désormais. C'est toi qui diriges les opérations.

Sonné et en nage, Richard répond aux sollicitations de tout le monde sans savoir ce qu'il dit, avant de s'enfuir vers les vestiaires. Une bonne douche l'aidera à reprendre ses esprits. Au milieu des types qui se savonnent, des reporters réalisent des interviews. Richard a encore la sensation du saut dans le corps, et il se sent heureux : contre toute attente, il a progressé durant l'été et l'impensable vient encore d'avoir lieu. Les forces emmagasinées ont une nouvelle fois explosé à un moment crucial. Il chasse les pensées inquiètes qui veulent le disputer à sa joie : l'entraîneur tiendra-t-il parole ? Autour du buffet, des recruteurs d'autres universités l'approchent et Eddie ne le lâche pas d'une semelle. Il accepte de fixer quelques rendez-vous avec des chroniqueurs sportifs en oubliant illico la date et l'heure, bavarde en faisant mine d'être présent, impatient de s'éclipser pour téléphoner à ses parents. La bonne nouvelle fera peut-être passer la pilule du zéro pointé qu'il a récolté en maths.

*

L'année universitaire s'écoule entre fiestas et entraînements, et déjà le printemps est là. Il joue désormais au tennis avec une étudiante en journalisme, écoute des concerts à la radio dans la chambre de Grégory et retrouve sa nouvelle bande d'amis autour de la fontaine pour parler politique ou improviser des concerts de tam-tam. La presse le suit durant les meetings et son père lui lit les articles au téléphone chaque week-end.

— *« Il a l'allure d'un chameau quand il court, mais il passe la barre à des hauteurs stupéfiantes. On cherche encore l'explication de ses tours de magie. »*

Sa technique est souvent analysée avec ironie, parfois avec grandiloquence, embellie de détails dont lui-même ignore l'existence.

— Tous des planqués, râle son père au bout du fil. C'est facile d'être cynique, ça veut dire qu'on veut pas se mouiller, qu'on sait pas comment se positionner.

Eddie a décidé de doubler son temps de préparation musculaire, et Richard dispose désormais d'un entraîneur olympique. Si on lui avait dit ça ! Dans ces conditions optimales, il espère s'améliorer encore d'ici la fin de son cursus universitaire. Dans le gymnase, les portraits des champions de la Fac sont affichés près des vestiaires, et à chaque fois qu'il croise le sien, il a l'impression qu'on lui fait une blague. Chaque séance d'entraînement est filmée par Eddie, qui compare sa technique étape par étape avec celle du saut en ciseaux et avec celle de l'enroulé ventral. Quand Sengler tente de passer la barre en dorsal et échoue à 1,75 mètre, récoltant un début de lumbago, ça lui fait une drôle d'impression.

— T'es peut-être le seul à pouvoir sauter comme ça. Tu viens d'une autre planète.

— Non, Coach, c'est juste que je m'entraîne depuis des années.

— Faudrait essayer d'enseigner cette technique à des marmots, suggère le professeur de musculation.

— Négatif, répond Sengler. On ne maîtrise pas assez le truc.

En se massant les lombaires, il regarde Richard entamer une série de développés couchés.

— Notre recordman a des bras anormalement longs, et cette anatomie singulière joue forcément un rôle dans son placement.

— Son tempérament aussi est particulier, ajoute un assistant.

— Sûr. Buté comme un âne et désinvolte à la fois.

— Ouais. Chaque fois que je le vois s'élancer, j'ai peur qu'il passe *en dessous* de la barre.

Richard sent l'effort physique absorber toute son énergie et susciter des douleurs familières. Il se souvient comme il bandait ses muscles devant le miroir pour rester assis le plus longtemps possible, le dos droit, jusqu'à tourner de l'œil. Il pousse sur les poids attachés à la poulie, replie les jambes, et l'adrénaline l'inonde d'un coup. L'effort qui contracte son visage l'empêche de sourire, mais tout en lui bondit dans le vide pour embrasser l'espace avec effusion, dans une danse débridée.

— Fin de la séance ! braille le professeur.

Richard ramasse sa serviette jetée par terre.

— Je voulais te demander, tes chaussettes de couleurs différentes, c'est pour quoi faire ? l'interroge Sengler.

Richard ne décroche pas un mot.

— T'es déjà pas en odeur de sainteté avec certains jurés, évite de les provoquer...

—Y'a aucune provocation là-dedans, Coach, répond Richard avec une telle simplicité qu'Eddie est désarmé.

— C'est une superstition ?

— Juste une habitude.

— À quoi tu penses avant de sauter ? l'interroge le professeur de musculation qui ne le quitte pas des yeux.

Richard a un mouvement de recul.

— J'aime pas parler de ça, répond-il.

— Pourquoi ? T'as une recette secrète ?

— Pas du tout, c'est juste que je ne saurais pas vous expliquer.

Il se sent soudain oppressé. Rendre des comptes a toujours

été synonyme de menace, comme si expliquer les choses était susceptible de les pulvériser.

— C'est comme quand je mange un bon truc.

— Explique-nous ça ?

— Quand je déguste quelque chose, j'aime pas qu'on me regarde, ça gâche mon plaisir.

— Cette réaction d'orgueil me surprend de ta part, dit Eddie.

Orgueil ? Il cherche juste à préserver *la chose* qui sous-tend son saut. Il ne bronche pas.

— Je me demandais si tu accepterais de consulter un psychologue du sport, poursuit Sengler, afin d'apprendre des techniques de concentration.

— Surtout pas !

Après avoir lâché ces mots, l'assurance l'envahit de nouveau.

— La concentration c'est mon affaire, Coach, et tout ira bien si on me laisse continuer comme ça.

La pluie se met à fouetter les vitres du gymnase, et le vacarme de l'averse tambourinant sur le toit résonne encore dans sa tête alors qu'il déambule dans le parc, au milieu des fleurs couchées. La pluie lui fait toujours l'effet d'un embrasement, d'un prélude à une modification brutale du cours des choses, et il aime ça. À présent le ciel est calme, et les odeurs du parc transformées. Il scrute les renfoncements entre les buissons et les bancs, les ombres dans les lacets des sentiers, pour y débusquer quelques variations du paysage.

De retour dans sa chambre, il ouvre son manuel d'économie et tout lui semble immédiatement fade. Il sort un carnet, des crayons, de nouvelles feuilles pour se motiver, mais tout ça l'ennuie profondément. Tenaillé par l'envie de retourner au gymnase pour passer la barre, ce qui lui est interdit le jour du renforcement musculaire, il rêvasse en regardant par la fenêtre, avant de se lever pour attraper son sac de sport. Il se ravise et reprend sa place devant le bureau, cherchant une excuse bidon pour contourner l'interdiction. Après avoir passé en revue tous les subterfuges possibles et gribouillé sur son tas de feuilles, il décide d'aller rejoindre ses amis. Il retraverse le parc à grandes foulées, en mimant des sauts en longueur sur le gravier des allées. Les cours attendront.

*

Les séances d'entraînement s'intensifient, et Richard entame une amourette avec Melany, sa partenaire de tennis, qui compulse tous les articles qui paraissent sur lui.

— « *Un saut indigne et brouillon* » ! lit-elle, assise en tailleur sur la pelouse du campus.

Richard préfère regarder ses jambes. Il n'est pas amoureux, mais il a confiance en elle et il se laisse porter par les événements. Dans leur bande, tout le monde finit par sortir avec tout le monde, c'est devenu un rituel d'intégration comme les autres.

Elle pose des cailloux aux quatre coins de la page de journal pour observer le cliché de son boyfriend en plein saut, pendant que lui persiste à contempler ses mollets qu'on croirait sculptés dans le marbre.

— Je ne sais pas ce que tu fais ni comment tu le fais, mais chapeau, murmure-t-elle en tournant la tête pour repérer le haut et le bas de la photo.

— Exactement ce que me dit mon entraîneur ! lance Richard en rigolant.

Ses muscles le font souffrir ; il travaille dur depuis des

semaines et la chaleur aggrave ses crampes récurrentes. Mais depuis qu'il a pris de la masse, son saut est beaucoup plus aisé, même si son professeur est surpris de le voir se développer si peu :

— Tes muscles poussent à l'intérieur, ou quoi ?

L'atmosphère est bouillante et les insectes pullulent autour d'eux. Melany lit l'article en silence, les sourcils haussés.

— Le journaliste dit que ton saut est *déplacé*.

— C'est pire que si je passais la barre à poil !

Ils rient ensemble.

— Tu es devenu une véritable attraction nationale, lance Melany. Je couche avec une star de l'athlétisme !

— Une star ou un hurluberlu, au choix !

Il lui caresse l'oreille d'un air désolé, tandis qu'elle fouille son regard.

— Ne t'excuse pas de ne pas m'aimer, Richard. Je t'apprécie beaucoup mais ça ne va pas plus loin. C'est ce qui rend la chose si agréable, pas vrai ?

— Toi et moi on s'entend plutôt bien, répond-il en empruntant une réplique entendue la veille à la cafétéria.

— Je ne pourrai plus sortir qu'avec des sportifs, désormais ! déclare-t-elle avec emphase.

Richard replie la coupure de presse.

— Mon père dit que si on détaillait ma façon de réviser autant que ma façon de sauter, les journaux ne pèseraient pas bien lourd.

— On ne peut pas avoir du style partout ! conclut Melany avant de se lever et de s'éclipser brutalement, comme à son habitude.

Sur le seuil de la bibliothèque, elle se retourne et crie :

— Un feu d'artifice est tiré au stade, ce soir ! Tu viendras ?

Il fait signe que oui et s'allonge sur le dos. Le ciel disparaît d'un coup.

Un bruit d'explosion le réveille. La nuit est tombée, et des étincelles jaillissent au-dessus du stade. Où est-il ? Au bout de quelques secondes, il reconnaît l'aile nord du dortoir derrière lui et comprend qu'il s'est endormi. Il se relève, le dos endolori, et contemple les gerbes de feu en regagnant le bâtiment à reculons. Cette année a été tellement belle ! se dit-il devant ce spectacle qui semble la couronner. Arrivé devant sa porte, il découvre une enveloppe coincée dans le chambranle. Encore embrouillé par le sommeil, il la déchire allongé sur son lit, et parcourt plusieurs fois le courrier administratif avant de le comprendre : au vu des résultats obtenus ces deux dernières années, sa bourse est supprimée.

C'est sur une terre inconnue qu'il s'est réveillé dix minutes plus tôt, et il ne le savait pas. Les yeux dans le vague, il essaie d'intégrer la nouvelle : le campus va lui être interdit d'accès, et avec lui, tout ce qui lui permet de s'entraîner librement. En pensant à la réaction de ses parents, il est pris de secousses, comme si des impatiences agitaient tout son corps. Il se frotte longuement le visage, exilé de la joie qui l'animait quelques heures plus tôt. Il planait alors dans le panorama familier des choses, ignorant que l'angoisse s'apprêtait à déferler sur sa vie. Tandis que les derniers feux explosent comme des bombes dans le lointain, et qu'à cette seconde le visage de Melany doit être tourné vers sa fenêtre, Richard se noie dans une totale confusion. Hier encore, la confiance affûtait chacun de ses gestes ; à présent, il a la mollesse humiliante d'une baudruche. Entendant des bruits de pas dans le couloir, il se précipite pour fermer sa porte à clef : impossible de parler à quiconque.

Il lui faut méditer son angoisse et mesurer l'ampleur du désastre, avant d'imaginer des solutions. Les jambes lourdes et le cœur serré, il contemple le parc du campus dans la nuit vert sombre. Au loin, la Willamette est un serpent endormi.

*

Richard redécouvre son itinéraire sur Jack's Path en marchant. Dans le jardin des Jones, des draps blancs recouvrent les meubles entassés sur la pelouse, comme si une saisie était en cours. Un bloc plus loin, il apprend que la dame qui tenait le kiosque à journaux a été remplacée. Il ressent la froideur des choses à son encontre ; non pas l'indifférence, mais positivement la froideur, comme si un pacte secret entre lui et le monde avait de nouveau été rompu. Il est dans une sacrée panade : il n'a aucun diplôme en poche, et son entraîneur n'a pas de solutions à lui proposer pour l'heure. Tout en lui promettant de l'appeler durant l'été, il lui a fait jurer de ne signer aucun contrat avec un recruteur sportif. Ses parents ont à peine réagi à l'annonce de la nouvelle tant ils étaient consternés, et depuis des jours, son père n'adresse plus la parole à personne.

— Quand je pense à toutes les facs qui voulaient t'offrir une bourse..., avait simplement gémi sa mère.

Avec son dossier scolaire, quelles que soient ses prouesses sportives, il est désormais grillé partout. Seule l'université de Medford pourrait le garder, mais comment payer les frais d'inscription ? Il arpente Jack's Path pour tenter de revenir, comme on revient à soi après un étourdissement. En gagnant l'ombre douce des pins de Morning Park, il trouve que cet endroit bien aimé sent le caillou et l'urine. Eddie lui a conseillé de se reposer : les états de tension favorisent les blessures musculaires. Ce serait le pompon. Richard fait quelques flexions au bord du ruisseau, juste pour se sentir appartenir encore à ses habitudes. Il s'entraînera dans le petit gymnase, quoi qu'il arrive, à moins que son père ne l'oblige à trouver un job pour réparer ses âneries. Il enchaîne les étirements avec espoir et nostalgie. Il voudrait tant que le plaisir le domine à nouveau.

*

Fin août, après une succession de jours venteux qui semblaient prophétiser des bouleversements, Richard reçoit un courrier officiel qu'il décachette avec appréhension. Une minute plus tard, la nouvelle de la perte de sa bourse fait pâle figure à côté de ce qu'il apprend : libre de ses engagements universitaires, il est susceptible d'être réquisitionné par l'Armée pour aller renforcer les troupes au Vietnam. Un rendez-vous médical sera fixé dans les mois à venir afin de vérifier son aptitude physique au combat. Ses mains tremblent violemment. Il fourre la lettre dans sa poche et grimpe les escaliers jusqu'à sa chambre, comme s'il devait se cacher. Cette fois, la terreur l'envahit. Toute sa bande d'amis, Melany en tête, milite depuis un moment contre l'enrôlement de centaines de milliers de jeunes Américains dans la guerre. Au dernier trimestre, chaque réunion près de la fontaine était dédiée au commentaire des scènes apocalyptiques qu'ils lisaient dans les journaux : régions entières vidées de leur population, villageois abattus à vue, ainsi que tout animal errant ; forêts dévastées par des quantités hallucinantes d'herbicide, destiné à tuer les arbres, les cultures, et les gens qui s'y réfugient. Après chaque débriefing, Richard rentrait hébété.

Quand il entend la porte d'entrée s'ouvrir, il croise un regard affolé : le sien, dans le miroir opacifié par la poussière. Il reconnaît le bruit des talons de sa mère et vérifie que la lettre est bien cachée dans sa poche. Il ne sait pas comment lui annoncer ça. Ses yeux sont emplis de larmes. Entre les heures passées à sécher les cours et l'ampleur du drame qui en découle, quelle commune mesure ? Sa mère gravit l'escalier, et il mime un bâillement pour justifier ses yeux rougis. Elle agite un sac papier devant son nez.

— Biscuits aux noisettes de chez Schield's !

Il lui sourit et la prend dans ses bras. Elle se raidit, un peu surprise.

— La vie continue, pas vrai ? lui dit-elle avec son beau sourire.

Il est interloqué. Que veut-elle dire ?

— Ton père finira par digérer tout ça. Je te conseille de trouver un job le plus vite possible, ça le calmera. Et peut-être qu'une autre fac te contactera ? Tu as eu pas mal d'articles dans les journaux, cette année.

Il fait semblant d'être encore dans le temps d'*avant*, préoccupé par ces considérations mineures.

— Les facs recherchent des mascottes, elles ont besoin de publicité, continue-t-elle.

— Je ne serai la mascotte de personne. Je veux juste m'entraîner en paix. Tu as vu les photos qu'ils publient ? Je ne comprends pas moi-même comment je suis fichu, en les regardant...

— Tu as l'air énervé, répond-elle en se rembrunissant.

Durant quelques secondes, il a réussi à échapper à l'épouvante. Pour masquer une suée, il attrape le sac en papier et fait mine de se battre avec elle pour voler un gâteau, comme quand il était enfant. Cinq minutes plus tard, tandis qu'il met la table, la boule qui grossit dans sa gorge l'empêche d'avaler le biscuit, et quand son père rentre, sonnant le moment où il va devoir leur annoncer la nouvelle, il a l'impression que son cœur va exploser. Il a peur des reproches. Il ne sait plus où il en est. Ses jambes lui font mal, comme si elles lui ordonnaient d'aller s'entraîner afin d'y voir plus clair. Son père se montre agréable durant le repas, il débouche même une bouteille de vin et allume la radio. Son sang se glace au moment des informations : des centaines de cadavres de jeunes soldats américains sont rapatriées à New York et San Francisco. Hier déjà, l'idée qu'Andrew soit parmi eux le torturait. En proie à une crise de tétanie, il n'arrive plus à desserrer ses doigts du manche de sa fourchette. La logique dans laquelle il respirait, marchait, pensait, s'occupait de ses petites affaires insignifiantes est pulvérisée. Une douleur pilonne son crâne sans relâche.

— Richard, qu'est-ce qu'il y a ? lui demande sa mère d'un air inquiet.

Son père se tourne vers lui à son tour. Tous les deux le regardent, et il s'entend répondre d'une voix blanche :

— Je vais être appelé par l'Armée.

*

Tapi dans les fougères, un jaguar l'observe. Depuis le fossé où il est caché, Richard aperçoit une radio abandonnée au milieu des cadavres, qui diffuse des sanglots insoutenables. Des fumigènes orangés flottent à ras du sol, et toute la jungle est imprégnée d'une odeur de chair brûlée. Il ouvre une boîte de fruits au sirop pour se désaltérer, bouleversé par la douceur du nectar. Cette sensation l'humanise durant quelques secondes, pour la dernière fois sans doute. Il sait qu'il est en train de faire un cauchemar. Mais il ne sait pas comment en sortir.

Assis au bord du lit, il respire dans la lumière paisible. La floraison des bourgeons est à l'œuvre derrière la fenêtre. Son corps est intact. La sensation d'être hors de danger est tellement puissante au sortir de son rêve traumatisant que la joie reprend le dessus et qu'il se sent capable de vivre chaque minute pour ce qu'elle est : éternelle et bienfaisante. Il a encore quelques semaines devant lui pour profiter de ses habitudes bien aimées, et il savoure le précieux sursis qui lui est accordé dans les lueurs mouvantes du matin.

Sous la douche, chassant les réminiscences de la jungle, il décide de faire le tour des commerces du quartier le jour même pour trouver un job. Il descend l'escalier la serviette enroulée autour des hanches, le numéro de téléphone de Melany à la main. Quelques gouttes d'eau tombent sur le carrelage tandis qu'il attend la tonalité. Elle décroche. Il lui résume la situation en deux mots.

— Je ne sais pas si on se reverra, dit-il simplement.

— Ce n'est pas le plus important. Bon sang, je suis effondrée...

Il entend comme une distorsion dans son souffle.

— Tu sautes toujours ? demande-t-elle, à bout de mots.

— J'ai arrêté depuis cette fichue lettre. J'y arrivais pas...

— Et tu as trouvé du boulot pour la rentrée ?

— Non. Mes parents ont été sonnés, comme moi, et à la maison tout a été un peu suspendu. Et puis ces infos qui parlent de la guerre en permanence...

Elle a un rire amer.

— Il paraît qu'en septembre la mobilisation va être forte sur les campus, poursuit-elle. À New York, deux cent mille personnes ont défilé pour protester. Certains déchirent leurs papiers militaires, d'autres les brûlent.

— J'ai entendu que des tas de gens fuyaient au Canada.

— C'est un cauchemar, conclut-elle.

Ils ne savent plus quoi se dire et promettent de se revoir à Medford, quoi qu'il arrive. À peine a-t-il raccroché que la sonnerie retentit, ce qui le fait sursauter et perdre sa serviette. Nu comme un ver, prêt à tout entendre, il décroche.

— Richard, c'est Maman. Ton père et moi avons discuté ce matin.

Elle ne le laisse pas en placer une, enchaînant très vite et à voix basse, comme s'ils pouvaient être interrompus.

— Il t'a pré-inscrit à l'université de Medford. Vous irez signer les papiers en fin de semaine, et tu feras ta rentrée comme prévu. Nous parlerons du reste ce soir.

Elle raccroche. Richard tourne machinalement la tête vers la fenêtre. Derrière le rideau, tout est en place.

Pendant le dîner, son père évoque son souhait de le voir devenir ingénieur, avant de balayer son embarras d'un revers de main :

— Certes, nous nous sommes mis un prêt sur le dos. Mais cette inscription t'empêchera peut-être de partir, on ne sait jamais.

Il ne précise pas *à la guerre*.

— Est-ce que le secrétariat a dit quelque chose à ce propos ? demande Richard d'une voix anormalement sourde.

— Ils ne peuvent rien affirmer. Sauf que ceux qui obtiennent les meilleurs résultats ne sont pas mobilisés en premier.

— Je vais rattraper mon retard, Papa, répond Richard en pensant à son saut.

*

Cette année, Richard loge dans le bâtiment qui fait face à la bibliothèque, et s'il regrette son ancienne vue sur la Willamette, changer de repères lui permettra peut-être de mobiliser l'énergie nécessaire pour tenir ses résolutions. Il doit impérativement obtenir la moyenne dans chaque matière. Quant au saut, son but est resté le même : continuer. C'est tout ce qui lui importe. Par la fenêtre de sa chambre, il observe les étudiants qui organisent les prochaines manifestations pacifistes. Melany a pris la tête d'un groupe militant et il l'aperçoit parfois, perchée sur un banc, en train de fédérer ses troupes avec lyrisme. La semaine passée, toute sa bande a réussi à bloquer un bus qui emportait de jeunes recrues. De nombreux réseaux activistes se sont développés, mais le père de Richard lui a formellement interdit de s'en mêler. À Medford tout le monde respire dans une atmosphère tendue, et l'anxiété se lit sur les visages. Il n'a reçu aucune nouvelle concernant sa visite médicale d'aptitude, et l'angoisse le tourmente en permanence, indissoluble. Elle souffle dans son cou, regarde par-dessus son épaule, renifle la moindre faille pour lui sauter à la gorge. Il sait qu'elle peut l'anéantir en quelques secondes. À plusieurs reprises dans la journée, il doit maîtriser les pensées qui cherchent à le paralyser. Le saut lui a appris à se concentrer, et il applique cette méthode au quotidien pour tenir les démons de la peur à distance. C'est tout ce qu'il peut faire, et ça lui demande une énergie folle. Dès qu'il met un pied dans le gymnase, en revanche, tout s'apaise. Sa progression se poursuit, ce qui le gratifie d'une force morale à toute épreuve durant l'heure qui suit l'entraînement.

En novembre il obtient de meilleurs résultats à ses partiels, ce qu'il s'empresse d'annoncer à ses parents au téléphone : il a besoin de propager la moindre bonne nouvelle pour lutter contre la tension. Sa bande d'amis s'est dispersée, et entre les cours et l'entraînement, il sort rarement. Seule fille à occuper une place en haut de la pyramide contestataire, et devenue rédactrice en chef d'un journal qui circule sous le manteau, Melany délaisse ses études et confie à Richard, qu'elle croise un froid matin d'hiver, qu'elle renonce à toute vie sentimentale :

— Je veux faire ce que j'ai à faire. Je ne suis pas pacifiste parce que je suis programmée pour avoir des gosses et les protéger, ou parce que j'ai peur de pleurer mon petit mari parti à la guerre, dont je laverais amoureusement le linge sale. Je me bats parce que tout ça est immoral, dit-elle en serrant les dents, avant de s'éloigner brusquement.

Richard pense à leur innocence de l'an passé. Le gymnase se dresse sous le ciel sombre, et il se demande dans quelle innocence il vit à cette heure-ci, qu'il considérera plus tard avec envie ou tendresse — plus tard, si tout va bien. En enfilant son short dans le vestiaire, il sait que son devoir est de mettre son énergie là où il est capable de la mettre.

*

Début janvier, Richard découvre les collines rouges de la Californie : Oakland accueille douze équipes universitaires pour son grand meeting d'athlétisme en salle. L'hiver est doux et le vent d'ouest pénètre ses artères. Chaque gymnase est une station sur son chemin, qui lui offre l'occasion de faire mieux que la fois précédente. C'est un nouvel enjeu, qu'il assume depuis la rentrée. Devant trois mille spectateurs, il fixe le sautoir. Des images furtives perturbent sa concentration. Ça fait bientôt deux minutes qu'il attend de se sentir prêt, et il ne doit pas risquer la disqualification en dépassant le temps réglementaire. Il s'accroupit, alors que dans les gradins la rumeur enfle. Enfin il se redresse, et le silence monte dans une profonde inspiration. Plus rien n'existe que le saut qui va avoir lieu qui est en train d'avoir lieu qui a lieu en permanence, plus rien il s'élance. Il finit le meeting en effaçant une barre à 2,13 mètres. En le secouant à nouveau comme un cocotier, tandis que les journalistes s'agglutinent autour d'eux, Eddie lui apprend qu'il est le premier à franchir une telle hauteur en salle. Richard éprouve instantanément une énorme bouffée d'énergie, et il se sent plus ému que de raison. *Tout continue.*

La semaine suivante, il ressent le besoin de rentrer à Portland. Sur le quai de la gare, il est heureux de reconnaître la silhouette familière de son père.

— Tu es béni des dieux, lance son père en se dirigeant vers la Chevrolet, il n'est pas tombé une seule goutte de pluie depuis ce matin !

Il pense à Jack's Path, qu'il parcourra une fois. Mais son envie principale est de passer du temps avec ses parents, et de réviser sous le toit familial histoire de prouver sa bonne volonté.

— Et la Californie ? Il paraît qu'on ne voit pas à trois mètres tellement il y a de brouillard !

— Il faut croire que j'ai été béni des dieux ce jour-là aussi ! répond Richard en clignant de l'œil.

— Bravo en tout cas, fiston.

Arrivés sur Second Street, que Richard retrouve avec émotion, son père se gare devant le kiosque à journaux et lui tend de la monnaie en l'observant à la dérobée.

— Va me chercher le *Track & Field News* s'il te plaît, le numéro de février vient tout juste de sortir, et prends aussi le journal.

Le type du kiosque serre frénétiquement la main de Richard, en lui broyant les doigts.

— Le p'tit dingue du quartier, qu'on t'appelait, il paraît ! Quand tu courais en pleine rue avec tes chaussettes bariolées, on était sacrément gênés pour tes parents ! Et voilà que tu fais la couv' de la bible du sport ! Quand j'ai dit ça à ma femme, elle en revenait pas !

Richard découvre dans un état d'ébahissement total qu'il fait la Une du mythique *Track & Field*.

— Et c'est le numéro spécial vingtième anniversaire ! poursuit le type en prenant l'argent lui-même dans sa main.

Le klaxon le fait sursauter, il oublie d'acheter le journal et monte dans la voiture.

Son père a le sourire jusqu'aux oreilles.

— J'ai découvert ça ce matin, j'en ai déjà acheté un exemplaire, j'espérais te faire la surprise...

Durant le trajet, Richard scrute la couverture où il est immortalisé en train de passer la barre à une hauteur impressionnante, les bras le long du corps, sous le regard de six types en costume. Se voir en plein saut est un choc. Les photos l'ont toujours montré dans une position risible, mais cette fois le cliché lui rend hommage.

À peine ont-ils franchi la porte que sa mère l'entraîne vers le salon où une table de fête a été dressée, tandis que le tourne-disque susurre un jazz langoureux.

— Avec ça, sûr qu'ils ne t'enverront pas au Vietnam, dit-elle en dansant sur place. Tu viens de décrocher ta réforme!

Lui n'est sûr de rien. Le spectre de la guerre a fait irruption si promptement dans sa vie et dans celle de tout le monde que rien ne lui semble acquis, et l'odeur de chair calcinée s'élève encore parfois dans sa chambre.

— Que dit l'article? demande Richard en se décidant à ouvrir le magazine.

— On t'a attendu pour lire, répond sa mère d'un ton solennel.

Serrés les uns contre les autres dans le halo de l'abat-jour, ils parcourent en silence les lignes rédigées après le meeting d'Oakland, avant que sa mère ne chipe la revue pour déclamer à voix haute:

— « *Voilà un sportif qui n'a peur de rien. Le premier athlète à passer 2,13 mètres en salle est un jeune homme timide au corps chétif, qui se parle à lui-même avant de s'élancer en direction de la barre qu'il efface sur le dos, en engageant la tête et les épaules dans un mouvement parfaitement maîtrisé. On reste perplexe et fasciné devant l'exploit de ce jeune étudiant de Medford, Oregon, qui impose un style aussi étrange qu'inédit. Imperméable à tout ce qui l'entoure, le jeune sportif que rien ne destinait aux podiums se propulse comme une fusée, sans qu'on comprenne comment ce bond épileptique est possible, et comment il l'a élaboré.* »

Cette fois sa mère entame une danse de Saint-Guy, sous le regard amusé de son père.

Le lendemain matin, Richard n'a pas encore trempé ses lèvres dans le café fumant que le téléphone sonne. C'est un journaliste.

— Deux jours que ça a repris, soupire sa mère en lui passant le combiné. Ils appellent même le week-end, maintenant...

Richard se prête à l'exercice poliment, assailli par les questions habituelles concernant sa technique, sa formation et ses « bizarreries ». Il ânonne invariablement :

— Ça s'est fait par hasard. J'ai juste fait comme j'ai pu... Ma technique, c'est de me jeter à l'eau, c'est tout...

À la troisième interview de la matinée, il a un peu honte de s'entendre énoncer des généralités :

— Il faut trouver ce qui vous convient, ce qui marche pour vous.

À la quatrième, il invente qu'il a élaboré sa technique sur papier, dans un calcul savant de sa trajectoire et de la position de son corps au-dessus de la barre.

Le temps file, il est toujours pendu au téléphone, et quand on l'amène sur le terrain du patriotisme, il reste muet.

— *Track & Field News* vous a choisi pour inaugurer le nouveau format de sa revue. Vous sentez-vous le porte-drapeau d'une nouvelle Amérique ?

Cette fois, quand il raccroche, il se sent mal. Les journalistes, qui veulent lui arracher les mots de la bouche, l'interrogent sur ses origines sociales, sur ses parents, sur les drames éventuels qui ont jalonné son enfance afin de créer une histoire à sensation qui ferait de lui un personnage héroïque. Il met un point d'honneur à montrer les choses sous un jour réaliste, aussi banales et plates qu'elles l'étaient. Quant à ses émotions, elles ne regardent que lui. Stressé d'être lié malgré lui à des questions politiques, il sent l'angoisse effriter l'équilibre chèrement acquis ces dernières semaines.

Sur Jack's Path, il est mal concentré et ça le met en rogne. La silhouette d'un arbre au feuillage rouge et au tronc incliné, à la lisière de Morning Park, le frappe : il ne l'a jamais vu. Il lève la tête pour en apercevoir la cime, et lorsqu'il reprend sa route, un vertige le sépare de tout le paysage. Il se réadapte très vite à sa trajectoire, qu'il pourrait suivre les yeux fermés, amorce le sprint final et fonce en direction des odeurs de mousse que diffuse une tondeuse en marche à l'entrée du quartier. Au moment où il arrive chez lui, le plaisir de l'effort jaillit et il repart.

À son retour, son père lui tend un papier avec un numéro de téléphone.

— Un nouveau magazine, *Rolling Stone*. Tu fais la Une de leur numéro à paraître, et ils voudraient te poser quelques questions. Ils sont basés à San Francisco. C'est incroyable, non ?

Richard décide qu'il les appellera la semaine suivante. Sa mère a peut-être raison, tout ce battage pourrait jouer en sa faveur au moment des tests d'aptitude militaire.

Réveillé avant l'aube, il réalise qu'il ne lui reste que quelques heures avant de partir. Il n'est pas allé voir la Willamette depuis Blue Square, il n'est pas sorti avec ses parents comme ils l'avaient prévu. Mais son désir de profiter du quotidien, comme autrefois, a été exaucé. Le manteau de son père jeté par-dessus son pyjama froissé, il sort faire un tour au jardin. Ses baskets sont glacées et il s'amuse à souffler de petits nuages froids dans le matin endormi. Assis sur le banc, il revisite les moments d'été passés à contempler les fleurs fanées par l'excès de soleil, cédant la place à des pistils durs comme des poings. Frigorifié, il décide de monter réviser, mais une fois sa chambre regagnée, il se love dans l'odeur de ses draps et s'évanouit dans un sommeil très doux.

*

Le journaliste de *Rolling Stone* doit être ce grand maigre assis au fond du bar. Richard traverse la salle en s'étonnant qu'un type parcoure six cents kilomètres jusqu'à Medford pour discuter avec lui. L'homme lui fait signe.

— C'est donc vrai, le jeune prodige de l'athlétisme est un étudiant plutôt malingre, lance son interlocuteur en lui tendant la main.

Richard la serre de bonne grâce et sent un sourire spontané s'afficher sur son visage.

— Une bière ? demande le journaliste aux petites lunettes.

Le patron est là, énorme dans sa chemisette hawaïenne :

— Alors les babouins, qu'est-ce que je vous sers ?

— Deux Blitz, Mickey, répond le journaliste en clignant de l'œil.

Devant l'air amusé de Richard, il explique :

— Mickey surnomme tous ses clients « les babouins ».

— Comment vous le savez ? Ce type est connu jusqu'à Frisco ?

Gifford rigole.

— Non, ma jeune sœur vit ici.

— C'est qui ce jeune babouin ? l'interrompt Mickey, de retour avec les bières.

Richard regarde l'imposante carcasse velue.

— Un champion sportif, tu le verras en Une de notre revue la semaine prochaine.

Le barman lui tend sa grosse main :

— Bienvenue.

L'ambiance est joviale, et Gifford lui présente sa revue lancée il y a quelques mois, en dévorant des saucisses. Richard oublie qu'il est là pour parler de lui, et quand vient le moment d'aborder sa discipline, il décide de jouer carte sur table avec ce type sympathique.

— Je vais sans doute vous décevoir, mais tout ça s'est fait très simplement. Il n'y a pas grand-chose à dire...

— Au contraire, notre ligne éditoriale est axée sur la spontanéité et nous nous intéressons à tous ceux qui l'incarnent. Exactement comme toi qui fais ce truc dingue, et qui bluffes tout le monde.

— Je veux bluffer personne, je m'en fous...

— C'est encore mieux.

Richard répète comment ça s'est passé.

— Tu courais tout seul dans la rue, c'est génial, s'enthousiasme le journaliste.

Richard lape la mousse de sa deuxième bière en sondant son regard.

— Faites pas de moi un personnage, c'est tout ce que je vous demande. Encore moins un symbole. Dites juste ce qui est. Bon, c'est sûr, ça va pas faire un grand article, rigole-t-il.

Gifford le fait parler de sa concentration, de ce qui se passe en lui avant le saut. Richard s'exécute en restant sur ses gardes.

— On n'a que deux-trois minutes entre le moment où on nous appelle et celui où il faut sauter. Je « vois » les choses qui vont se dérouler. Les muscles que je vais solliciter. Où je placerai mon énergie... Je sais pas, c'est difficile à expliquer.

— Tu penses pas aux erreurs que tu peux commettre, avant de sauter ?

— Jamais. Je pense à tout ce qui est réuni, ici et maintenant. Et puis j'y vais. Je sais qu'il y a un ordre à respecter, que si chaque étape est bien accomplie, ça fera un beau saut.

— Tu crois au don ?

Richard éclate de rire, envoyant des postillons sur le pull de son interlocuteur.

— Dans mon cas, c'est un peu dur d'y croire. Non, je crois à l'acquis. Je crois qu'on apprend par les détours les plus saugrenus.

— Moi je crois que chez toi l'acquis a révélé l'inné. Au fond, t'es tellement naturel que t'as aucune foutue idée de ce que tu fais.

— J'ai pas d'idée, voilà, écrivez ça, je fais juste ce que j'aime faire.

— Dis-moi, reprend Gifford en croquant dans une nouvelle saucisse, t'as pensé aux Jeux Olympiques ?

Richard suspend son geste sans comprendre.

— Quoi, les Jeux Olympiques ?

L'autre fouille dans sa poche et en extirpe une cigarette à moitié fumée, qu'il rallume en prenant son temps.

— Tu vises les J.O. ?

Richard, qui croit à une blague, hausse les épaules avant de lire sur le visage du journaliste qu'il est tout à fait sérieux.

— J'ai jamais pensé à une chose pareille.

— T'es le Junior le plus régulier de la saison, avec un saut qui dépasse invariablement les 2 mètres. Et vu ta progression inexplicable en ce bas monde, tu as toutes tes chances si tu te présentes aux sélections.

Quand il quitte le bar, trois heures plus tard, il se sent de très bonne humeur. Mais au fil des pas qui le rapprochent du campus, il perçoit un trouble en lui. Jamais il n'a songé aux Jeux Olympiques, et lui suggérer de s'inscrire aux sélections lui paraît complètement farfelu. Il glousse dans la rue déserte. Son entraîneur ne l'a jamais envisagé, et ça le ferait sans doute bien rire. Richard s'assoit pour réfléchir sur le perron d'une maison qui lui rappelle celle des Thompson. À chaque expiration, un nuage de buée se dilate autour de sa tête. Pourquoi est-il si perturbé depuis que Gifford lui a parlé des J.O. ? C'est que maintenant qu'il y pense... Maintenant qu'il y pense... Il se lève et accélère le pas. Vingt minutes plus tard, devant la porte de sa chambre, il dit à voix haute :

— Maintenant que j'y pense, je testerais bien mon saut aux Jeux Olympiques de Mexico.

À l'intérieur il fait sombre, et il se colle immédiatement à la fenêtre. Pas de Willamette serpentine pour l'aider à méditer, mais le ballet des étudiants qui entrent et sortent de la bibliothèque. Les yeux dans le vague, il reste absorbé par une question qu'il n'arrive pas à formuler.

Au fil des jours, il s'amuse avec cette idée irréaliste. Le Mexique ! Les Jeux Olympiques ! Ça serait incroyable, une perspective qui requerrait une énergie immense et garantirait une cascade d'émotions. Un sacré défi. Sensations garanties ! La tête que ferait son père ! Le sourire qu'aurait sa mère ! Cette rêverie joyeuse éclaire son horizon, et il se prend à calculer le nombre de semaines avant le début des Jeux : trente-cinq. Un soir, alors qu'il rentre d'un tennis avec Big Andy, un étudiant de sa promotion, Richard ramasse une grande enveloppe glissée sous sa porte, accompagnée d'une autre, plus petite, couverte d'une écriture nerveuse. Son dos se raidit d'un coup. Après avoir expédié son copain, il jette son sac sur le lit et déchire la première, qui contient un exemplaire de *Rolling Stone* avec sa photo en couverture. L'article est enthousiaste et fidèle à sa discussion avec Gifford. Le deuxième courrier est signé d'un médecin dont le nom lui est inconnu.

Monsieur,

En tant que directeur d'un centre médical sportif à Los Angeles, je m'adresse à vous au nom de mes confrères et au nom de la jeunesse américaine sur laquelle vous pourriez avoir une influence certaine. La jeunesse est attirée par l'originalité, fût-elle artificielle, et il y a fort à parier que les petits sportifs de notre pays vont très bientôt vouloir vous imiter.

Aussi, dans l'intérêt de la nation, je vous conjure d'arrêter d'effacer la barre de cette façon, sans quoi nous assisterons à une véritable épidémie de nuques brisées dans les stades d'athlétisme.

Richard se mord les joues pour ne pas exploser de rire devant le canular. Il se demande qui a pu lui jouer un tour pareil. Sans doute Andy, qui doit se tenir les côtes derrière la porte. Mais il n'y a personne dans le couloir. Il lève la feuille de papier en direction de la lumière, constate que le nom de l'institut est imprimé en filigrane sur le papier à lettres, et se rend à l'évidence : ce n'est pas une blague.

Attablés chez Mickey, dans la salle enfumée, les copains de Richard sont hilares quand il leur raconte l'histoire de la lettre.

— Ouais, ben fais gaffe quand même ! lance Big Andy en aplatissant sa paume géante sur la table.

Bob Snider, l'étudiant en lettres, crache un morceau de saucisse en pouffant, et un autre imite un chant indien en se tapant sur la tête.

— Appelez-moi Nuque Brisée, chef de la tribu des Sauteurs Fous !

— En parlant de Sauteur Fou, où est Rooney ? demande Big

Andy. Encore en train de s'envoyer les sœurs Scott! Tu connais pas les sœurs Scott, Richard? Naaaaaan! Les jumelles les moins timides du campus!

— Pourtant Mathilda a dit que vous étiez sortis ensemble! lance Snider en s'essuyant la bouche.

Richard adopte leur gouaille pour ajouter à l'excitation du moment et faire monter la sauce — il a envie de se défouler.

— J'ai jamais vu cette Mathilda! crie-t-il.

— Mon cul! Paraît que tu l'as vue de près dans les vestiaires, après l'entraînement! C'est vrai ce qu'on dit, qu'elle garde ses baskets pendant l'amour?

— Elle a même dit que tu tenais sacrément longtemps! renchérit Big Andy.

— C'est peut-être à cause de ma nuque tordue que j'ai pas bien vu son visage!

Tout le monde braille, Bob siffle, et leur raffut se fond à celui du bar, sous l'œil de Mickey, l'étrange bonze en chemisette hawaïenne.

— Moi j'dis qu'il vaut mieux baiser de tout notre soûl avant le déclin de l'empire! lance Snider.

Richard continue à rire et à se brûler la gorge tant qu'il peut avec la bière, tout en pensant à cette Mathilda qui raconte qu'ils ont été ensemble, et qu'il irait bien rejoindre dans le vestiaire, avec ou sans baskets.

*

Allongé dans le parc, à l'endroit exact où il a quitté Melany le jour du feu d'artifice, l'an passé, Richard s'imagine ouvrir les yeux et reprendre le fil de sa vie à ce moment-là. Il n'a pas attendu que l'herbe soit sèche pour venir s'y coucher; comme les autres, il a pris ses quartiers d'été au premier soleil. La pelouse est prise d'assaut et le ciel à peine bleu recueille tous les regards. Il pense au ciel changeant de Newport, qui vous crache une pluie violente à la figure sans prévenir, avant de vous brûler de nouveau, le tout entre le moment où vous descendez sur la plage et celui où vous regagnez votre voiture. Sa tante Lee lui a envoyé une carte postale montrant le petit port où dorment les phoques, au dos de laquelle elle lui assure que tout ira bien pour lui. Parfois, dans le noir, Richard effleure la carte du bout des doigts. Il se sent à la fois chanceux et misérable.

Le corps détendu, il perçoit les moindres reliefs du sol. Pour le préparer au prochain meeting, son entraîneur l'envoie désormais se faire masser deux fois par semaine, afin d'assouplir ses muscles et de soulager ses articulations. Une heure plus tôt, dans le cabinet du kinésithérapeute, il a réalisé que personne ne touchait plus sa peau depuis des lustres, à part pour entretenir son corps considéré comme un outil. Une main s'attarde sur sa cuisse. C'est Melany, qui rentre du feu d'artifice. Il fait encore jour. Elle le caresse sans lui parler, ce qui le trouble beaucoup. Non, il s'est trompé, c'est Clarisse qui est là, dans le contre-jour. Elle est encore plus fine que dans son souvenir, et sa peau foncée, très douce — mais comment Clarisse est-elle arrivée jusqu'ici ?

— Eh, Nuque Brisée, t'as la forme on dirait !

Richard sursaute et se retrouve face à Andy qui le contemple d'un air ironique. Il s'assoit pour cacher son trouble et son rêve.

— Salut Big Andy. Merde, quelle heure il est ?

— L'heure de la fin du monde, mon gars, file te mettre à l'abri.

Un coup d'œil circulaire et Richard s'assure que tout est en ordre. Les étudiants continuent de se promener, de réviser et de s'embrasser dans le parc.

— Y'a eu un appel pour toi au bureau d'accueil. De Portland.

Richard le remercie et file, des trèfles collés à son tee-shirt. Un peu trop efficaces, les massages du kiné. Il entre dans le bureau de l'intendante, au rez-de-chaussée du dortoir. Il aime cette pièce. Ses boiseries, son carrelage blanc et noir, ses mosaïques qui représentent des constellations. Richard essuie discrètement le combiné avec sa manche en attendant la communication. C'est son père qui a essayé de le joindre. Pourvu qu'un malheur ne soit pas arrivé.

— C'est peut-être un de ces journalistes... C'est sûrement ça, dit-il à voix haute tandis que l'intendante regarde les brins d'herbe qui pleuvent sur le carrelage.

Elle s'éloigne par politesse. Richard parle bas.

— Papa ? Ça va à la maison ?

— Ça va fiston, et toi ?

— Bien.

— Bravo pour tes notes. C'est pas extraordinaire, mais c'est tout à fait honorable.

Richard a envie de lui crier de ne pas tourner autour du pot. Enfin, son père lui annonce qu'il a reçu une lettre de convocation. Son rendez-vous médical est fixé à la semaine suivante. Richard panique. Il ne veut pas quitter le campus, Medford, ses habitudes. Il ne veut pas quitter l'Oregon, il ne veut pas quitter sa vie. Il ne veut pas aller à cet examen médical. Ni nulle part ailleurs. Il veut aller chez Mickey avec ses amis chaque vendredi soir. Il veut sentir la peau de Mathilda Scott ou d'une autre fille contre la sienne. Il veut éprouver encore la jouissance de l'effort sportif. Il ne veut pas qu'on anéantisse sa joie farouche. Il n'est pas allé au bout de lui-même. Il ne peut pas ne pas y aller.

— Les pauvres enfants, murmure l'intendante en le regardant.

Richard raccroche. Il est sonné. KO debout.

*

Tôt le matin, Richard est assis sur le lit de Bob, au cinquième étage d'un petit immeuble proche du campus. La couverture lui pique les jambes. Snider, son bol de café sur les genoux, refuse de lui dire ce qu'il attend de lui avant que Big Andy arrive.

— Qu'est-ce qu'il fout, merde ? jure Bob en remuant son café avec son index.

Bientôt la porte s'ouvre sur leur ami, rouge vif d'avoir monté dix escaliers.

— Tu souffles comme un âne, t'es pas prêt pour la mission du jour, et tu vas mettre toute ton unité en danger, lui balance Bob d'un air sardonique.

— Très drôle, rétorque Andy en jetant son blouson sur le lit, avant d'ajouter : Ah, t'as trouvé notre photographe.

Richard hausse les sourcils en se tournant vers Bob ; il va peut-être enfin lui expliquer ce qu'il fait là ? Tous ont la gueule de bois : comme Richard, Bob Snider a reçu une convocation pour un test d'aptitude militaire, et Andy est certain que son tour va venir. Les assignations se répandent comme une traînée de poudre, on parle de cinq cent mille hommes envoyés dans ce cauchemar où le brouillard orange ronge les yeux des soldats.

— Bob et moi on n'a pas envie de mourir fumés comme des

cochons, dit Andy en déboutonnant son gilet, avant d'enlever sa chemise sous le regard éberlué de Richard. Désape-toi, Robert !

Il est gêné de voir le corps de ses amis dans la lumière crue du matin. En slip tous les deux, ils lui tendent un appareil photo, que Richard manipule avec fascination : il rêve d'en avoir un.

— Bon, Nuque Brisée, dit Andy, Snider et moi on veut se faire réformer. On a besoin d'être immédiatement classés inaptes, et pour ça, on va simuler un coït ensemble. Tu vas nous prendre en photo, et on se servira de ces preuves irréfutables du danger qu'on représente pour la nation, lors de l'examen médical. Après ça, impossible de nous enrôler dans l'Armée.

Richard pose promptement l'appareil photo sur la couverture, comme s'il lui brûlait les doigts.

— Vous êtes dingues, vous allez finir en psychiatrie ou en taule.

— Dépêche, avant qu'on perde courage ! lance Big Andy en le poussant du lit et en lui recollant l'appareil dans les mains.

Il enlève le cache à contrecœur, et quand Andy approche de Bob en faisant mine de l'enlacer, l'autre le bourre de coups de poing, mal à l'aise.

— Essaie de bouger un peu quand tu déclenches, dit Bob à Richard, que ça ait l'air d'être pris sur le vif, et surtout que j'aie pas trop la honte.

— Mais ça doit être suffisamment net pour qu'on nous reconnaisse ! dit Andy.

— On reconnaîtra ton bide, t'inquiète ! lance Bob.

— Et te rince pas l'œil, ricane Andy.

Les deux copains s'approchent l'un de l'autre, font mine de

s'embrasser de loin en grimaçant pour amplifier la dérision de la scène, avant de se coller d'un seul mouvement bouche contre bouche, puis ventre contre ventre, et de réaliser une suite de positions abracadabrantes qu'ils tiennent, en équilibre, le temps que Richard déclenche. Il s'exécute, au bord de l'explosion — de rire ou de colère, il ne sait pas, il sait juste que tout le monde est devenu fou. En s'agenouillant sur le lit, Big Andy fait écrouler le sommier. Ils sont tous les deux coincés au milieu des lattes, et Bob est blême.

— Ma sœur va être en rogne, merde ! Suis pas chez moi, ici !

— T'auras qu'à dire que tu t'es envoyé en l'air avec ta copine Andyyyyy ! lance-t-il pendant que Richard déclenche un peu au hasard.

À la fin de la séance, les deux amis se rhabillent, et c'est à ce moment-là que Richard se sent le plus gêné, comme s'il avait participé à une expérience compromettante. Fatigué, il leur tape amicalement sur l'épaule :

— Moi aussi j'ai un service à vous demander, les gars : ne me montrez jamais ces photos ! Je veux jamais voir ça !

Son rire forcé résonne dans le couloir, tandis qu'il se précipite vers la sortie du bâtiment.

*

Au gymnase, Richard vient de réaliser trois sauts superbes. Éprouver sa maîtrise l'apaise et lui rend sa confiance instinctive. Continuer à s'épanouir dans le sport en dépit de l'angoisse est un apprentissage difficile auquel il se soumet, soutenu par sa passion du perfectionnement. Il lui semble que son initiation sera sans fin, qu'une route d'éternité s'ouvre devant lui.

— Ce n'est pas une idée saugrenue, répète son entraîneur.

Vu les résultats obtenus ces deux dernières années, et vu ton incroyable progression, tu peux légitimement te présenter aux sélections des Jeux Olympiques.

Richard a l'impression de voir défiler toute sa vie en accéléré, et il se demande si ça veut dire qu'il va mourir, là, bêtement terrassé par une crise cardiaque. Mais son cœur continue à battre.

— L'article de *Rolling Stone* est très bon. La presse t'apporte une caution qui pèsera en ta faveur au moment des inévitables délibérations suscitées par ta technique.

Richard n'ose pas lui demander pourquoi il ne lui en a jamais parlé avant.

— C'est déjà délicat d'imposer ton saut en meeting, répond Eddie qui lit dans ses pensées. Je me suis peut-être dispensé un peu vite de l'envisager. Mais légalement, rien ne peut s'y opposer. Et psychologiquement, on verra ce que ça donne. Ce sera un bon test pour toi, une belle épreuve.

Richard est sur un nuage. Pour un peu il traverserait le gymnase comme une flèche, avant de bondir par-dessus le cheval d'arçons et d'entamer la course de haies la plus épique de tous les temps. Son sourire est immense — depuis combien de temps n'avait-il pas été dépassé par cette joie enfantine, pulsionnelle, excessive ? L'électricité parcourt son corps en tous sens. Les sélections pour les Jeux Olympiques ! Le trac va l'obliger à une concentration sans faille, l'amener à atteindre de nouveaux paliers. L'enjeu est grand. Sans doute n'en connaîtra-t-il jamais d'aussi grand. Il devra passer une barre à plus de 2,13 mètres. Il le faudra. Richard est déjà en train de fixer le sautoir de Los Angeles où auront lieu les épreuves.

— Richard.

Les collines rouges en été. Juillet. Le paysage plein d'ardeur.

— Richard.

Il se tourne vers Eddie par réflexe, en entendant prononcer son prénom.

— Avant tout ça, tu dois préparer le dernier meeting de l'année.

— Bien sûr, Coach.

— Il aura lieu en juin, un mois avant les sélections. Travaille tes cuisses, et double le nombre de séances chez le kiné. Tu ne dois pas te blesser. Vas-y mollo, et essaie de ne pas perdre en endurance ni en impulsivité.

— Comme d'habitude, Coach.

— Non, pas comme d'habitude. C'est l'heure d'assumer, mon gars. Hors de question que ce meeting passe à la trappe parce que tu penseras J.O., que tu respireras J.O., que tu sauteras J.O. Te fais pas trop d'illusions. Reste concentré.

— C'est ce qui m'intéresse, Coach.

— Mais sois réceptif, ouvre tes écoutilles, ouvre tes chakras, ouvre tout ce que tu peux mais vas-y, bordel.

Richard lui sourit.

— Autre chose, ajoute Eddie. Durant le dernier meeting, évite les grigris. Tu dois la jouer discret pour qu'on ne puisse rien inventer qui t'empêcherait d'aller aux sélections. Tiens-toi à carreau et contente-toi de faire ton job au mieux.

— OK, Coach, acquiesce Richard les yeux dans le vague.

Il attend que l'entraîneur se lève pour signifier la fin de la discussion. En traversant le campus, la perspective de la convocation médicale ne l'effraie plus autant. Il sait qu'il retombera dans l'enfer de l'angoisse, mais pour l'heure sa participation éventuelle aux sélections des J.O. est la vérité la plus solide qu'il connaisse. À côté d'elle, rien ne tient. Il aime l'excitation qu'il sent crépiter dans son ventre, il se frappe les abdominaux et lève un poing au ciel, en poussant un cri de Sioux.

*

On dirait que le soleil est sorti de sa trajectoire. Les choses semblent éclairées différemment, les lignes du paysage, tout comme les contours des objets, légèrement distordues. Dans cette ambiance étrange, Richard sent la transpiration mouiller ses paumes. Ils sont trois dans la salle d'attente de l'hôpital militaire de Portland, assis dans la même position : mains jointes, jambes écartées, le regard douloureux. Du quatrième étage où ils se trouvent, on peut embrasser du regard l'ensemble de bâtiments austères et la cour dépourvue du moindre brin d'herbe. Richard soupire. Le type en face de lui l'imite, et le troisième tapote l'assise de sa chaise du bout des doigts. Richard essaie de rester concentré, de chasser ses pensées angoissantes. Deux jours qu'il rumine le discours qu'il va tenir au médecin. Dans le numéro de *Track & Field* dont il a fait la couverture, il a appris que Brumel remarchait après un an d'hôpital, et qu'il allait subir une opération visant à redonner à sa jambe sa taille initiale. Une photo le montrait en train de soulever des haltères énormes, avec pour légende : *Le champion bien décidé à reprendre la compétition*. L'article était dithyrambique, Valery y était présenté comme la référence absolue du saut en hauteur, malgré l'accident tragique qui l'avait frappé. Faire la couverture d'un magazine dans lequel on parlait de Brumel avait été comme un cadeau, un signe d'encouragement venu de nulle part. Si jamais un miracle voulait bien avoir lieu, s'il échappait à la guerre, il participerait à la sélection pour les Jeux Olympiques, dont le recordman est le grand Valery, qui cinq ans plus tôt a effacé 2,28 mètres ! Une porte s'ouvre sur un homme de petite taille en blouse blanche, le crâne dégarni et l'air sévère. On prononce son nom. À la seconde où il entre dans le bureau, il renonce à dire ce qu'il avait préparé. Il bascule dans le présent, volontairement, comme on se laisse tomber. Quelque chose continue à agir en lui, qui l'aide à traverser le moment. Trois médecins lui font face, dont deux portent un uniforme militaire. Il ne s'attendait pas à s'entretenir avec plusieurs personnes et, assis devant eux, il a l'impression de comparaître au tribunal. Derrière la vitre, le soleil est un disque minuscule et translucide, presque blanc.

Il décline son nom, son prénom, son âge, son adresse, et leur donne un tas de renseignements administratifs. Les militaires ne sont pas des drôles et en rajoutent dans le côté impénétrable. Richard ne tente aucune mimique, aucun geste de complicité, comme il est dans sa nature de le faire pour injecter un peu de légèreté dans les choses. Il reste sobre. Il parle clairement. Il s'exécute docilement. Il explique son parcours scolaire et sportif, et un des médecins en uniforme ravale un sourire, manifestement intéressé par ses exploits. Peut-être les a-t-il lus dans la presse. Après dix minutes d'entretien, Richard se déshabille, et il sent les regards des types s'attarder sur ses cuisses pâles, aux muscles discrets, puis sur son dos et sur son bas-ventre. Il monte sur la balance.

— Quatre-vingt-trois kilos, note le médecin à blouse blanche.

On le colle contre une toise accrochée au mur glacial.

— Un mètre quatre-vingt-treize.

On lui ouvre la bouche, on regarde ses dents, ses joues, on

tire sur ses paupières pour observer ses pupilles, on écarte des mèches de cheveux pour fouiller son cuir chevelu. Il se rhabille, et après une batterie de tests auditifs, visuels et psychologiques, ses exploits aux derniers meetings universitaires sont scrupuleusement consignés dans son dossier. Son cœur bat vite. Jusqu'ici, il a maîtrisé son émotion, mais la conclusion de l'entretien approche, et mille fois il a imaginé son issue tragique. Il ne doit ni s'engourdir ni paniquer. Il évoque de nouveau les revues *Track & Field* et *Rolling Stone*, et le grand type hoche la tête d'un air entendu. L'ombre de sourire qu'il a perçue sur ses lèvres le laisse perplexe. D'une voix mal assurée, il joue son va-tout :

— Je vais participer aux sélections des Jeux Olympiques de Mexico.

Les trois sbires le scrutent comme s'il avait dit une ânerie ou enfreint un règlement, et lui opposent un visage d'une indifférence féroce, avant de poursuivre leur interrogatoire :

— Des opérations chirurgicales ?

— Non... Juste un plâtre à la main gauche.

— Vous êtes gaucher ?

— Non.

— Vous avez une tête à l'être.

Richard regarde le plafond, qu'une auréole d'humidité décore.

— Qu'est-ce qui vous est arrivé ?

Richard se trouble.

— Quand ça ?

— Votre main gauche.

— Ah, ce... c'était un pari, en sautant... dans un club de théâtre, il y avait un vieux fauteuil, et... enfin...

— Vous avez totalement récupéré ?

— Oui, avoue-t-il en serrant et desserrant le poing devant eux.

Le type qui n'a pas encore pris la parole ouvre la bouche.

— Avez-vous déjà entendu des voix ?

— Non.

— Eu l'impression que vous pourriez commettre des actes indépendamment de votre volonté ?

— ... Non.

— Avez-vous des passions inavouables ?

— Comme quoi ?

— Des déviances sexuelles ?

Le souvenir de Big Andy et Robert à quatre pattes sur le sommier cassé le traverse. Il n'a pas envie de rire. Il a peur.

— Aucune.

Richard grimace d'un air impuissant. Il a l'impression d'avoir sept ans.

— D'autres blessures ? Des accidents ?

— Au cou. Une blessure au cou.

Il pense à la lettre du médecin qui le suppliait de cesser de sauter en dorsal, sous menace d'épidémie de nuques brisées. Il l'imaginait exactement comme un de ces types qui se tiennent en face de lui. Il s'essuie le front, se gratte la tempe.

— C'est arrivé dans le cadre de votre pratique ?

Richard perd les pédales, ne sachant plus si dire la vérité est une bonne chose. Il est à deux doigts de leur demander la permission d'aller prendre l'air. Aucun bruit ne parvient de la salle d'attente ; les autres sont-ils partis ? Il respire bruyamment.

— Oui, monsieur. L'été de mes quinze ans. Je suis mal retombé dans la fosse.

— Qu'ont dit les docteurs et quel fut le traitement ?

— J'ai porté une minerve, et on m'a assuré que je ne pourrai plus jamais sauter. Je pense avoir eu une fracture, s'entend-il déclarer, comprenant soudain que ça pourrait le tirer d'affaire.

— Ah..., dit le médecin d'un air faussement préoccupé.

Il fait le tour de la chaise, demande à Richard de pencher la tête en avant et touche ses vertèbres en appuyant sur des zones douloureuses.

— Il y a un petit œdème en effet, qui laisse penser à une hernie. On va voir ça de près.

Il fait signe à un de ses collègues, qui rédige une feuille à toute vitesse, la signe, la plie en quatre et la tend à Richard.

— Vous allez faire une radiographie du rachis. Et un médecin du sport vous fera passer quelques examens supplémentaires. Sortez.

Richard se lève, surpris par la fin intempestive de l'entretien. Debout devant sa chaise, il ne bouge pas. Mille fois il a visualisé la scène : on tamponne un cahier sur lequel est écrit APTE, et il passe directement du bureau de l'hôpital militaire à la jungle, noyée dans son nuage toxique. Son regard reste collé au bureau devant lui ; les lignes sont redevenues droites, et la pièce assombrie lui indique que le soleil s'est caché.

— Qu'est-ce que vous attendez ? gronde le plus grand des militaires.

— C'est que... c'est tout ?

— Vous êtes dur de la feuille, vous. En sortant d'ici, vous allez au pavillon 4, le plus proche de l'entrée. Vous montrez vos papiers et votre ordonnance, et on vous indiquera la marche à suivre. Au revoir.

Richard ferme la porte derrière lui, les mains tremblantes. Au lieu de se diriger vers la droite pour prendre l'escalier en direction de la sortie, il retourne à la salle d'attente. Il salue les types, se gratte longuement la tête, leur sourit, et fait demi-tour. Il se voit descendre les marches quatre à quatre mais en réalité son pas est lourd, comme s'il était engoncé dans un vêtement épais. Sans pensées, il traverse la cour et se rend au pavillon indiqué, où de jeunes civils le suivent des yeux en fumant. Derrière le guichet, un officier tend le bras pour réclamer ses papiers, ouvre un grand registre où il note son nom avec une lenteur d'escargot, avant de remplir un tas d'imprimés. Deux autres personnes font la queue derrière lui.

— Amenez tous les documents médicaux dont vous disposez, le 15 mai à 10 heures. Vous passerez votre radio et vous serez reçu par le Dr Miswood.

— C'est lui qui décidera ?

— Quoi ? Si vous êtes apte ? Non, lui, il posera son diagnostic. Ensuite vous reverrez Dr Fritz. Vos examens du jour et les résultats de la radio décideront de votre sort.

— Et le destin, lance le jeune homme derrière lui qui mâche bruyamment son chewing-gum.

— Plutôt l'humeur du médecin, corrige le guichetier. Mais si l'envie vous prend de croire en la destinée, il vous reste à lire votre horoscope, le lundi 15 mai, avant dix heures du matin.

Richard remballe sa convocation et sort de l'enceinte militaire en se retenant de courir. Il se laisse tomber sur un banc dans le premier square qu'il croise. La main en visière, il constate que les nuages ont repris leur course, et que toutes les couleurs se sont dispersées dans le ciel. Un sanglot lui échappe, il a des fourmis dans les mains et les pieds. C'est comme si son corps comprenait avant lui. Comprenait cette réalité étourdissante : il vient d'obtenir un sursis.

*

Eddie lui a concocté un programme de renforcement musculaire bien plus conséquent, assorti de deux longues séances quotidiennes d'étirements. Les championnats universitaires de la NCAA, dernier meeting en extérieur de la saison, ont lieu dans un mois. Son entraîneur déploie toute son énergie pour l'y préparer, en évitant d'évoquer les Jeux Olympiques.

— Tu dois boucler ta préparation pour cette épreuve. Les sélections dépendront beaucoup de tes résultats, or les meilleures équipes des États-Unis seront présentes. Je ne sais pas combien de temps ta méthode va te permettre de te démarquer. Ne te monte pas la tête et ne pense à rien d'autre. Compris ?

Richard sent que sa course d'élan bénéficie du programme d'Eddie. Son poids se répartit différemment lors des foulées, et son centre de gravité s'élève désormais bien au-dessus de la barre. C'était le point le plus difficile à modifier, et il y est parvenu. Tous ses mouvements de transition et tous ses appuis ont gagné en efficacité.

Alors que la flopée usuelle de recruteurs et de journalistes s'installe dans les gradins, à la recherche des futurs héros des podiums, Richard enchaîne les tours de piste. Un athlète à la morphologie impressionnante, qui doit bien mesurer deux mètres, déboule dans le couloir d'à côté en le saluant.

— Ils viennent faire leurs petits repérages, lui lance Richard pour engager la conversation, sans relâcher son effort.

— Ouais, répond l'autre, d'une élégance olympienne. Les rédac-chefs préparent leurs papelards pour les Jeux.

— C'est quoi ta discipline ?

— Le 110 mètres haies.

Ils courent un moment sans se parler. Richard sent monter en lui cette impression familière d'avoir une tare, comme si quelque chose ne lui avait pas été donné à la naissance.

— Je suis nul en saut de haies, j'ai essayé une fois et c'était la cata, reprend-il.

— Chacun sa spécialité, répond l'autre avec sympathie. Passer les haies en dorsal, ça se fait pas, ajoute-t-il avant d'éclater d'un rire énorme, qui ne fait pas trembler un millimètre de ses abdominaux.

— Le saut en longueur, le poids, le baseball, y'a rien à faire : je suis pas doué.

— J'avais un entraîneur qui disait : soit on est adroit comme un guerrier, soit on est parfait comme un sage.

— Ça veut dire quoi ? demande Richard en jetant un œil à son coach qui le chronomètre devant les gradins, et qui va l'enguirlander s'il le voit discuter.

— Ça veut dire que tu peux soit éviter de te blesser et remporter un meeting, auquel cas tu auras fait preuve d'adresse...

Le type accélère avec une aisance superbe.

— ... soit faire parfaitement le seul truc que tu sais faire. C'est ton cas, non ?

Richard le rattrape, en se disant qu'il voudrait être comme ce type : beau, athlétique, doué et, cerise sur le gâteau, s'exprimer intelligemment.

— Les journalistes doivent aimer t'interviewer, lui dit-il. C'est quoi ta meilleure performance ?

— Seize secondes.

Quand ils passent devant un journaliste qui les photographie, son acolyte imite le bruit du cochon en faisant des grimaces.

— Tu participes aux sélections pour les J.O. ? lui demande Richard.

— Ouais. Mais j'ai une faiblesse à un adducteur, alors

jusqu'en juillet je vais pas en mener large. Mais c'est ça ou l'Armée. Bonne chance! lui lance-t-il en sprintant.

Richard poursuit sa course dans l'air tiède. Échanger quelques mots avec ce sportif charismatique lui a fait du bien. Il tend son visage aux souffles caressants, salue Eddie en passant une nouvelle fois devant lui, comme s'il était surpris de le voir là. Il pense aux sélections : concourir parmi tous ces types doués est angoissant. Il y a comme une anomalie, toujours la même anomalie. Mais l'idée du saut l'enchante comme au premier jour, et il rêve d'atteindre 2,14 mètres.

— Rien à foutre du guerrier.

*

Il descend en lui-même avec la même application, sensible à la fragilité du processus. Faire avec l'anxiété, sans se crisper, est un apprentissage difficile. Et sur le stade, aucune supercherie n'est possible. Quand Eddie lui a fait remarquer qu'il courait avec les bras trop près du corps, il a compris que même sur la piste, il luttait contre l'angoisse. Depuis son rendez-vous à l'hôpital militaire, tout ce qu'il refoule se révèle devant le sautoir. Il lui faut trois fois plus de temps que d'habitude avant de s'élancer, malgré les avertissements de l'entraîneur qui lui serine qu'il ne disposera pas de tout ce temps au meeting de la NCAA, et encore moins durant les épreuves de sélection des Jeux Olympiques. Mais pour l'heure Richard est obligé d'exécuter une gymnastique mentale précise pour être tout entier dans le mouvement.

Un coup de sifflet le fait sursauter, et il aperçoit Eddie qui écarte les bras d'un air agacé, tandis que des journalistes griffonnent en le regardant. Ça doit bien faire dix minutes qu'il est là à fixer le sautoir. Il secoue la tête comme s'il s'ébrouait, quelques rires lui parviennent quand il s'accroupit pour cacher son visage entre ses cuisses. Et soudain c'est là. Il doit se jeter dans la brèche qui apparaît moins d'une seconde. Il voit le saut. Il l'exécute. Il passe la barre à 2,13 mètres, avec une remarquable souplesse. Les journalistes accourent vers le tapis alors qu'il est encore cul par-dessus tête. Il leur fait signe de le laisser poursuivre, il sent que le silence a pris possession de lui et il doit s'enfoncer dedans, et enchaîner sans réfléchir. Après trois sauts supplémentaires, Eddie lui confirme qu'il y a toujours un espace significatif entre son bassin et la barre, ce qui laisse penser qu'il pourrait, un jour, faire encore mieux.

— Arrête-toi là, Richard, ordonne-t-il en lui barrant le chemin.

Richard acquiesce en signe d'obéissance, même si s'arracher à la concentration est toujours difficile, et génère immanquablement un réflexe d'agressivité en lui. Mais il ne doit pas forcer, afin de se protéger des blessures. Comme un guerrier, pense-t-il en grimaçant. Il ressortira peut-être cette phrase aux journalistes qu'il voit approcher. Sauf que, sans réfléchir, il se met à courir pour les semer. Il n'a aucune envie de formuler ce qu'il vit. Il ne peut pas.

Il se colle avec plaisir sous le jet d'eau brûlante. Il aime le frisson violent qui contracte sa peau, et il sort souvent de la douche rouge comme une écrevisse. Autour de lui, des athlètes se lavent, d'autres exhibent leur musculature en entrant et sortant sans raison. Tourné vers le mur de faïence, il est en train de se savonner les jambes quand il entend une voix qui l'interpelle :

— Excusez-moi.

Il reconnaît un des journalistes qui le suivait. Il a déjà vu des recruteurs entrer dans les vestiaires, mais qu'on vienne le chercher dans les douches, c'est une première. Le costume du type détonne dans ce sauna. Richard est nu comme un ver devant lui, arrangeant un paquet de mousse sur son bas-ventre.

— J'en ai pour une minute, dit-il en lui tournant de nouveau le dos, gêné d'exposer ses fesses.

L'autre fait la sourde oreille et crie pour couvrir le bruit des jets :

— Votre entraîneur m'a dit que vous prépariez la sélection des Jeux Olympiques de Mexico !

Le visage contre la faïence et les mains crispées sur son entrejambe, Richard lance un « oui » que la gêne rend aigu. Les autres continuent de faire leur toilette en sifflant, sans prêter la moindre attention à l'interviewer. Richard se contorsionne pour se rincer, mais impossible de se placer correctement sous le jet.

— Pouvez-vous me parler de votre technique ? insiste l'autre.

Il a le nez collé sur les joints noircis des carreaux.

— Ben là, c'est-à-dire que...

— Avez-vous une technique de rechange pour les J.O. ?

— De rechange, non...

— Pensez-vous vous imposer avec votre méthode originale ?

— C'est-à-dire que... Vous voudriez pas me passer ma serviette ?

Le type la lui tend en poursuivant :

— Pensez-vous vous imposer ? Quelle est votre ambition ?

— Mon ambition c'est de me sécher, répond Richard en nouant vite fait la serviette autour de ses hanches, avant de filer dans les vestiaires. L'autre le suit et s'installe avec son bloc-notes, pendant que Richard saute dans son survêtement sans prendre le temps d'enfiler un slip. Il récite les explications habituelles en fourrant ses affaires en boule dans son sac.

— Tout ça est venu tout seul.... Je ne me sens pas en compétition... J'essaie juste de m'améliorer...

La montre du journaliste indique dix-huit heures. Il a faim, et ce type lui fait perdre un temps précieux.

— Écoutez, reprend-il en mettant son sac en bandoulière. Je ne serai jamais un guerrier, voilà, dit-il en souriant, satisfait de sa repartie.

— Qu'est-ce qui se passe dans votre tête quand vous attendez dix minutes devant le sautoir ? lui demande l'autre en lui emboîtant le pas. Comment comptez-vous faire aux J.O. ?

Ce journaliste me voit participer aux Jeux, se dit Richard amusé.

— J'attends jusqu'à ce que... ça monte. J'attends d'adhérer, voilà.

— D'adhérer ?

— D'adhérer... au moment, au stade ou au gymnase dans lequel je me trouve, à mon état physique, et de faire coïncider tout ça...

— Vous êtes un vrai philosophe, en somme !

Richard sent un sourire radieux envahir son visage. Cette filiation avec Smith lui fait plaisir.

*

La cour de l'hôpital militaire est animée. Richard en ferait bien le tour en courant, histoire de se détendre. Avant de venir, il a fait son footing sur Jack's Path et senti son désir féroce, à chaque foulée, de prendre possession du sol et d'en aspirer l'énergie. Une cane égarée dans Morning Park lui a coupé la route, et il s'est arrêté pour l'observer traverser la pelouse, étonnamment tranquille dans son errance. Devant le pavillon 4, une dizaine de types en civil font la queue. Quand vient son tour et qu'on lui indique comment se rendre au service de radiologie, ses poils se hérissent sur ses bras et il a beau frotter, la chair de poule demeure. En pénétrant dans le bâtiment au fond de la cour, il se sent agité. Il faut que tout ça s'arrête. Son passé lui semble si éloigné de lui, comme si la terre avait changé d'axe. La réalité sans déchirures d'avant : était-ce cela, l'enfance ?

Le couloir est frais et sombre, on y entend le vrombissement d'une machine. Des noms de médecins sont scotchés sur les portes, entre lesquelles fleurissent des affiches vantant les mérites de l'Armée. Un souffle passe le long de ses jambes comme un courant d'eau froide. Il pense à Big Andy, qui s'est littéralement effondré chez lui la veille au soir. Au développement, les photos compromettantes n'ont rien donné, et Robert s'est dégonflé. Andy était désespéré, comme si on avait déjà prononcé sa condamnation. Richard entre comme un somnambule dans la salle d'examen. On le fait se déshabiller dans une sorte de cagibi, sans lui dire un mot, si bien qu'il finit par se demander si tout le monde n'est pas sourd-muet dans le service. On l'installe ensuite sur une grosse machine digne d'un décor de science-fiction, en le collant le plus possible à une plaque métallique glaciale.

— Vous faites bien une radiographie de toute la colonne ? demande-t-il en élevant la voix pour couvrir le brouhaha.

— Ne bougez pas ! On ne refera pas les clichés, et au moindre mouvement, c'est fichu !

Richard ne respire plus. Il espère de toutes ses forces avoir des séquelles de sa mauvaise chute de l'été 1962. Après une série de manipulations supplémentaires, il se rhabille et le temps semble s'écouler selon des principes inconnus, jusqu'à ce que le Dr Miswood apparaisse et lui fasse signe de le suivre dans un bureau.

Le gars se carre dans son fauteuil et plante ses yeux mi-clos dans les siens.

— Le sursis de deux ans accordé aux étudiants est supprimé en cas de mauvais résultats scolaires. Décision du gouvernement fédéral. On a besoin de renfort..., annonce le médecin d'une voix robotique.

Richard croit entendre son arrêt de mort.

— L'examen clinique de votre colonne vertébrale révèle une probable lésion à un disque, et la radio infirmera ou confirmera ce diagnostic.

— Je n'aurai pas les résultats aujourd'hui ? demande Richard, assis tout au bord de sa chaise.

— Sûrement pas. Ça doit partir au développement et être discuté par les médecins. Les résultats vous seront envoyés dans deux ou trois semaines. Quand quelque chose de sérieux est visible immédiatement, on réalise des examens complémentaires le jour même, mais ce n'est pas votre cas.

C'est foutu, se dit Richard. Il s'absorbe dans la contemplation des taches de rouille sur le vieux bureau en fer. Sa vision se dédouble, il s'absente.

*

— Tu dois rester concentré en toutes circonstances. Use de ta science personnelle tant que tu veux.

Eddie prononce ces derniers conseils à voix haute. En ce mois de juin, la chaleur est écrasante. Le stade, immense, peut accueillir soixante-quinze mille personnes. Dans les gradins, réunis pour l'étrange grand-messe de la NCAA, des milliers de spectateurs frémissent d'impatience, tandis que les nombreux athlètes se préparent près des pistes. Ces dimensions extraordinaires rendent l'événement moins impressionnant : tout a la démesure d'un rêve, et dans les rêves, on peut laisser l'instinct prendre le pouvoir.

Les paroles d'Eddie résonnent dans la tête de Richard, qui les accueille en pensant au combat qu'il mène depuis des mois contre l'anxiété. Oui, seule la concentration pourra le sauver. La concentration jusqu'à l'éblouissement, jusqu'à l'expansion de la lumière blanche dans son champ de vision, quand il fixe un point invisible devant lui. Les épreuves commencent. Il perçoit le trac ou la confiance qui anime les autres, absorbe leur humeur dans une léthargie maîtrisée, puis revient au sautoir. Aux sensations dans ses jambes. C'est à son tour. Il ferme quelques instants les yeux, happé par la lueur orange qui vibre derrière ses paupières. Il les rouvre, il fait monter le silence. Il voit son saut. Il réagit instantanément. Impulsion, mouvement des bras, appuis profonds des jambes. Synchronisation. Adhérence. Timing secret. Il s'élance dans les airs. Sa tête passe la barre. Puis ses épaules. Il s'arc-boute. Un millième de seconde plus tôt, il s'assoit sur la barre. Un millième de seconde plus tard, il la fait tomber. Mais le mouvement s'accomplit. Ça a lieu.

Pour son dernier saut, Richard est parfaitement concentré, sans espoir ni désespoir. Il n'a pas encore atterri sur le tapis que les applaudissements jaillissent comme les crépitements d'un énorme brasier. En passant 2,19 mètres, il pulvérise son record personnel et remporte le championnat. On se presse autour de lui, on le félicite pour sa progression hors norme, on lui rebat les oreilles avec sa technique, on le tire par le bras, on l'invite, on le raille, on le secoue, on lui serre la main. Il est heureux, rincé par l'exaucement répété du miracle. Après la remise des médailles, alors que des centaines de ballons sont lâchés au-dessus du stade, il contemple, la tête renversée en arrière, la manifestation de sa joie qui s'élève vers le ciel. Car Eddie vient de le lui confirmer : avec ce résultat, il devient officiellement candidat aux sélections des Jeux Olympiques de Mexico.

*

— Qu'est-ce que tu penses de mon nouvel éclairage, mon babouin ? lance Mickey en déposant deux bières devant Richard et Bob.

La salle est plongée dans l'obscurité, veinée de néons bleus et rouges. Richard hoche la tête et le patron tourne les talons avec un sourire de satisfaction. Les deux amis se regardent tristement dans la pénombre. Dans leurs verres, le breuvage est sombre.

— Big Andy est parti quand ? demande Richard, une boule dans la gorge.

— Pendant ton meeting. Son père a un ami qui dirige une usine de pneus au Canada, et il a promis de lui trouver un boulot et de l'héberger.

— Tu crois qu'il avait une mauvaise intuition ?

— Il était paniqué à l'idée de partir au Vietnam, ça m'a fait de la peine.

Bob descend sa bière d'un trait. Son front est barré d'une longue ride.

— Il m'a annoncé ça un soir, et le lendemain, pfuittt ! Évaporé. Il m'a même pas dit au revoir.

— À moi encore moins. C'est triste.

Richard a le cœur serré. Pour la première fois, le chagrin prend le pas sur l'angoisse. Sur le visage de son ami, il lit la lassitude qui sédimente en lui depuis des mois.

— Et toi, tu vas faire quoi ? demande-t-il à Bob.

— Je sais pas. J'ai cartonné aux derniers exams, ça me laisse peut-être un peu de temps. J'ai pas reçu de convocation, pour l'instant. Et je veux pas abandonner, moi. Ni mes études ni mes potes.

Richard lui sourit faiblement.

— Je pense qu'avec ton exploit, t'es tiré d'affaire, poursuit Bob. Bravo mon gars, c'est vraiment chouette ce que tu fais.

— J'aimerais en être aussi sûr que toi, répond Richard en suivant des yeux l'ombre opulente de Mickey. Ce serait trop con, je suis présélectionné pour les J.O. !

— C'est génial. Tu vas pas partir, j'te dis. Ils ont besoin de porte-drapeaux pour la nation.

— Tu crois qu'il nous écrira, Big Andy ?

— Pas son genre... Il ne nous restera qu'un tas de photos floues et compromettantes...

Ils rient au milieu des masques rouges et bleus disséminés dans la salle.

À l'entraînement du lundi, après un week-end de repos, Richard apprend que le saut qui a fait de lui le vainqueur du meeting de la NCAA 1968 n'est pas homologué. Il ne cille pas. Il se dit un peu piteusement qu'au moins la déception de ne pas participer aux sélections des Jeux Olympiques ne s'ajoutera pas à la terreur s'il est réquisitionné par l'Armée. Un autre mal pour un bien... même si la déconvenue l'enfonce un peu plus.

— Décidément, ça se goupille mal, marmonne-t-il en attachant les lacets de ses baskets.

— On a déposé un recours, répond Eddie. On le craignait un peu, vu qu'il ne se passe pas un championnat sans que ton saut ne soulève un tollé. Si tes performances n'étaient pas si brillantes, ça serait plus simple...

— Si mes performances n'étaient pas si brillantes, on ne me laisserait pas sauter en dorsal, le coupe Richard en le regardant droit dans les yeux.

— L'enjeu est important cette fois. Les places sont chères. Le problème, c'est que la NCAA a publié officiellement sa déclaration.

— Comment ont-ils fait pour passer outre le règlement ?

— J'en sais rien. Mais on n'en restera pas là. Comme il s'agit de la sélection aux Jeux Olympiques, l'administration sera obligée de régler ça une bonne fois pour toutes.

Combien de temps tout cela durera-t-il, se demande Richard en reprenant sa course d'échauffement. Le chant aigu des choses l'assourdit, ses oreilles sifflent et il se met à grogner pour les déboucher. Un type lui répond en grognant à son tour, ce qui a le mérite de le détendre. La lumière fait apparaître des bandes dorées sur les murs du gymnase, comme des dizaines de sautoirs à l'horizon. Contente-toi d'être tout entier dans chaque foulée. Dans chaque heure du jour et de la nuit. Que faire d'autre ? *Mange ta soupe et lave ton bol.*

La réponse du comité sportif ne tarde pas : Richard est déclaré officiellement vainqueur du meeting de la NCAA, et son nom est écrit noir sur blanc sur la liste des participants aux sélections des Jeux Olympiques. Le coup au cœur est énorme. Sa liberté de sauter comme il l'entend vient d'être légitimée. Il est tellement heureux qu'il a envie de rentrer chez lui, de retrouver Jack's Path pour y injecter sa joie nouvelle, pour la lui rendre en quelque sorte. La minute suivante, il préfère rester sur son cher campus. Il se précipite à la bibliothèque où Bob travaille chaque fin d'après-midi et finit par le trouver dans un coin sombre, au fond de la deuxième salle. Il n'y a pas de place libre à ses côtés et il est obligé de se pencher pour murmurer à son oreille :

— Je t'invite samedi soir. Je fête l'homologation de mon saut.

Bob se lève brutalement, et tout le monde se tourne vers eux. Ils filent dehors.

— Merde, Richard, lance Bob une fois sorti. C'est génial ! On va chez Mickey samedi ?

— Je veux ! On va chez Mickey !

— Putain ! Enfin une bonne nouvelle, et quelle nouvelle !

Ils topent dans leurs mains et improvisent une danse au haut des marches, manquant d'assommer une étudiante au passage. Bob imite la grosse voix de Mickey en se déplaçant comme un gorille :

— Eh les babouins, le patron paie sa tournée pour célébrer le champion de Medford !

Richard imite Mickey à son tour.

— Je remballe les gaules ? lui demande Bob qui lit de l'excitation dans ses yeux.

— Putain, remballe. On se barre.

— Tu sèches les cours ? C'est peut-être pas la solution en ce moment... ?

— Mais si. Ça va me faire du bien. Me donner de la force, j'en ai besoin, merde ! crie-t-il en sentant que la joie le possède enfin.

Une heure plus tard ils atteignent la Willamette, au bout d'une route bordée de maisons en bois olivâtre, qui semblent toutes désertes. Richard n'est jamais venu à cet endroit et il est ému de revoir la rivière. Une corde ancienne vibre en lui. Il plonge sa main dans l'eau, étonné de sentir autant de courant sous la surface. En se relevant, il surprend le regard plein d'affection de Bob, et une bouffée de gratitude l'envahit. Depuis des mois, l'amitié a été sa plus grande protection contre le tourment. Jusqu'au soir, ils restent assis sur la berge, à discuter de leurs vies, de leurs familles, de leurs aspirations. Ce moment paisible fait retomber la pression. Ou bien est-ce la bonne nouvelle de sa présélection aux Jeux Olympiques qui rétablit un instant l'ordre du monde ? Avant de se lever pour regagner le campus, Richard salue la place vide à ses côtés. Big Andy aurait dû être avec eux, et sa présence transparente vibre dans l'atmosphère.

Le lendemain matin, Richard décide de retourner seul sur la berge. La lumière, jaune pâle, s'infiltre doucement dans le paysage. Allongé sur le dos, il émet de profondes expirations à rythme régulier, pendant que la forêt qu'il voit à l'envers s'éclaircit. Soudain, un bruit sourd le fait sursauter. Son cœur s'emballe tandis qu'il se redresse et que le vaste espace intérieur disparaît. Un instant, les sensations de la jungle qu'il a mystérieusement expérimentées dans un rêve lui reviennent. Il tremble, des frissons douloureux lui traversent les reins, l'obligeant à s'accroupir et à se relever sans cesse. Quand la douleur s'éloigne enfin, il se dirige à quatre pattes vers la rive. Les insectes pullulent, et le vent projette leurs petites carcasses contre son visage. Le soleil monte d'un coup, sa poitrine se dilate. Une fois debout, il sent les larmes venir.

Face à lui les horizons s'alignent, et le miracle du retour au calme a lieu.

Il trotte en remontant la route dans l'autre sens, avant d'entamer une course folle en direction du campus, sans écouter son ventre qui crie famine. Toute la matinée, il éprouve une profonde fatigue, et il manque de s'endormir à la cafétéria. Il décline l'invitation de Bob à travailler à la bibliothèque pour aller faire une sieste avant l'entraînement, monte les escaliers dans un état second, et ramasse deux lettres glissées sous sa porte. L'une est envoyée par ses parents, l'autre par l'administration. Il pense immédiatement à sa mobilisation. À sa mère, à son père. Mais il ne supporte plus rien. Il ne peut plus penser. Tout s'arrête. C'est le black-out.

Richard se réveille poisseux et engourdi, les deux enveloppes écrasées sous lui. Dans sa chambre règne une chaleur étouffante. Il distingue la persistance d'une certaine tranquillité en lui, mais son cœur bat violemment en découvrant le courrier estampillé *Hôpital Militaire d'Oregon*. La rumeur familière du campus qui s'engouffre dans la pièce quand il ouvre la fenêtre est salutaire, et il se décide à déchirer l'enveloppe. Il lit le compte-rendu des médecins sans trembler.

Il relit.

Il est déclaré inapte au combat. Cinq blessures ont été relevées à sa colonne vertébrale, qui font de lui un élément « susceptible de mettre en péril l'unité dans laquelle il serait incorporé ». En conséquence de quoi, l'Armée le réforme.

Richard se tourne vers la fenêtre. Tout est paisible et indifférent.

Il est réformé.

Il ne partira pas à la guerre.
Tout s'ouvre.
Tout continue.
Pendant un long moment, il n'est pas bien sûr de comprendre ce qui arrive.
Il reste debout, la lettre à la main.
Durant tout ce temps, il était encore sur Jack's Path, sans dévier de sa trajectoire.
Dans moins d'un mois débuteront les sélections pour les Jeux Olympiques, et il y participera dans la sécurité béante de sa vie. Sa libération arrive sans tambour ni trompette — il sait que les grands événements éclosent dans le silence. C'est trop d'émotion pour lui et il s'appuie contre le mur. Pendant une seconde, il entrevoit la totalité de son parcours depuis une hauteur étrange, avant que la vision ne soit pulvérisée, et qu'il n'en reste qu'une braise qu'il tente vainement de retenir. Elle chatoie quelques instants en lui puis s'éteint, le rendant à son jour.

*

Le retour à la paix a l'étrangeté des évidences. Peu à peu, ce qui n'était que fragments inertes de son existence reprend vie, libéré, et tout se ressoude. À l'entraînement, Richard gagne encore en puissance, il laisse libre cours à sa ferveur et travaille dans un état de concentration autoritaire. Enfin, il retrouve la Californie avec émotion pour les épreuves de sélection. Il ne se raconte pas d'histoires, n'imagine pas la tournure que pourraient prendre les événements, et repousse même toute idée de cet ordre. Le saut avant tout. Il veut profiter pleinement de son enthousiasme à entrer dans ce stade mythique, où palpite l'âme de Valery. Il sent qu'il en a encore dans le ventre, qu'il n'est pas au bout de ce qu'il peut accomplir, que quelque chose continue à l'appeler. À chaque fois qu'il a battu son record, c'était sans frôler la barre : son centre de gravité peut s'élever davantage, même après toutes ces années.

Le stade est comble, la pression énorme. Mais face au sautoir, c'est le même espace qui se recrée devant lui. Richard pourrait se laisser galvaniser par l'euphorie de la foule dans les gradins, par l'énergie de ces corps affamés de joie, pénétrés par les bourrasques brûlantes de Los Angeles. Mais il ne s'attarde pas dans cette sensation, par peur de s'y égarer. Il se sait aussi traversé par des peurs qui ne lui appartiennent pas. Les forces extérieures sont massives, les influences multiples dans cette ambiance survoltée. Il le perçoit comme un animal perçoit le danger. Il doit revenir au sautoir. Là où toujours il revient.

S'élevant à 2,21 mètres, Richard réalise éberlué le meilleur saut mondial de l'année. Il a franchi deux centimètres de plus que lors du dernier championnat, qui s'est tenu seulement trois semaines plus tôt. Une logique impossible à décrire est à l'œuvre. Sa joie est immense. Pour la première fois, il s'interroge : quand tout s'arrêtera, quand il aura atteint le plus haut point qu'il puisse atteindre, le saura-t-il de façon indéniable ? Que vivra-t-il alors ? Pour l'heure, la confiance l'habite. Les sensations prennent le pas sur ses pensées. Sacré champion dans ce Colisée gigantesque, porté par la liesse du public, il est qualifié pour les Jeux Olympiques d'octobre 1968 à Mexico.

*

Six heures de route au volant de la vieille Chevrolet de son père, en direction de la Sierra Nevada, voilà un baptême digne de ce nom dix jours après avoir décroché son permis de conduire.

— La route des pionniers ! s'est exclamée sa mère avec effroi. Prendre l'avion serait moins dangereux ! Le comité des Jeux Olympiques t'a pourtant envoyé un billet...

Son père, lui, l'a soutenu dans sa décision :

— Il se fera la main. Et au moins, il ne risquera pas une collision dans les embouteillages !

— Forcément, il ne croisera personne ! Et s'il tombe en panne ? Quelle idée de s'y rendre un dimanche !

— Je n'ai pas besoin d'y aller le premier jour, lui a-t-il rétorqué. Les vainqueurs de Los Angeles peuvent arriver après ceux qui passeront les épreuves de sélection.

Cent athlètes ont été convoqués à Echo Summit, un col montagneux perdu dans la forêt, afin de disputer leur place aux Jeux Olympiques. Quatre semaines d'entraînement sont prévues pour que leurs organismes s'habituent à travailler à deux mille deux cents mètres d'altitude.

— De quoi se prémunir d'une épidémie d'infarctus à Mexico City, a déclaré le directeur du Comité dans la presse.

Richard se frotte les yeux. Il n'a croisé aucun véhicule depuis plus d'une heure et la route fonce indéfiniment vers le sud, tandis que le paysage défile, éternellement identique à lui-même. Son cerveau commence à s'embrouiller ; il a l'impression de voir flou et de revivre le même moment en boucle. Il est censé monter en altitude mais il n'en a pas du tout la sensation. Des bandes lumineuses s'empilent comme des strates dans la brume de chaleur, et la vitesse ne modifie plus ses perceptions. Les boules d'herbe sèche qui se jettent sur sa voiture retiennent un instant son attention, mais le ruban sombre de la route l'absorbe à nouveau. La chaîne montagneuse n'apparaît toujours pas, et il sent grandir en lui une angoisse intense, perdu dans ce paysage dont l'aridité lui monte à la tête. Les rares arbustes qu'il dépasse semblent sur le point de prendre feu. Depuis combien de temps est-il là ? L'air lui brûle le nez et il n'arrive plus à déglutir. Quand il aperçoit un panneau indiquant qu'il se trouve bien sur la Route 50, il essaie de reprendre pied. Il se concentre sur la perspective des Jeux Olympiques, mais son mental défaille. En passant la tête par la fenêtre, il distingue une masse sombre sur le bas-côté, qui pourrait être un animal mort. Puis il écrase la pédale de frein, surpris par la vague gigantesque qui surgit pour l'engloutir. Un énorme nuage de poussière blanche l'entoure et durant une seconde, il ne sait plus du tout ce qu'il vit. Sa voiture en travers de la route, il attrape une bouteille d'eau sous le siège passager et s'en asperge la figure. L'eau est chaude, mais il se force à boire. La poussière se dissipe, et devant lui se dresse, colossale, la Sierra Nevada.

D'après sa feuille de route, il devrait croiser une petite ville dans quelques kilomètres. Il s'y reposera, mangera un morceau et fera le plein. Et il s'y dégourdira les jambes, qu'il ne sent plus. Il donnerait cher pour parler à quelqu'un, et le comté d'El Dorado auquel appartient Echo Summit porte soudain très bien son nom. Il se met à rire nerveusement.

— Tu perds la boussole, mon gars...

Dix minutes plus tard, il croise enfin quelques voitures, bifurque à gauche et se gare devant la première station-service avec soulagement. Il reste un instant au volant, à l'ombre de l'épicerie attenante. Dans l'habitacle, l'atmosphère est étouffante, mais retrouver la civilisation est merveilleux. Les autres ont bien fait de prendre l'avion, se dit-il en étirant son dos courbaturé. Lui ne sera pas frais à l'arrivée.

— Restez pas là-dedans, vous allez rôtir ! lui dit le pompiste en se penchant par la vitre passager.

Richard le suit dans la boutique. Marcher dans le souffle du ventilateur est comme traverser une oasis.

— Vous allez où ? lui demande le type.

— À Echo Summit.

— Au camp d'entraînement des J.O. ?

Richard acquiesce en choisissant une barre de chocolat, trois bouteilles d'eau et des chewing-gums.

— Ils ont construit le stade près du Lac Tahoe, la plus belle création du Seigneur, reprend le pompiste. Trente-cinq kilomètres d'eau pure, si claire qu'on peut voir jusqu'à vingt mètres de fond.

— J'espère avoir un peu de temps pour explorer les environs.

Ces mots le rafraîchissent, l'idée est délicieuse, il donnerait n'importe quoi pour se baigner sur-le-champ. Il débouche une bouteille et la descend d'une traite, croque dans le chocolat, avant de se rendre compte qu'il n'a pas encore payé.

— Je vous fais le plein ?

Richard fait signe que oui en sifflant une deuxième bouteille. Sur la vitre sale de la boutique, quelqu'un a écrit : *J'ai survécu à la Route 50.* Il jette un œil à la Chevrolet, imaginant le type se carapater et l'abandonner ici, dans ce qui se révélerait être un village fantôme. Il ferme les yeux, tente de se détendre, mais la route défile toujours dans sa tête. Encore deux heures de trajet et il arrivera à Echo Summit, où après une douche et une bonne nuit de sommeil, il sera prêt à expérimenter sa technique en altitude. Quatre semaines ne seront pas de trop pour habituer son corps aux modifications qu'elle induira, et pour dompter les assauts d'émotivité susceptibles de menacer sa concentration. De toute façon, il ne verra pas plus loin que le sautoir. L'idée de sortir avec les autres, de rire, d'échanger sur leurs disciplines l'excite. Un mois de sport et de camaraderie, au cœur d'une forêt montagneuse, le tout en étant certain d'aller à Mexico : quel incroyable rêve !

Le pompiste lui rend la monnaie et Richard remonte dans la voiture bouillante. Quelques kilomètres après la sortie de la ville, il s'arrête dans la plaine désertique pour se soulager. Il se sent ragaillardi, mais impatient d'en finir. En fermant sa braguette, il croise le regard d'un chat sauvage assis dans le sable. Une sensation de déjà-vu le traverse, et il repart très lentement en direction de sa voiture, en exagérant sa nonchalance de peur que l'animal interprète mal ses gestes. Une fois la portière refermée, il attrape le paquet de chewing-gums et se met à mâcher furieusement. La gomme est imprégnée de l'odeur de brûlé qui plane dans le paysage. Il tourne la clef de contact, et avant de démarrer, il écrit sur le plastique empoussiéré du tableau de bord : *je survivrai à la Route 50.*

L'ascension de la montagne est une bénédiction : enfin des lacets, des ombres bleues, ardoises et vertes, des pins, des hêtres, avec leur senteur mentholée. Il frissonne en traversant ces couleurs froides. Les odeurs de térébenthine lui rappellent son premier voyage à Grants Pass, et l'eau ruisselle dans le moindre recoin. Quand un virage le propulse hors de la forêt, il découvre le lac qui s'étale dans des proportions irréelles, comme une mer inexplorée au milieu du granit. Richard s'agrippe au volant pour rester concentré, mais alors qu'il approche de sa destination, ses pensées l'emmènent vers Portland, où il a passé deux mois à dormir comme un sonneur et à se promener. Jack's Path, la Willamette depuis Blue Square, il s'est rasséréné dans ses endroits bien aimés, tout en éprouvant le désir d'aller découvrir d'autres horizons et d'autres joies. La première fois qu'il a pris la voiture tout seul après avoir décroché son permis, il s'est retrouvé dans le quartier d'Andrew. Le lotissement était comme dans son souvenir, et il était resté un long moment garé sur le bas-côté, à regarder la maison. Parsemé d'arbustes et de rosiers, le jardin affichait une pelouse tondue au millimètre, et de nouveaux stores avaient été installés. Andrew était-il mort à la guerre ? Son père avait-il déménagé pour oublier son chagrin ? L'idée lui avait fait mal et il s'était senti vaguement coupable. Il avait fixé un moment la fenêtre de la cuisine, jusqu'à ce qu'une femme tape au carreau de sa portière.

— Vous cherchez quelque chose ?

— Excusez-moi madame, c'est l'ancienne adresse d'un ami, je venais voir s'il habitait encore ici...

— Monsieur Lewis ? Ça fait un an qu'il est parti. Mon mari et moi, on espérait acheter dans ce quartier depuis un moment. Alors quand ça s'est présenté, on a sauté sur l'occasion.

Elle avait poursuivi, tandis qu'il allumait le contact :

— Il nous l'a vendue une fortune, le salaud ! Et vantée comme étant en parfait état. Il était si convaincant... Avec mon mari, on a fait des plans pas possibles pour créer la maison de nos rêves, vous voyez... Bon, c'était difficile de se projeter avec ces photos partout... C'était un peu lugubre, chez ce pauvre monsieur. Quel chagrin...

Richard avait tremblé : voulait-elle dire qu'il avait été frappé deux fois par le malheur, ou mentionnait-elle seulement son veuvage ? Lui demander si elle savait quelque chose à propos de son fils lui avait brûlé la bouche, mais il n'avait pas osé poser la question. Il avait une peur bleue de basculer dans la réalité terrorisante de la mort d'Andrew.

— Vous connaissez la maison ? lui avait-elle demandé.

— J'y suis venu quelques fois.

— En cassant la cuisine, on a failli tourner de l'œil ! Mon mari a beau être un grand costaud, lui non plus n'a pas supporté l'odeur. Derrière le meuble qui croulait sous les photos de la dame morte, on a trouvé des cadavres de souris prises dans des tapettes, c'était à crever. Ensuite, on a découvert que l'évacuation était complètement bouchée, et que l'eau croupie s'était infiltrée partout dans les murs. Enfin, quand on a enlevé l'énorme ronce qui bouchait le bow-window, on a constaté que tout le bois avait pourri au contact de la végétation. Entièrement pourri.

Les images des entrailles de la maison avaient défilé devant les yeux de Richard, et le malaise qu'il éprouvait en compagnie d'Andrew lui était revenu, intact.

— Mon mari voulait faire annuler la vente, mais j'y tenais, à cette maison. Vous êtes de Portland ?

— Non, de Medford, s'était-il entendu répondre. Et il avait senti combien ce mensonge disait quelque chose de vrai.

Au retour de cette virée, il avait téléphoné à Bob, qui n'avait reçu aucune lettre de convocation. L'amitié sincère de ce garçon, sa loyauté, la simplicité de leurs échanges avaient revigoré Richard après cette expérience oppressante.

Quand la Chevrolet pénètre dans le camp d'entraînement d'Echo Summit, Richard est éberlué : au milieu des sapins immenses, une longue piste rouge à six couloirs entre et sort de la forêt. Des rochers granitiques imposants fleurissent autour des terrains dédiés aux différentes disciplines, encerclés par des gradins qui semblent courir sur des kilomètres. Il gare sa voiture à côté d'un 4x4 le long d'un bâtiment, et regarde des types s'entraîner dans ce décor irréel. Au QG, il est accueilli par Steve, le directeur du camp, qui lui serre chaleureusement la main.

— Tu es célibataire ?

— Euh oui, répond Richard, pris au dépourvu.

— Alors tu logeras dans une des caravanes, dit Steve en parcourant une liasse de papiers administratifs sur laquelle est agrafée sa photo.

— Il y a des femmes au camp ?

— Pas une ! Elles s'entraînent au Nouveau Mexique. Les épouses des athlètes qui ont tenu à venir logent dans des motels avec leurs maris, à South Lake Tahoe, la ville juste à côté. Un mois, c'est pas rien, conclut-il en clignant de l'œil.

Dommage, pense Richard qui trouve ça étrange.

— Ce soir, on vous emmène tous en camion à Emerald Bay, un superbe endroit, pour vous présenter toute la team : les entraîneurs, les médecins, le chef cuistot, bref, tout le monde... Mais pour ça il faut qu'on soit au complet. Il y a toujours des retardataires comme toi !

Richard ouvre la bouche pour rétorquer que les gagnants de Los Angeles avaient la permission d'arriver plus tard, mais il s'abstient. Il a hâte de retrouver certains copains de meeting.

— Je te laisse t'installer. On va créer une belle équipe pour représenter les États-Unis ! lance Steve en lui remettant sa clef.

Les caravanes sont garées le long de la route, en pleine nature, et Richard se demande s'il est en train de rêver. Il ouvre le coffre de la Chevrolet pour sortir ses bagages quand une main s'abat sur son épaule. Ed, un perchiste avec qui il a fait la fête à Los Angeles, se tient radieux devant lui.

— Heureux de te revoir, Richard. T'as vu ces conditions royales ? J'habite trois caravanes plus loin. On partira ensemble ce soir, ils nous embarquent avec une poignée de journalistes pour montrer que la nation s'occupe bien de ses sportifs...

— C'est surtout pour s'habituer à l'altitude qu'on est là, non ? Et puis un décor pareil, ça garantit une bonne ambiance. Ça évitera les bastons entre ceux qui sont sélectionnés et ceux qui resteront sur le carreau...

Il ferme le coffre et dépose ses sacs au pied de la caravane. Il a très envie de se rafraîchir et regarde autour de lui.

— Si tu cherches les chiottes, elles sont derrière toi ! s'exclame Ed en ouvrant les bras pour désigner le panorama. Les douches se trouvent dans le bâtiment collé au QG. C'est tout neuf, tout est nickel et on va bien se marrer. Enfin, jusqu'à ce que les sélections débutent. Après, y'aura peut-être quelques meurtres dans les bois...

— T'es... t'es sélectionné pour les Jeux ? demande Richard, hésitant.

— Ôte-moi d'un doute, répond l'autre en croisant les bras. Tu lis le *Times Magazine* ?

— J'ai reçu tellement de coups de fil de journalistes depuis L. A. que ça m'a passé l'envie de mettre mon nez dans la presse, répond Richard en rigolant, sans comprendre où Ed veut en venir.

— Merde Richard, lui répond le perchiste d'un air consterné. Tu lis pas le *Times*. T'es pas au courant.

— Au courant de quoi ?

Il sent son cœur accélérer : les derniers mois l'ont fragilisé, et en dehors du stade il gère moins bien ses émotions.

— Le Comité des Jeux Olympiques a décidé que le palmarès de Los Angeles n'était pas représentatif pour Mexico, officiellement à cause du problème d'altitude. Toutes les places sont remises en jeu. Ils ont fait ça en catimini, pour mettre tout le monde devant le fait accompli. J'ai dû aussi l'expliquer à un athlète qui débarque tout juste d'Europe, et quand je lui ai annoncé ça, j'ai cru qu'il allait tomber dans les p....

Richard n'entend pas la fin de la phrase. Il s'évanouit.

*

Cachés dans la montagne depuis trois semaines, les athlètes vivent dans l'enceinte paradisiaque d'Echo Summit. Richard passe son temps libre avec Ed, Jake le lanceur de marteau, et Aaron et Cassius, deux champions du quatre cents mètres. Comme chaque début d'après-midi, ils se reposent ensemble avant de repartir sur leurs terrains respectifs.

— Putain, lâche Ed accroupi en pleine méditation, c'est le mont Olympe ici. Zeus nous regarde, c'est sûr.

— Ouais, répond Jake adossé à un rocher, mais y'a aussi Bacchus qui m'appelle le soir : Jaaaaaaake ! Wouhouuuuuuu ! Ça te dirait d'aller prendre du bon temps au casino de South Lake Tahoe, au pied de l'Olympe ?

Richard rigole avec les autres, étalés comme des crêpes au soleil. Ils se sont tous gavés : steaks et œufs à volonté. Une semaine plus tôt, le nutritionniste a failli avoir une attaque en découvrant qu'ils tournaient autour des quatre mille calories par jour.

— Vous serez transformés en barriques en moins de deux, à ce train-là ! Si vous continuez, je vous envoie faire votre jogging à trois mille mètres d'altitude, en compagnie des mouflons !

Au grand dam de Jake, qui a perfectionné sa technique de vol de victuailles, un régime spécial a été mis en place.

— On nage pas sur l'or chez nous. C'est plutôt beurre de cacahuètes et sardines à tous les repas. Alors ici, merde, quel panard... J'ai jamais autant mangé de ma vie ! crie-t-il en lançant son gros rire étrange. Dormir, manger, soulever de la fonte, lancer mes poids, aller voir les autres s'entraîner et ronfler à la belle étoile... Et rencontrer des poulettes dans les casinos de South Lake Tahoe... Quelle vie de rêve...

— Moi je viens du Texas, dit Ed. Quand je vois ces pins par milliers, ça me colle une nostalgie dingue. Ça ressemble aux forêts de chez moi... Des forêts sauvages, jamais exploitées par l'homme. J'ai beau être là depuis vingt jours, c'est toujours aussi magique, le matin, quand je sors de la caravane...

Un frisson semblable les unit : ce lieu est une bénédiction, et ils y sont choyés comme des enfants. Chacun sait que dans une semaine, quand les épreuves de sélection débuteront, l'ambiance changera. Mais pour l'heure, l'harmonie entre les hommes semble inaltérable. Tous sont soûls de sérénité, comme si ce coin perdu diffusait des endorphines en continu.

— Eh Jake, on met ton plan à exécution ce soir, au casino ? demande Aaron en mâchonnant son éternel brin d'herbe.

— Des jours que tu nous rebats les oreilles avec ça, poursuit Cassius, t'as intérêt à nous faire remporter la mise !

— Pas de problème, les mecs. Echo Summit nous portera chance, vous verrez. Filez-moi votre fric après l'entraînement, on fera cagnotte commune. On demandera au camion de nous déposer quand ils descendront les types qui crèchent en ville.

Tous topent dans leurs mains, avant de se perdre dans la contemplation de la piste en contrebas.

— Matez-moi cette piste de dingue, soupire Aaron. Quelle merveille de courir là-dessus. Au bout de deux foulées, t'as des ailes. Quelle sensation à l'amorti...

— Ouais, quel pied, renchérit Cassius.

— À deux cent soixante mille dollars, on peut pas en attendre moins, rétorque Ed.

— C'est du tartan, un matériau destiné aux courses de pur-sang. Et à Mexico, ce sera la même chose : on sera tous des dieux !

À cet instant, un javelot jaillit de la forêt et fend lentement les airs. Tous ont le sourire jusqu'aux oreilles : pas un jour sans qu'Echo Summit ne délivre des visions folles.

Le lendemain à 8 heures, Richard a du mal à émerger. Le plan de Jake présentait manifestement quelques failles, et à 3 heures du matin, sans un centime en poche, ils ont dû faire du stop à la sortie de South Lake Tahoe pour regagner le sommet de la montagne — pas vraiment une direction prisée des conducteurs. Malgré sa cuite, Richard se souvient que la forêt exhalait un vent froid et qu'ils ont prié pour ne pas attraper la crève. Il doit à tout prix se remettre en jambes. Il est désormais habitué à la piste et à l'altitude, et même s'il n'a pas encore retrouvé son potentiel d'en bas, il sent qu'il s'améliore. Pourtant, il craint de ne pas avoir assez de temps pour atteindre l'objectif requis. Les autres concurrents en sont au même stade que lui : aucun d'eux n'a jamais effacé 2,22 mètres.

Au réfectoire, il s'installe seul près d'une fenêtre pour être au calme. Quelques tables plus loin, avec son physique de dompteur, Jake a l'air de dévorer un lion. En épluchant sa banane, Richard se souvient qu'il a rendez-vous avec un journaliste avant l'heure de renforcement musculaire.

— Bordel, marmonne-t-il. Je vais prendre une deuxième douche pour me réveiller.

Mais quinze minutes plus tard, en retrouvant l'air doux d'Echo Summit, il se sent revigoré. Le journaliste le suit dans la forêt, traversant une mer de fougères à grandes enjambées.

— C'est le paradis originel, ici !

Lorsqu'il découvre le lac Tahoe, le type marque un temps d'arrêt. Autour d'eux, et jusqu'au cirque auréolé de sable clair, des torrents par dizaines scintillent dans le paysage.

— C'est pas une montagne, c'est une cathédrale..., murmure-t-il avec respect.

Des craquements se font entendre, et le journaliste se rapproche imperceptiblement de Richard :

— Il y a des grizzlis par ici, il paraît.

Richard sort de sa poche une petite fiole emplie de poivre.

— L'antidote, volé à la cantine ! dit-il en souriant. Mais ça peut aussi être des fantômes d'indiens Washoe, et là, je ne peux rien faire pour vous !

— Ou un puma, et là, vous pouvez remballer votre poivre : vous n'aurez pas le temps d'éternuer qu'on sera dévorés.

Assis sur des rochers, les yeux rivés sur l'eau turquoise, ils discutent un moment des séquoias qui vivent sur cette montagne, que la pourriture épargne mystérieusement.

— Ce sont les êtres les plus vieux au monde, ils ont cinq mille ans, souffle Richard qui répète ce que Beckie lui a appris un soir, nue contre lui, dans une autre vie. C'est elle qui poursuit, avec son visage de fillette aux yeux clairs :

— Les premières pyramides d'Égypte ont vu le jour alors qu'ils avaient déjà cinq cents ans, et aujourd'hui, ils sont plus hauts que la Statue de la Liberté !

Le paysage se brouille un instant, comme si une surface verticale se froissait, puis tout redevient net. Au loin, les aiguilles volcaniques qui bordent le lac les surveillent. Richard brûle d'envie de parler du crépuscule qui illumine les troncs et fait apparaître un champ de flammes fixes juste avant la tombée de la nuit. Mais il se mord la langue pour préserver le silence qui circule si bien entre eux. Beckie, dans son pull-over émeraude effiloché, lui a révélé tant de choses. Il sourit avec affection aux adolescents qu'ils étaient, à leurs baisers échangés dans les terrains vagues.

Le journaliste pose son cartable sur ses jambes en guise de pupitre.

— Je comprends mieux pourquoi vous êtes tous en survêtement, dit-il en grattant ses mollets criblés de boutons de moustique.

— À l'entraînement on est en short, mais quand on part en forêt, on ne prend pas de risque.

— Était-ce un rêve, pour vous, de passer les épreuves de sélection des Jeux Olympiques ? demande le journaliste en débouchant son stylo.

— Non, ce n'était pas un rêve, répond Richard à voix basse.

— Comment ça ?

— Je n'avais pas de rêve. Pas d'ambition. J'aimais juste faire ce que je faisais. Enfin... quand j'ai commencé à faire quelque chose d'intéressant, vers mes quinze ans.

— Mais on n'arrive pas aux sélections par hasard...

— C'est ma pratique régulière qui m'a amené ici. Je suis devenu de plus en plus sérieux et de plus en plus agile.

— Pouvez-vous m'en dire plus sur la façon dont vous vous préparez pour ces sélections ?

— Je travaille de la même façon depuis des années : j'essaie d'aiguiser ma concentration et de comprendre, en fonction du lieu et du moment où je me trouve, à quoi je suis exposé.

— Comment ça ?

— Euh... J'essaie de comprendre comment les différents facteurs environnementaux affectent mon saut, et comment je dois m'y adapter tout en gardant ma concentration.

— Le sport n'est donc pas une question de performance ?

— C'est une question de vérité. Il faut trouver ce qui marche pour soi. Je suis désolé, vous avez déjà dû lire ça dans la presse, je ne sais pas broder. Il faut juste réussir à se connecter à chaque fois, si vous voulez.

— À soi ?

— Non, à... À tout, à... Je ne suis pas très doué pour les interviews, désolé.

— Par exemple, votre course en demi-cercle, comment faites-vous pour la réaliser aussi précisément à chaque fois ?

— Je m'aligne sur mon souffle. C'est dur à expliquer, répond-il d'un air embêté. Vous verrez cet après-midi à l'entraînement. Je m'aligne sur ce dont j'ai besoin sur le moment. Tout le saut, avant même que j'aie commencé, s'aligne sur ce qui est là...

— Vous êtes comme une flèche qui vole vers sa cible ?

— Mon but, c'est de trouver comment positionner mon corps au mieux au-dessus de la barre. Comment épouser les lois de la gravité.

— Est-ce que vous réfléchissez avant de vous élancer ? On vous voit parfois parler, ou faire de drôles de mimiques.

Richard éclate de rire, et un oiseau effrayé s'emmêle dans les feuillages avant de s'enfuir.

— Non. Quelque chose me fait partir, et j'attends que cette chose vienne.

— C'est plus facile de passer la barre la tête tournée vers le ciel ?

— L'enchaînement des mouvements, pendant la course d'appel, est la base de tout le saut. On le sent mieux quand on passe en dorsal.

— Le truc que je voudrais comprendre, c'est si vous vous projetez dans le futur, en quelque sorte, en visualisant ce qui va se passer.

— Je ne sais pas, répond Richard en jouant avec des brins d'herbe. Je suis dans le présent et je ne vois pas plus loin que le sautoir.

— Et quand vous ne sautez pas, vous pensez à vos sauts ?

— Oui, je fais des modifications en reprenant toutes les informations que mon corps m'a données pendant l'entraînement. Tout ça n'est pas très intellectuel.

— Donc vous vous imaginez sauter.

— Non, ce n'est pas vraiment de l'imagination, je ne peux pas m'imaginer en train de sauter. J'ai besoin d'être sur le terrain pour savoir ce qui se passe. Je ne peux pas savoir en rêvassant dans mon lit, je dois être en situation. C'est pour ça que j'ai besoin de m'entraîner tout le temps ! Le soleil ne brille pas sur le cul assis du chien, s'entend-il dire, étonné de citer son entraîneur du lycée.

— Pouvez-vous prévoir un peu ce qui va se passer lors d'un meeting ?

— Jamais. Je pressens, je teste, je vérifie sur place.

Richard n'aime pas décortiquer les choses, mais dans la

douceur d'Echo Summit, cette interview l'inquiète moins que d'habitude.

— Pensez-vous avoir vos chances pour les J.O., comme l'affirme la presse qui titre partout que vous êtes en route pour Mexico ?

— Je n'en sais rien, soupire Richard. Pour dire la vérité, personne ici ne se sent prêt à effacer 2,22 mètres. Personne ne l'a jamais fait...

— Est-ce que l'altitude affecte votre manière de sauter ?

— Oui, mais de façon irrégulière : certains entraînements sont anormalement mauvais, d'autres sont très bons.

— Je n'en reviens pas de la qualité de l'air ici, dit le journaliste en posant son stylo. J'ai l'impression d'avaler un verre d'eau fraîche à chaque fois que j'inspire.

— En tout cas, ça vaut la peine que j'essaie, murmure Richard pour lui-même en se levant. Rendez-vous sur la piste à 15 heures ?

— Eh ! Me laissez pas tout seul dans cette jungle ! crie le type en courant à sa suite.

— Merde, Echo Summit me fait trop parler, comme quand je bois, lâche Richard en shootant dans une pomme de pin.

À 15 heures, les gradins sont noirs de monde. Depuis le début de la semaine, le public vient toujours plus nombreux assister aux entraînements. Des chroniqueurs sportifs, des fans qui s'entassent sur les rochers... Le stade ne désemplit pas et il est plus facile, désormais, de trouver des volontaires pour descendre la bande en ville. Face aux poteaux, Richard se frotte longuement le visage en tentant d'oublier les satanés mots qu'il a prononcés pour expliquer son saut. La piste grouille de silhouettes comme autant d'insectes attirés par l'odeur des pins, et à chaque fois qu'un sprinter jaillit des fourrés pour amorcer le virage, son cœur fait un bond. Voilà justement Aaron qui déboule, puissant et léger, et à le voir aussi altier, Richard se dit que cette piste est vraiment faite pour les pur-sang. Le coach braille son nom au loin en se contorsionnant de façon comique, agacé d'attendre. Avant de se mettre en position, Richard époussette son marcel rouge — depuis quelques jours, des particules de poussière tombent du ciel. Un brouhaha suivi d'un mouvement de foule interrompt sa préparation : Aaron s'est effondré sur la piste. Richard s'élance dans sa direction, et en écartant les autres pour rejoindre son ami, il le découvre les yeux révulsés, un peu de salive au bord des lèvres.

— Et voilà, ça commence, marmonne le docteur en prenant son pouls. C'est le premier à pâtir de l'altitude, mais sûrement pas le dernier. Ils vont tous tomber comme des mouches.

Tandis qu'on apporte une civière, le médecin constate qu'Aaron a une sérieuse commotion au-dessus de l'oreille. Tout le monde le regarde s'éloigner sur le brancard, et plusieurs sportifs se tournent vers la forêt, scrutant les cimes en ayant l'air d'y chercher une explication. Richard aussi observe en vain le paysage, avant de croiser le regard stupéfait du journaliste avec qui il a passé la matinée.

Le lendemain, pendant que Richard effectue sa série de trente sauts, c'est le champion de sprint Watson, plusieurs fois médaillé, qui peine à accomplir son 400 mètres. En testant ses réflexes après la course, le médecin lui trouve un mauvais pouls, et sa place aux sélections est compromise. Désormais, chacun se met à craindre le verdict du stéthoscope. Les épreuves débutent dans quelques jours, et l'ambiance a changé.

De nombreux athlètes fatiguent, d'autres souffrent de claquages, d'étourdissements, comme si des sortilèges étaient jetés au hasard, et Echo Summit en proie à une malédiction. Au réfectoire, les œillades en coin alourdissent l'atmosphère : qui est absent ? Qui porte un bandage ? La malchance est-elle contagieuse ? Le directeur du Comité, accompagné de tous les entraîneurs, vient faire un discours au moment du dessert :

— Vous ne devez pas vous laisser impressionner, sinon il y aura une vague d'incidents de ce genre. Vous devez vous concentrer, remonter à la source de votre ambition, affermir votre volonté. Ne pensez pas aux risques, juste à ce que vous allez accomplir. Mais en souplesse, et dans le respect des consignes des médecins. Pas de crispation. L'esprit de groupe qui règne ici est extraordinaire, nous n'en avons jamais vu de pareil. Mais ce qui arrive à certains d'entre vous fait partie du jeu. Dans les sports d'équipe, on n'arrête pas le match quand l'un des nôtres est blessé. Oubliez-vous pourquoi vous êtes là ? À Mexico City, les troubles seront les mêmes. Il faut que vous sachiez à quoi vous en tenir, et si vous êtes capables de défendre les couleurs de votre pays dans des conditions extrêmes. Vous comprenez aujourd'hui l'intérêt de ce camp et des nouvelles épreuves de sélection. Messieurs, reprenez-vous ! Vos objectifs ne doivent faire qu'un avec le moment présent. Rien d'autre ne doit s'insinuer dans votre esprit.

Chaque coach rassemble son équipe pour la briefer avant l'entraînement du jour. Désormais, des cours de yoga et de relaxation seront dispensés.

— Et fini les bières, le vin, et tutti quanti. Nous effectuerons quotidiennement des analyses d'urine, afin de contrôler que tout se passe bien pour chacun d'entre vous.

*

Dans les urinoirs, l'ambiance est à la rigolade. Tous essaient de prolonger la magie des semaines précédentes.

— La première épreuve des Jeux Olympiques ! crie Jake en pissant bruyamment dans sa bouteille en plastique.

— Le record est désormais détenu par le roi des perchistes, Ed le Gardon, avec soixante-quinze centilitres ! tonne Richard.

Des hourras s'échappent des urinoirs voisins, tandis que quelques-uns brandissent une bouteille pleine.

— Qui vient pêcher avec moi après l'entraînement ? J'ai besoin de me changer les idées, dit Cassius. J'arrête pas de penser à mon pote éliminé, et à tous ces gars qui tiennent pas le coup...

— Avec des idées pareilles, tu devrais être coach, raille Ed.

— Tope-la.

— Va pas en foutre partout, on topera plus tard. Tiens ta bouteille et le reste.

— La gueule qu'ils vont faire en voyant ces litres de pisse ! ricane Jake.

— Quand on va transvaser, on va s'en foutre plein les doigts, grimace Richard.

— Qui pourra faire dans mon flacon, demain ? J'ai besoin d'une bonne murge ce soir, enchaîne Jake. Je peux pas imaginer repartir d'ici sans être sélectionné.

— Peut-être que dans notre pisse ils vont trouver la cause de tous ces accidents...

— Ça s'appelle la maladie de l'altitude, répond Ed. C'est comme la maladie des profondeurs pour les plongeurs.

— Ouais, mais je titille pas le ciel, moi, grogne Jake. « Le ciel est la limite ! », pas vrai, Richard ?

C'est le titre que le journaliste avec qui il a sympathisé a donné à son article. Sous une photo de Richard en train d'effacer la barre, en lévitation au milieu des arbres, il a écrit : *l'athlète qui saute avec son esprit*. Ça n'a pas manqué de faire rire la bande.

— Et les filles, tu les sautes avec ton esprit aussi ?

La veille au soir, dans son survêtement blanc qui lui donne l'air d'un gourou, Jake a tenu à lire le papier autour d'un feu de camp. Tous ont applaudi avant de se lancer dans une discussion à bâtons rompus sur l'importance du style en athlétisme. En regagnant leur caravane, ils étaient impatients de retrouver le stade le lendemain.

— Bon ben moi, je vais pêcher, reprend Cassius en se lavant les mains pendant qu'un autre prend sa place devant l'urinoir. Ou du moins faire comme si : je chope jamais rien.

— Y'a une légère différence entre ce lac dément et les étangs de la San Joaquin Valley, non ? lui demande Ed en le poussant gentiment.

Dehors, on entend un cri.

— Ah, les lanceurs de javelot sont en place, il va pleuvoir des flèches. Allez les mecs ! Profitons, rien n'est perdu !

Ils improvisent un chant de guerre au milieu des pissotières, en se tenant par les épaules, avant de rejoindre à la queue leu leu le comptoir du laboratoire d'analyses médicales, leurs bouteilles pleines à la main.

*

Allongé dans sa caravane, Richard a les yeux grands ouverts. Les sélections commencent le lendemain, mais il a encore un peu de temps devant lui : les épreuves de saut en hauteur ont été programmées le dernier jour. À cette pensée, son cœur accélère et il inspire profondément. Il doit être dans les deux heures du matin, et l'obscurité montagneuse est si dense qu'il ne distingue que des ombres un peu moins épaisses que les autres. Il s'est habitué à la rumeur de la forêt, à ses cris étranges, à ce grognement qui résonne parfois, émis par un animal qu'il ne sait pas identifier. Des grizzlis explorent sans doute le camp la nuit ; ils doivent longer les caravanes et renifler la présence humaine par les interstices de la carrosserie. Ses yeux s'écarquillent dans les ténèbres. Il pense au rideau de sa chambre de Portland, à l'intensité du monde nocturne amplifiée par ce voile, à la façon dont tout y était fertilisé en secret pour créer les nouveautés du lendemain. Sa mère croyait bon de lui dire qu'il n'avait rien à craindre la nuit, car le monde se retirait. Mais petit déjà, il savait que tout s'y préparait au contraire. Tandis que l'aube monte à Echo Summit, il sort à la recherche d'empreintes, mais il ne trouve que son blouson oublié sur une souche, trempé par les humeurs du sous-bois.

Des drapeaux américains accrochés à des troncs d'arbres flottent autour du stade. Dans quelques minutes, Cassius passera l'épreuve du 400 mètres avec cinq autres types. Le public est nombreux, et Richard retrouve un peu étonné l'ambiance familière des compétitions. Ce séjour dans la Sierra Nevada a brouillé son rapport au temps, et le meeting de Los Angeles lui semble bien loin. Au-dessus des pins parfaitement immobiles brille un soleil énorme, et des courants de chaleur brouillent l'atmosphère jusqu'aux genoux des athlètes. Sur la piste, tandis que l'entraîneur briefe ses poulains, la tension est palpable. Avant d'aller s'échauffer, Cassius lui a confié :

— Je pourrais courir pieds nus. Je suis chaud comme la braise.

Et il avait pris une profonde inspiration, en élargissant son torse de façon stupéfiante.

Les athlètes regardent une dernière fois le coach, acquiescent en chœur, puis disparaissent dans les bois pour aller se mettre en place. Devant ce spectacle étrange, le silence tombe dans les gradins. Même les enfants couchés dans l'herbe s'immobilisent et attendent.

Assis au bord de la piste, Richard écoute les entraîneurs discuter.

— Et tu leur as dit quoi pour les encourager ?

— De sortir de leur zone de confort.

— Tous veulent faire partie de cette putain d'équipe olympique. Ça va être difficile.

Un coup de feu retentit, et tous les corps se tendent à l'unisson vers les couloirs encore vides, jusqu'à ce que les six coureurs apparaissent en paquet serré, avant de se disperser. Cassius a des ailes, il déploie une course hallucinante de puissance et de légèreté. Mais à mi-parcours, il commence à perdre de la vitesse.

— Merde..., grommelle Richard.

La veille, Cassius s'est fait un claquage à l'aine, et il souffrait encore pas mal à l'entraînement. Toujours distancé, il stagne à la quatrième place, pendant que les trois premiers filent en direction de Mexico. Richard serre et desserre les poings. Après le dernier virage, Cassius accélère d'un coup et regagne la troisième place. Le public hurle, les enfants aussi, tout le monde s'agite. Richard, debout, comprend que son ami s'est économisé pour la dernière ligne droite, à cause de l'énergie que lui pompe la douleur. Quand arrivent les cinquante derniers mètres, Cassius se met à courir en levant les genoux le plus haut possible, enchaînant des foulées d'une régularité parfaite, en allongeant deux fois plus la jambe droite que la gauche.

— C'est magnifique, murmure Richard. Il se sert de sa jambe douloureuse pour se propulser.

En quelques mètres, Cassius perfectionne cette technique qu'il vient d'inventer sous les yeux du public, et il reprend de l'allure, dépassant les autres concurrents. Alors que tout le monde l'acclame sous les grands arbres, il lève les bras au ciel et franchit la ligne d'arrivée. Une vague de joie énorme balaie le stade, et son entraîneur le broie littéralement contre lui en lui apprenant son exploit : dix-neuf secondes et quatre-vingt-trois centièmes. Record du monde. Richard saute dans tous les sens, en saluant la montagne. Une fois la déferlante passée, il aperçoit un coureur allongé dans l'herbe, entouré de médecins. Un peu plus loin, l'un des sprinters éliminés s'éloigne la tête basse, tandis qu'un autre reste pétrifié, les yeux dans le vide.

Le soir, au réfectoire, plusieurs athlètes sont absents. On murmure que chaque sportif éliminé se voit remettre sur-le-champ un billet d'avion pour rentrer chez lui, sans aucune forme de politesse. On dit même qu'un type a été embauché pour les reconduire à l'aéroport de Reno. Quand Cassius fait son entrée, des applaudissements amicaux l'accueillent.

— Salut mec, et rendez-vous à Mexico ! dit-il en rejoignant Richard.

— Prépare-toi bien. C'est sympa d'être venu dire au revoir.
— Je pars le cœur gros, à toi je peux le dire…
Il reste un moment tourné vers les fenêtres du réfectoire.
— Putain d'endroit. Jamais on revivra ça.
— Profite, répond Richard en avalant un croissant volé dans les cuisines.
— J'embarque à Reno dans deux heures. J'ai déjà la nostalgie d'ici… J'ai honte de le dire quand je pense à tous ceux qui sont rentrés chez eux la mort dans l'âme.
Jay, qui concourra pour Mexico avec Richard le dernier jour, s'installe en saluant Cassius avec respect.
— Félicitations.
— Merci. Allez, je m'arrache de cette terre promise, sinon je vais pleurer comme une fillette.
— Ouais, sacré endroit, renchérit Jay. Un paradis pareil, ça s'explique pas, ça se vit. Bonne chance, mec.
Leur poignée de main, virile et chaleureuse, émeut Richard.

Les jours suivants, trois records du monde sont battus : celui du 100 mètres, celui du 200 mètres et celui du saut à la perche. Ed le Gardon est qualifié.
— Continuez à employer votre mental de façon créative ! braille l'entraîneur au petit-déjeuner, selon le nouveau rituel de mise en condition des athlètes.
Mais l'écrémage se poursuit. La presse titre sur les tragédies qui se jouent à Echo Summit, entre joie des qualifications et désespoir des éliminations. La nuit, de nouveaux groupes se forment au bord du lac, et des litres de bière, de whisky et de vin sont descendus pour apaiser les tensions. Certains dansent éméchés en plein jour au son des radios qui beuglent, d'autres commencent à souffrir de troubles du sommeil. Le quatrième

jour Jake est éliminé, et Richard est si ébranlé de le voir s'effondrer à genoux sur la piste qu'il s'enfuit en direction de la forêt. Lorsqu'il regagne sa caravane, trois heures plus tard, il croise Ed qui lui apprend que Jake a failli casser la figure au type venu lui délivrer son billet d'avion. Il était moins une qu'il écope d'une suspension pour les prochains meetings.

— Il est parti en rogne.

Richard regarde ses pieds, comprenant pour la première fois la justesse de l'expression « faire une tête d'enterrement ». Personne, dans la bande, n'a jamais évoqué le fait de se revoir après Echo Summit. Que la magie se brise était impensable, même si l'accident d'Aaron avait instillé un poison dans l'atmosphère, qui suintait parfois de certains rires et de certaines embrassades.

Dans sa caravane, Richard met un peu d'ordre dans ses affaires. Il plie ses tenues de sport aux couleurs de Medford, réunit quelques objets personnels et nettoie son coin couchette. Le départ de Jake et la tristesse ambiante l'ont assombri. Il ignore ce qui va se passer. Intuitivement, il a l'impression qu'il ne sera pas sélectionné, mais il ne fait aucun plan sur la comète. Il doit désormais entrer dans un état de concentration intense, loin de tout blabla mental, et être tourné uniquement vers son saut. Il ne pense ni à son retour chez lui, ni à la Fac qu'il retrouvera à la rentrée.

— Ici et maintenant, dit-il à voix haute.

Au crépuscule, il décide d'aller se dégourdir les jambes et s'éloigne dans la montagne en traversant des broussailles, avant de rejoindre un sentier poussiéreux. Chaque pas lève une poudre nocturne, qui l'enveloppe quand il s'accroupit pour soulager ses crampes ; il est resté assis trop longtemps dans la même position. Tout a commencé comme ça, avec cette sensation infime née de son immobilité devant le miroir. Il s'est d'abord entraîné à retrouver cette sensation, puis à la déployer, à la dilater, jusqu'à ce qu'elle devienne toute sa vie. Durant quelques secondes, il vacille sous l'impact de cette percée subtile de conscience.

*

En ce dernier jour de sélections, l'ambiance est tendue. Les types chargés d'enregistrer officiellement les résultats portent une casquette qui jure avec leur costume, ce qui fait rire les enfants. Il fait très chaud et Richard, Jay, Tim et John sont silencieux devant le sautoir. Richard est un peu déboussolé : à l'entraînement, ses résultats ont été complètement irréguliers, et il se sent parasité par la peur. Pour l'heure, après le premier saut, il est quatrième et hors compétition. John, lui, a fait un sans-faute. La barre est levée à 2,20 mètres. Quand vient son tour, il se contente de laisser le processus s'accomplir. La course, l'appel, l'élévation. Il passe les 2,20 mètres. Étonné, il retrouve tout de suite ses esprits en se relevant du tapis, contrairement à son habitude. Il sent qu'il en a encore dans les jambes, et il a la tête en feu. Durant un instant, il se dit que 2,22 mètres est le chiffre qui sonnera l'acmé et la limite de son ascension, trois petits chiffres pour une aventure grandiose, mais la pensée se dissipe brutalement, écrasée par l'envie d'exécuter un mouvement nerveux et plein d'ampleur. Ses muscles, l'air, la vitesse, tout le réclame.

Jay se concentre quelques secondes avant de s'élancer pour son troisième saut. Sa course semble presque ralentie. Il touche la barre mais ne la fait pas tomber. Tim l'efface à son tour : tous les deux sont qualifiés pour Mexico. Richard entend hurler et applaudir. Ne reste plus que John et lui. Son cœur cogne à ses tempes, comme une invitation à descendre plus radicalement en lui-même. Une grande joie l'inonde d'un coup, puis la peur, mêlée au désir de sauter. C'est à John, qui sautille sur place, s'élance, fend les airs, et fait chuter la barre. Soudain, Richard n'entend plus son cœur. Le silence tombe et se répand en lui comme une nappe d'eau. Total. Assourdissant. S'il passe la barre, il est à égalité avec John qui n'a qu'un échec à son actif. Sinon — tout s'arrête. Il s'élance. Il court. Il s'élève. Il est face au ciel et il retombe. Il l'a passée. Il l'a passée. Il a effacé 2,22 mètres. Il serre les poings et sourit de toutes ses dents. Une fois revenu devant le sautoir, il retrouve ses esprits : si John échoue, Richard est sélectionné pour les Jeux Olympiques de Mexico. Pour le moment, il veut rester imprégné par la sensation de cette vague parfaitement exécutée au-dessus de la barre. En souriant à l'aveugle, il cherche à sentir s'il a encore une course d'appel dans le corps — oui. Tout entier dans son saut, il perçoit la silhouette de John devant lui, et celle d'un gamin allongé près de la piste. Il attend. John se met en place en jetant un œil en direction de sa femme enceinte, assise dans les gradins. Il baisse un instant la tête, la relève, et part comme une flèche. Sa course est nerveuse, son élan majestueux, mais pour la troisième fois, il fait chuter la barre. C'est terminé pour lui. John s'enfuit en direction de la forêt. Hébété, Richard voit sa femme s'élancer à sa poursuite en tenant son gros ventre, puis s'enfoncer à son tour dans les bois.

La piste rouge est une route déserte.

Bientôt on le bouscule et on l'empoigne pour des embrassades qui le font tituber.

Entre les bras des sportifs sélectionnés, dans l'odeur des pins et de la sueur, il réalise ce qui arrive : il est qualifié pour les Jeux Olympiques.

*

Dans l'avion, tous les regards convergent vers la piste, dernière parcelle du sol des États-Unis. Quand la porte de l'appareil se referme, dans un ralenti qui fait monter la tension, Richard a un coup au cœur. Ceintures bouclées, sourires aux lèvres ou gravité empreinte sur les visages, l'émotion collective est palpable. Cette fois, ils vont s'envoler pour de bon vers l'épine dorsale du Mexique, ses divinités païennes, ses marchés bruyants et ses tombeaux. Depuis une semaine, Richard consulte chaque jour avec une joie enfantine la météo de Mexico dans le journal.

— Il paraît que là-bas le ciel change toutes les heures, dit-il à son voisin qui n'entend rien. Les réacteurs viennent de s'allumer, et l'énorme vrombissement envahit l'habitacle, comme un roulement de tambour.

Plus de quatre cents athlètes américains participeront aux Jeux Olympiques, formant l'équipe la plus nombreuse parmi les cent onze nations en lice. La moyenne d'âge ne dépasse pas vingt ans, et certains d'entre eux ont l'air de préadolescents.

— Ce n'est pas seulement vers le Mexique que tu t'envoles, lui a dit son père d'un ton solennel, alors qu'il fermait sa valise.

Avant son départ, il a reçu des tas de lettres et de coups de fil d'encouragement d'anciens professeurs de sport, de maîtres d'école, d'amis oubliés, de commerçants de Jack's Path. En revanche, ni Beckie ni Andrew ne se sont manifestés. Trop de temps s'est écoulé pour qu'il décrypte le silence de la première.

Qu'est-elle devenue ? Il a longtemps espéré un message de son père, le Philosophe, avant de comprendre que durant toutes ces années, il l'avait un peu accompagné : ses phrases obscures avaient créé un halo de confiance autour de lui. La croyance dans le fait que certains habitent le monde avec acuité, qu'ils accèdent à une dimension supérieure leur permettant de tout interpréter l'a maintes fois rassuré. Parfois encore, il lui arrive d'imaginer quel adage de Smith ponctuerait le mieux un événement. Quant à Andrew, il resterait dans les limbes, ni vivant ni mort, double visage d'un passé heureux et de l'irruption terrorisante de la guerre.

Après un tour de piste, le pilote met les gaz et la sensation est extraordinaire. Tout le corps vibre avant d'être aplati contre le siège au moment du décollage. La tachycardie est générale, un type braille, d'autres lèvent un poing vainqueur, certains se cachent les yeux. L'avion tangue, et pour Richard qui est assis au-dessus de l'aile, les sensations sont encore plus impressionnantes. Décrochage ? Accident ? Mais l'énorme libellule se redresse avec grâce et s'enfonce dans une mer de nuages. Alors le silence envahit l'habitacle. Tous se concentrent sur le grand rêve de Mexico City.

Tandis que son voisin roupille, Richard a l'esprit en ébullition. Des jours que la ville de Mexico le hante, ses fêtes, ses promesses de rencontres, ses paysages étrangers. C'est son tout premier voyage, et il veut le vivre à fond. Eddie, qui doit le rejoindre dans vingt jours, a tenté de le persuader de s'entraîner durant les quatre semaines qu'il passerait au Mexique avant l'épreuve de saut. Lors de leur dernière entrevue, nerveux et agacé, il l'a quasiment attrapé par le col pour lui demander de se réveiller. Richard s'est contenté de sourire :

l'enthousiasme viendrait au bon moment, et c'est ce qui impulserait la meilleure course d'appel. D'abord découvrir la ville, ensuite travailler le saut. Tous les visages désirables, pâles, bruns, taillés à la serpe ou tendres, féminins, masculins, il les lui fallait tous. Et les pyramides... Il se prépare à vivre une brutale et massive amnésie. Rien ne sera plus comme avant. On lui a dit qu'au Mexique, le passé et le présent étaient indistincts, et que ce mélange vous retournait les sangs. Son désir de s'immerger dans l'inconnu doit être assouvi pour anéantir toute tension en lui. Eddie a failli s'arracher les cheveux, mais en voyant dans la prunelle de Richard que son rêve mexicain l'avait happé, il avait capitulé.

À Denver, où tous les concurrents ont été convoqués la semaine précédente, une véritable armée de personnel les a reçus en grande pompe dans un hôtel luxueux. L'organisation était militaire et il leur a été impossible d'éviter le dîner avec tout le Comité olympique et la séance d'essayage des costumes officiels. Richard a eu du mal à retenir un fou rire quand la couturière a repris trois fois l'étrange blazer de polyester rouge, dans lequel il transpirait comme une bête, pour en allonger les manches. Mais l'ambiance n'était pas à la rigolade, et les formalités accomplies à une cadence millimétrée. Les hommes et les femmes, qui se découvraient pour la première fois, s'étaient dévisagés longuement, au milieu des gardes du corps qui encadraient ce qui ressemblait aux coulisses d'un défilé de mode. Après une interminable séance photos, Richard s'était senti lassé et réticent à participer à un événement dont l'enjeu politique annihilait toute spontanéité. Mais à bord de l'avion filant vers le Mexique, impressionné par les forces de portance qui le propulsent à travers le ciel, il retrouve la fraîcheur de sa joie.

*

Richard ne saurait pas dire la couleur du papier peint de sa chambre d'hôtel. Il passe tout son temps libre, de jour comme de nuit, à découvrir la ville avec Gary, un lanceur de javelot que le ciel mexicain lui a envoyé en guise de cadeau de bienvenue. Le partenaire idéal pour épancher son désir de fêtes et de découvertes. Prêt à toutes les virées, Gary emmène qui veut bien le suivre dans son petit bus Volkswagen. Chaque jour, accompagnés de Katarina et Millie, deux médaillées d'or de natation, ils embarquent pour le centre-ville — le brouhaha de ses cafés, ses tortillas fourrées qu'ils s'amusent à engloutir le plus vite possible, ses concerts de trompettes, ses enfants qui hantent les rues comme des anges poussiéreux. Derrière les ombres colorées et malgré la chaleur humaine, Richard devine le malheur et la mort. La peinture est encore fraîche sur certaines places remises en état avant l'arrivée des athlètes, et des employés municipaux s'activent aux premières heures du jour pour nettoyer le sol maculé de taches brunes.

— La répression contre les étudiants, dit Gary d'un air grave.

Des mendiants sommeillent dans les ruelles, enveloppés dans de grandes affiches sur lesquelles on distingue des colombes qu'un feutre rouge est venu ensanglanter. Dans leurs yeux sombres, une foi tragique. Ce pays flamboyant et sordide passionne Richard, qui se demande si toutes les nuits y sont blanches. Les taxis encombrant les rues, les prostituées, la saleté, l'eau qui ruisselle sans source connue, l'odeur des cigarettes, les bâtiments majestueux du dix-septième siècle et le rêve indistinct qui plane dans les choses, Richard est étourdi par cette cacophonie de sensations. Dans cette ville anarchique et douce, il se laisse aller à la ferveur comme à la torpeur. Il échange quelques baisers avec Millie, pour le plaisir, tandis qu'elle caresse tendrement ses cuisses, sur lesquelles elle aime s'attarder. Travaillées par la nage, les siennes sont deux fois plus larges que celles de Richard, ce qui ne manque pas de les faire rire. Gary et Katarina en font autant. Parfois, tous se séparent sans se dire un mot, et ils se retrouvent à l'Hotel del Angel à la tombée de la nuit pour admirer la ville éclairée depuis la terrasse. Le matin, Richard accompagne les filles au marché, où il s'est dégoté une paire de sandales mexicaines qu'il ne quitte plus. Ils louchent tous les quatre devant de somptueuses haciendas, observent, le nez écrasé contre des vitrines crasseuses, de petites figurines de terre cuite qui ressemblent à des démons. Invariablement, en fin d'après-midi, ils quittent la ville pour suivre la voie ferrée, jalonnée de croix sur lesquelles des fleurs séchées, des ex-voto ou des missives déchirées battent dans le vent. C'est là-bas que Gary formule le souhait d'aller voir les pyramides au crépuscule. Les filles sont enthousiastes, mais Richard se sent partagé entre l'envie de s'y rendre et une crainte un peu étrange. Assis dans la campagne sèche, ils descendent des bières sans échanger un mot, éprouvant la densité de l'atmosphère mexicaine, son épaisseur, sa lourde caresse. Gary s'enfile plusieurs packs de bière à la suite sans s'en ressentir le moins du monde. Les lendemains de cuite, au premier essai, son javelot se plante immanquablement à quatre-vingts mètres de lui.

— T'es un dieu aztèque, putain ! lui crie Richard.

Les jours filent, les pyramides attendent, et les filles commencent à s'absenter de plus en plus souvent pour préparer leur épreuve.

Quelques jours avant la cérémonie d'ouverture, Richard retrouve son entraîneur, atterri la veille, attablé devant son petit-déjeuner à l'hôtel.

— Eh ben, t'as bonne mine, Richard !

— Vous n'êtes pas mal non plus, Eddie ! dit-il en déposant son plateau face à lui.

L'accolade est chaleureuse.

— Alors, tu t'es acclimaté ? lui demande le coach.

Richard est traversé par la vision de Gary tendant un verre de tequila dans le soleil, pendant que Katarina, la tête sur ses cuisses, fait semblant de fumer son « cigare maya » en forme d'obus, qu'elle promène partout avec elle en s'extasiant sur son odeur de rhum.

— Plutôt bien, répond-il en toussant.

— L'altitude ne te gêne pas à l'entraînement ?

— ... Echo Summit nous a bien préparés.

Eddie pèle la peau de son orange avec les dents, sans le quitter des yeux.

— T'as passé des barres à quelle hauteur, en moyenne, depuis que t'es ici ?

Richard est fasciné par cette façon d'éplucher les fruits, il a hâte de raconter ça à Gary.

— Je n'en ai pas passé, Coach. Je ne me suis pas encore entraîné.

Eddie recule brutalement sur sa chaise. Au bout de deux minutes, il n'a toujours pas prononcé un mot.

— Ça va aller, reprend Richard. Je le sentais comme ça. J'avais pas le moindre doute.

— Pas le moindre doute à propos de quoi ? Tu sais que Tim pense ne faire qu'une bouchée de toi. Il a cartonné cette saison.

— Je sais, il trouve que ce que je fais est crétin, il me l'a dit au dernier meeting de la NCAA, rétorque-t-il en haussant les épaules. À Echo Summit, il m'a gentiment conseillé d'essayer une autre technique.

— Entre le meeting de la NCAA et Los Angeles, ta progression a été fulgurante. C'est pour ça que la presse mise sur toi. Elle dit que tu es notre meilleur espoir pour les Jeux. Tu te rends compte ? Laisse pas passer ça.

— Je laisse pas passer, Coach. Je vous assure que je le sens comme ça. J'avais besoin de me détendre, de connaître la ville...

— Tu vas te rouiller. Tu dois t'entraîner immédiatement.

Richard se bat avec une de ses sandales mexicaines coincée sous un pied de chaise.

— Qu'est-ce que c'est que ça ? demande Eddie en fixant la chaussure.

— Mes huaraches, achetées sur le marché.

— Tes quoi ?!

— Mes hu-a-ra-ches. Des sandales de course, fabriquées par les indiens Tarahumara, au nord du Mexique. C'est du cuir.

— Les lanières, on dirait du fil électrique !

Richard bouge son pied libéré dans tous les sens pour admirer sa sandale.

— C'en est peut-être, dit-il d'un air songeur.

Eddie se plaque les mains sur le front.

— T'as fumé quoi ici, bon Dieu... Non, reprend-il à mi-voix pour lui-même, t'es normal, t'es comme t'as toujours été...

— La semelle est toute mince, j'ai l'impression d'être pieds nus. Et puis j'aime bien la façon dont les gens sont habillés ici.

— Au moins tu te taperas pas de mycose, tout ça est bien aéré... Ceux que tu faisais marrer vont pas être déçus... Tu vas pas sauter avec, hein ? Hein !? lui demande Eddie, soudain effrayé.

Richard s'étrangle avec son café, et le bruit que fait son rire déclenche l'hilarité de leurs voisins. Le coach est dépité. En reprenant son souffle, Richard réalise à quel point il se sent joyeux et en forme. Le cœur peinturluré de la ville contemplée chaque jour depuis le penthouse de l'Hotel del Angel, les heures de marche dans les artères érodées par tant de chaleur, de misère et de grandeur, tout ça a infusé secrètement en lui. Il a été gratifié d'une grande force en répondant à l'appel. Il cherche comment expliquer ça à Eddie, mais les mots lui semblent trop bêtes par rapport à ce qui l'anime. Il est prévu qu'il se rende enfin à Teotihuacan le soir même avec ses amis, pour y voir arriver la flamme olympique. Comment ne pas se sentir comblé ?

— Revenons à nos moutons, reprend Eddie. Ton épreuve a lieu dans trois semaines. Tu dois travailler immédiatement. Regarde Tim : aux derniers Jeux il s'était dispensé de s'entraîner, et le jour des épreuves, devant le sautoir, il était gros comme une pintade. Et pourquoi ? Parce qu'il s'était empiffré de crème glacée sans se bouger la couenne. Et pourquoi ? Parce qu'il n'avait personne avec lui. Ni famille, ni entraîneur. Toi, en revanche, tu m'as.

Retrouver le visage et la voix d'Eddie réveille son envie de travailler.

— J'espère qu'on commencera avec une barre à 2,10 mètres, dit Richard en sortant de ses réflexions.

— Oui. À cette hauteur tu pourras te chauffer progressivement et tu n'auras pas à te fatiguer avec trop d'essais.

— Je suis OK pour une séance d'entraînement, Coach, s'entend-il répondre. Dès la semaine prochaine.

— Mais les Jeux auront déjà commencé !

— Ce n'est pas grave, dit Richard.

— Alors à demain à la cérémonie d'ouverture, soupire Eddie en se levant. Un seul conseil… Tu en feras ce que tu voudras, comme d'habitude : évite les haricots bouillis le jour J.

Et il disparaît, tandis que Richard contemple la forme parfaite de son épluchure d'orange.

*

— Que la torche olympique suive son cours à travers les âges, pour le bien d'une humanité toujours plus ardente…

Gary récite la phrase d'une voix caverneuse, et malgré son air bravache, il est aussi ému que Richard, Millie et Katarina. Voir la flamme mythique arriver à Teotihuacan, depuis le sommet de la Pyramide du Soleil, est l'acmé de leurs aventures. Face à eux, à l'extrémité de l'Allée des Morts, la Pyramide de la Lune émerge du crépuscule. Elle est comme un dinosaure, ronde et rugueuse, elle respire doucement tandis que des milliers de Mexicains costumés ont pris place sur ses flancs, dans l'attente du feu qui viendra l'embraser. À ses pieds, la foule s'est amassée dans l'avenue bordée de temples. Des roulements de tambours se mêlent aux cris d'impatience, à moins que ce ne soit ceux des singes de la forêt. Absorbé par l'étrangeté grandiose de la scène, Richard perd ses repères quand les danses rituelles sont entamées sur la pyramide. Peu à peu, la foule disséminée se met à bouger en rythme ; l'Allée des Morts s'emplit d'ombres qui entonnent les chants traditionnels en tapant dans leurs mains.

Autour d'eux, des gens de tous âges célèbrent avec joie l'événement qui s'annonce en fumant, en improvisant des rondes et en parlant fort. Plein nord, la Pyramide de la Lune continue à respirer amplement, alors que les chants et les danses s'intensifient. Tous les quatre retiennent leur souffle pour supporter le vertige qui leur tombe dessus. Une jeune fille vêtue d'une robe brodée dresse un nourrisson vers le ciel, des hommes ouvrent les bras en imitant ses gestes, tandis que la rumeur mexicaine continue à enfler dans la ville fantôme. Bientôt des plats, des bouteilles et des cigarettes circulent. Une femme s'assoit près d'eux pour donner le sein à son bébé, son mari leur offre des tortillas emballées dans du papier journal et de la soupe de haricots. En échange, Gary propose sa provision de bouteilles de bière. Millie s'amuse à caresser le visage du petit avec une mèche de cheveux qu'il tente d'attraper, avant de se détourner d'elle pour chercher d'où viennent les vibrations émises dans l'obscurité. En avalant sa première cuillère de soupe, Richard est transporté. Il retrouve les saveurs de ses chères rues mexicaines, et déguster ce plat ici, au sommet de la Pyramide du Soleil, est une grâce irréelle. Le bonheur l'atteint violemment. Il jette un œil à Gary qui a enlacé leurs deux amies et se tait avec elles. Au bout de trente minutes de ce concert hallucinatoire, des centaines de lumières s'allument au bas de la Pyramide de la Lune, comme des flashs perçant la nuit. Tous se lèvent dans un même mouvement, certains tendent de nouveau les bras au ciel, et les nourrissons enveloppés dans des couvertures sont happés eux aussi par le spectacle. Leurs minuscules figures rougissent dans le froid tandis qu'une silhouette gravit lentement la pyramide, en brandissant le Nouveau Feu. Au fil de l'ascension, le colosse de pierre s'illumine. Une fois la flamme parvenue au sommet, c'est comme si la foudre embrasait le talus sacré. Richard crie dans la nuit. Millie crie. Tous les quatre crient.

Les crépitements de lumière se reflètent dans les prunelles du bébé qui lève soudain la tête, attiré par autre chose. Richard se tourne dans la même direction, mais il ne voit rien. Le ciel est souple, opaque et sans étoiles. Seule la lune irradie, et Richard a la sensation qu'elle se rapproche d'eux à toute vitesse. Au loin, au-dessus de la pyramide enflammée, la voûte céleste est violette. La femme assise près d'eux a arrangé son corsage, mais sa gorge reste offerte à la nuit. Ses yeux croisent ceux de Richard et elle lui sourit avec une franchise hypnotisante. Ses traits sont un peu virils, elle porte de longues nattes et les fleurs de son corsage sont rouge carmin, comme le drap qui entoure son bébé. Elle avance la main vers lui pour frôler son bras, mais son geste s'évanouit dans le brouhaha de la fête.

— On reste ici, dit Gary alors que les lieux se vident.

— Ouais, dormons là, marmonne Richard.

— Dans le bus ? demande Millie.

— Ou dehors.

Tous acquiescent.

— T'as l'air camée, ma belle, lance Millie à Katarina, qui a les yeux fixes et la pupille dilatée.

— Ça me plaît bien, ces Jeux, répond-elle. Et l'idée de prolonger ce moment aussi. Mais j'ai mal aux fesses, faut que je me dégourdisse.

Impossible de bouger pour l'heure : tous attendent que l'Allée des Morts soit désengorgée pour descendre de la pyramide. Avant de disparaître, le couple au bébé les salue avec le même sourire énigmatique.

— C'était beau, dit Gary en craquant une allumette pour fumer. Paraît que demain, pour la cérémonie d'ouverture, ils vont lâcher des centaines de colombes qui attendent enfermées dans des paniers. Ça sera moins magique.

Richard regrette que son ami brise ce moment. Il ne veut penser à rien.

— Erreur, mon capitaine, corrige Millie, ce sera des pigeons, sans doute devenus neurasthéniques. Et il y aura aussi un lâcher de quarante mille ballons, des tirs de canon...

— Tais-toi et laisse-nous profiter, la coupe Katarina qui effectue une série d'étirements.

Richard l'imite. Certains badauds qui se sont attardés au sommet les regardent enchaîner les mouvements dans le clair de lune.

— Il paraît que la première fois qu'on gravit la Pyramide du Soleil, on gagne dix ans d'espérance de vie ! Alors pas la peine que je me fatigue ! lance Millie qui ne bouge pas.

— Et pas la peine que je me prive de boire, enchaîne Gary en décapsulant les dernières bouteilles.

À deux heures du matin, la nuit s'est répandue sur Teotihuacan, et ils sont seuls au sommet de la pyramide. La fatigue aidant, Richard se sent assailli par les visions des dernières heures, qui lui reviennent de façon anarchique.

— J'ai froid, râle Millie. Je vais aller roupiller dans le bus. On descend ?

Richard reste immobile. Il ne se lasse pas d'éprouver l'autorité des lieux. Dans les gymnases, quand il était enfant, il ressentait quelque chose de similaire.

— T'es bourré ou quoi, le blanc-bec ? lui demande Gary. Reste ici si tu veux, avec les fantôôômes aztèques.

Et il se met à tournoyer en entonnant un chant lugubre.

La descente est malaisée car les marches font moins de dix centimètres de large. Les bouteilles tintent dans le sac de Gary. Arrivés au bas de la pyramide, ils s'enfoncent dans la pénombre de l'Allée des Morts. Richard enlève ses chaussures. Sous ses pieds, la poussière est fraîche et soyeuse. Il tourne la tête, sur le qui-vive, prêt à voir passer un grand animal ; mais aucune créature ne se montre.

Une fois Millie installée sur la banquette arrière du bus, les trois autres retournent explorer les temples qui bordent l'allée. La Pyramide de la Lune est déserte, et les ampoules éteintes qui la recouvrent font comme un ossuaire de verre. Des cris d'oiseaux déchirent le silence de façon effrayante. Ils s'installent sur le premier degré d'un petit temple, où des serpents à plumes gravés dans la pierre semblent les mettre en garde.

Aucun d'eux n'a sommeil.

— Faut pas qu'on se plante sur les horaires, demain, dit Katarina. Faut qu'on ait le temps de s'habiller pour la cérémonie d'ouverture.

Les yeux rivés aux étoiles qui viennent d'apparaître, Richard n'a aucune envie de penser au lendemain. Il ne voit pas plus loin que l'aurore, qui sera sans doute mémorable. Sans se concerter, ils enfilent leurs vestes de survêtement. La nuit devient froide.

— On n'a que cinquante bornes à faire pour rejoindre le stade, dit Gary. On prévoira un peu plus large qu'à l'aller, et t'auras tout le temps de mettre ta jupette.

— Ouais, ils nous ont pas ratées cette année. Ils nous auraient collées direct en maillot de bain que ça n'aurait pas changé grand-chose.

— C'est vrai que ça vous donne une allure de pom-pom

girls… mais en plus baraquées ! glousse Gary. Bah, c'est toujours mieux que notre polo en polyester qui gratte, pas vrai le blanc-bec ?

Mais Richard a toujours le nez dans les étoiles.

*

— Merde alors ! s'exclame Gary en découvrant les kilomètres d'embouteillage aux abords de Mexico.

La cérémonie d'ouverture débute dans une heure trente, et ils avancent à la vitesse d'un escargot. Dehors, c'est concert de klaxons et nuages de gaz d'échappement. Le ventre vide, encore enivrés par la nuit blanche à Teotihuacan, ils se racontent des blagues potaches en faisant tourner le cigare maya de Katarina. Richard imagine la tête d'Eddie quand il apprendra qu'il n'est pas arrivé.

— Cent douze nations vont défiler, dit Millie. Je crois qu'on est plus de cinq mille athlètes… Notre absence passera inaperçue !

— Déconne pas, répond Katarina. L'entraîneur va me tuer.

— Y'en a qu'un dont l'absence est regrettable, poursuit Millie.

— Qui ?

— Richard ! Il pourra pas se pavaner avec ses tongs mexicaines !

— Mes hua-ra-ches ! braille Richard pendant que les filles pouffent de rire.

— Merde ! répète Gary d'un air ébahi.

— Quoiiii ?! hurle la bande en chœur.

— Regardez ! Y'a personne dans les bagnoles de la file de droite ! Les voitures ont été abandonnées !

Bientôt, ils doublent un car touristique abandonné lui aussi sur la file du milieu, puis un deuxième. Richard n'en croit pas ses yeux. On dirait un exode, des gens marchent au bord des voies avec des enfants sur les épaules, dans un vacarme infernal de klaxons.

— Apparemment, le manque d'oxygène en altitude fait plus de dégâts sur la population locale que sur les athlètes, raille Katarina.

Le ciel gronde et la lumière devint huileuse. Un orage menace.

— Quelle heure il est, le blanc-bec ? demande Gary.

Richard ne répond plus. Il pense à Teotihuacan qu'il a quittée dans un état second. Ouvert à toutes ses sensations durant des heures, il s'est peu à peu senti devenir paranoïaque. Au lieu d'être galvanisé par le lever du soleil, il a eu l'impression que le lieu lui disait de déguerpir. Les dents des serpents à plumes qui ornent les temples avaient poussé durant la nuit, des scorpions sortaient des pierres, ça criait autour du site, une force d'expulsion colossale s'était manifestée. Un couple de touristes était apparu accompagné d'un enfant au visage pointu qui lui avait collé la frousse. Les pancartes indiquant la sortie du site semblaient s'adresser personnellement à lui. Malgré la fatigue, le charme du lieu avait continué à l'exciter, et une fois leur minibus regagné, son angoisse s'était dissipée.

— Eh, tu dors ?

— Je porte jamais de montre, ça n'a pas changé depuis hier, répond-il en reprenant ses esprits.

Sur le bas-côté, des types en tenue traditionnelle rejoignent la procession qui se dirige vers le stade, à des kilomètres de là. L'extrémité sud de la ville est complètement engorgée.

— Les colombes vont être lâchées, dit Katarina.

— Ce sera sans nous, répond Millie.

Une heure plus tard, toujours pris dans les bouchons, ils entendent résonner vingt et un coups de canon. Une clameur surhumaine parvient à leurs oreilles, et ils se tordent le cou pour apercevoir l'envol des ballons. Aux abords du stade, ils garent le minibus sur un trottoir et achètent à la sauvette des beignets immangeables qu'ils avalent en courant. Des troupes armées encerclent le stade, des gamins qui escaladent l'enceinte sont chassés comme des mouches par les policiers. Richard sent un frisson le traverser. Il réalise que dans trois semaines il accomplira son saut dans cette arène, devant cent mille personnes.

Le ciel est redevenu pur, octobre ressemble de nouveau à juillet, et tous les quatre sont heureux d'avoir échappé à l'horrible défilé de mode international. Toutes les télés du monde sont rivées sur la vasque olympique embrasée, et dans ce dispositif spectaculaire, Richard peine à reconnaître le Feu Nouveau de Teotihuacan. Il tente de visualiser ses sauts, en vain ; il y a un mur entre sa pratique et l'instant présent. Il ne force rien. Il a mal partout après sa nuit blanche. Lorsqu'enfin il pénètre dans le stade pour s'asseoir dans la tribune qui leur est réservée, face à la foule gigantesque, il est ému et désorienté, dispersé aux quatre coins de lui-même. Mais le voilà prêt à retourner à l'entraînement. Comblé par Teotihuacan, il sait qu'il se sentira serein face au sautoir, débarrassé du désir qui aurait jeté des impuretés dans sa trajectoire. Sa fidélité envers son vœu est intacte.

*

Gary a terminé dix-septième de sa discipline, et les filles n'ont pas excellé non plus. Dans quatre jours a lieu l'épreuve de saut en hauteur, et Richard renonce à une virée entre amis pour aller s'entraîner. Difficile de les lâcher en pleine débâcle. Si les filles ne sont pas trop déçues grâce à leurs chronos honorables, Gary a été surpris de sa mauvaise performance. Mais Richard ne regrette rien de ses aventures : l'envie de sauter est là. Sur le terrain, plusieurs athlètes enchaînent des séries de dix sauts. Eddie le rejoint, il est de bonne humeur et redevenu confiant.

— Fais ce que t'as à faire, comme toujours.

Enfin, après une heure trente d'échauffement, il est face aux poteaux, le sourire jusqu'aux oreilles. Tout est en place. Il va effacer cette chère barre. Il se met en position, essaie d'éprouver la réactivité de chacun de ses muscles, de chacun de ses tendons, quand le gros nuage qui surplombe le stade crève d'un coup. Des éclairs zèbrent le ciel en moins de temps qu'il ne lui en faut pour comprendre ce qui arrive, et il cavale pour s'abriter sous une grande bâche tenue à bout de bras par le type qui a sauté juste avant lui. Épaule contre épaule sous le déluge, ils se dévisagent avant de se reconnaître : ce gaillard aux yeux clairs est un champion soviétique, celui que la presse a désigné comme son principal adversaire. Mikhaïl engage la conversation dans un anglais hésitant. Tous deux fans de Brumel, ils s'extasient en chœur sur son style et ses performances. Puis ils parlent technique, se racontent leurs parcours respectifs, et alors que la pluie a cessé depuis un moment, ils continuent à discuter à bâtons rompus sous leur abri de fortune.

*

Quand il ouvre les yeux, Richard se croit dans sa caravane à Echo Summit. Il lui faut quelques secondes pour reprendre ses esprits. La veille, il a présenté Mikhaïl à sa bande, et leur virée a fini un peu tard. En faisant la course avec Gary dans un escalier, il a trébuché et s'est sérieusement amoché le genou. Tandis que ses amis s'esclaffaient à cause de la huarache suspendue à une poubelle, une sueur glacée ruisselait sur sa poitrine. L'idée de s'être abîmé un ligament le tétanisait. À froid, la douleur pulse dans son genou, et lorsqu'il enlève son pansement, la fine croûte formée pendant la nuit s'arrache et il se remet à saigner.

— Merde...

À l'infirmerie, on lui fait un bandage digne de ce nom, en lui demandant s'il est réglementaire de porter des baskets différentes. Il explique que la semelle sous le pied d'appel doit être plus ferme que l'autre, afin que l'énergie se disperse le moins possible dans le sol. Il file sur le terrain pour les ultimes qualifications avant le grand jour. Il se sent plein d'énergie, souple, le cœur ouvert. À peine arrivé devant le sautoir, il n'éprouve plus aucune douleur. Juste le désir du mouvement, impérieux. À l'issue des séries, il est en tête aux côtés de Tim et de Mikhaïl. Il sait qu'il y a autant de styles de course que d'athlètes, mais la technique de son ami soviétique est étonnante : il donne l'impression de freiner avant de sauter, pour s'enrouler autour de la barre avec une grande maîtrise. Quant à lui, il est rassuré sur un point : son genou ne le gênera pas. Et puis, comme il le supposait, ses capacités sont intactes. Demain il atteindra l'état nécessaire et s'élancera au premier signal, aspiré par le soleil.

Il espérait un sommeil tranquille, qui aurait été de bon augure. Mais à trois heures du matin, dans sa chambre du village olympique, il repasse en boucle ses sauts de la veille, afin de les saisir dans le plus infime détail. Il se remémore les points de tension dans ses jambes, la qualité de ses appuis, il évalue la montée de son bassin et le placement de ses bras au-dessus de la barre. Il prépare son corps comme le cavalier son cheval, dans le secret de la nuit. Le trac le tient. Le sang pulse à ses tempes quand il se retourne sur l'oreiller, et il finit par se lever pour aller ouvrir la fenêtre. La nuit froide le rejette dans le présent. Il sait qu'il est à la veille d'un jour inouï, mais en levant le nez en direction des étoiles, il pense aux galaxies voisines et l'espace se dilate d'un coup. L'apaisement est immédiat. Oui, il est à l'aube de ce grand jour insignifiant — mais inutile de s'user la conscience. Les frissons lui imposent de se recoucher, et après un ultime passage en revue de ses sauts, il se prend à sourire.

— Bon sang, c'est complètement dingue.

*

L'épreuve a commencé avec une barre à deux mètres, dix centimètres de moins que ce qu'espérait Richard pour éviter de s'épuiser inutilement. Après une course parfaitement calée, son premier saut a été exécuté sans difficulté. Les yeux rivés au ciel, il se reconcentre. Le temps du stade olympique n'est pas le temps du lac Tahoe, ni celui de Portland, c'est un temps électrisé, accéléré, et il ne doit pas en subir l'illusion. Il doit garder le bon tempo intérieur, préserver la régularité de sa respiration, alors que la planète entière scrute cette arène d'Amérique du Sud. Il assouplit ses articulations afin de se couler dans la situation, d'épouser ce moment étrange et familier, travaille avec l'énergie de pesanteur, éprouve son propre poids dans le poids général du monde, visualise l'alignement de ses épaules et de son bassin à chaque appui. Dans son cerveau, les neurones se connectent selon un schéma précis pour recréer la constellation du saut. La foule est emportée et chaleureuse, et tandis qu'il passe la barre une seconde fois, il entend vrombir une vague gigantesque, une exultation du fond des eaux qui le transporte. Il se concentre pour absorber chaque vibration sans penser, sans résister, il écarte les doigts, secoue la tête, les yeux fixés sur le même point. Il doit descendre davantage dans le silence.

La barre est montée à 2,14 mètres. Tim parvient à la franchir au troisième essai. L'Italien et l'Allemand échouent. Une rumeur d'une autre nature enfle dans le stade. Fixer le même point. Il reste deux Russes en lice, dont Mikhaïl, et trois Américains. Tous ont la gravité élégante, tous semblent mus par la même force impersonnelle. En regardant ceux qui, pour quelques heures, sont ses frères dans l'inconnu, une onde de chaleur traverse Richard, bientôt suivie d'une tachycardie. Redescendre dans le silence. Il redescend. Il se met en place et fixe le sautoir. Il remue un peu les jambes, qui répondent immédiatement. Son cœur accélère désormais dans le lointain, dans une carcasse solide et échauffée, traversée d'informations. Parfois, il sent que sa conscience affleure à la surface, qu'il pourrait quitter cet état d'ouverture optimale ; alors toute sa poitrine résonne, il distingue des silhouettes, des chapeaux, des caméras — puis l'invisible crie de nouveau dans sa direction.

C'est à Brown de sauter. Le type crache par terre, cavale et échoue au premier essai. Pendant tout ce temps, Richard accorde sa respiration à celle de la forêt d'Echo Summit. Il se met en place dans la lumière matinale de Morning Park, fixe la goutte d'eau qui s'étire sur la fenêtre de sa petite chambre de Portland. Des visages lui sourient : celui de Big Andy, celui du Philosophe, celui de sa mère agenouillée dans les fleurs. Puis son propre visage. Puis il n'y a plus personne. Il éprouve la densité de l'espace, régi par des lois qu'il doit découvrir à chaque fois qu'il est devant le sautoir.

Le soleil a décliné. Ils sont là depuis des heures. En se remettant en place, Richard perçoit la bienveillance de la foule qui l'encourage. Un sourire l'éclaire, puis de nouveau, plus de son. L'invisible l'envahit par poussées. Il est dans le temps du saut. Il fixe le sautoir. Il fixe le point dans le miroir. Il s'élance.

Il passe 2,16 mètres. Le public crie : « Olé ! » et l'applaudit. En se relevant du tapis, il aperçoit tous ces visages heureux. Puis les sons reculent. Ils ne sont plus que trois concurrents. Est-ce possible ? *Mange ta soupe et lave ton bol.* Richard inspire en embrassant le stade du regard. Des lignes solides soutiennent l'horizon. Il s'appuie sur elles. La barre est levée à 2,18 mètres. Il sent monter en lui une émotion et se rééquilibre immédiatement. Il visualise le saut suivant, il le sent envahir ses cuisses, son sacrum, sa cage thoracique. Il le visualise encore.

Il se replie sur lui-même, ferme les yeux et se redresse. Tout n'a été qu'une longue course heureuse dans l'orbite de ce jour. Il s'étire, ses côtes craquent, il soulage ses bras et ses jambes. Un instant, son entraîneur apparaît pour lui parler de record, mais il chasse ses mots. Ce n'est pas dans ce récit qu'il se tient.

Toute la foule est avec eux. Mikhaïl et Tim effacent 2,18 mètres au premier essai.

Il bascule d'un pied sur l'autre. Il descend. Ses yeux ne sont ni ouverts ni fermés ; il pompe avec ses poings. Il est là. Toutes les forces accumulées durant des années convergent vers lui. Il se balance d'avant en arrière durant deux longues minutes, pour retrouver le faisceau. Le départ est explosif, et durant la course, il a des ailes.

— Olé !

Il efface la barre.

Devant le sautoir, ses adversaires reprennent leur souffle ; ils se battent à ses côtés pour accomplir l'exploit.

Une voix énonce de nouveau son nom, puis la hauteur à franchir. Tandis que la barre est levée à 2,20 mètres, des athlètes du 4x100 mètres déambulent sur la piste comme des ombres errantes. Richard masse ses jambes pendant que Tim démarre en trombe, avant de passer la barre.

La compétition dure depuis quatre heures. Le crépuscule s'est installé, et dans la lumière grise et rose, Mikhaïl échoue.

C'est terminé pour lui. L'obscurité se répand.

Richard ne veut pas voir les étoiles s'éparpiller lentement. L'échec de Mikhaïl pourrait l'ébranler, il doit rester les yeux rivés devant lui et poursuivre. Il sent que ce n'est pas fini.

Il se balance, plie les jambes pour préparer son extension, et c'est parti. La course, le demi-cercle, l'appel — il se jette dans le ciel mexicain et passe la barre sans l'effleurer.

La barre est levée à 2,22 mètres. Tim la fait chuter. Richard se met en place. L'espace d'une seconde, il n'a plus de racine, plus d'histoire, il existe à part entière, anonyme devant le sautoir. Il s'élance. Court, prend son appel, se soulève dans les airs. Son genou bute sur la barre. Premier échec de la journée. Il regagne sa place. Un léger excès de souplesse sur la fin de la course, pense-t-il, la peur lui a fait manquer la trajectoire précise — car il n'y a qu'une voie, et il a deux minutes pour la visualiser.

Il réalise à peine que Tim a démarré quand la barre tombe.

C'est à lui de nouveau.
Tout le monde est debout. Pas de récit. Il se remet en place.
Il prend son élan, court, s'élève et échoue une deuxième fois.
Tim fonce sans attendre ; il échoue également.
Richard va entamer son dernier essai.
Il reprend tout son rituel.
Il serre les poings.
Il visualise ce qui va se réaliser.
Il sent la douceur de l'air, il la laisse entrer par les pores de sa peau.
Il est là.
Il se balance et entre en résonance avec ce qui va avoir lieu. Il éprouve la force horizontale de la course à venir, et voit le moment où il la fera muter en force verticale, afin d'en faire jaillir le saut. Il perçoit les diverses possibilités qui circulent, les courants d'énergies contraires qui s'accouplent ou se repoussent autour de lui. Il les appréhende afin de s'y faufiler, d'y faire pénétrer son mouvement. Il va s'allier à eux. La connexion devient possible, c'est parti, il s'élance, il accomplit sa course et se propulse dans les airs.
Il passe la barre à 2,22 mètres.
Il se relève immédiatement — il a encore un saut à accomplir.
Autour de lui, ça hurle de joie, et tout pourrait s'arrêter là : il a décroché la médaille d'or. Mais le récit reprendrait déjà, et il a encore un saut dans le ventre, il le sait, il le sait depuis longtemps. Et il va obéir, comme toujours.
Il veut aller au-delà, il doit savoir.
La barre est montée à 2,24 mètres.
Le bon moment, c'est maintenant.
Il est en place.
Entre les éléments du décor serpente un calme surnaturel,

un écoulement de mercure qui ressemble à la surface de la Willamette. Il entend compter au loin, et capte une espèce de respiration énorme venue d'il ne sait où. Dans la scansion des foulées des marathoniens, il prend appui pour démarrer sa course.

Il s'élance en direction de sa vision, et tandis qu'à chaque foulée son corps habite parfaitement le mouvement, il a la sensation de décoller déjà. Il mord l'air et la terre, les fend de ses coudes et du bout de ses chaussures, et à chaque coup cogné dans sa poitrine, l'horizon gagne en largeur. Il prend son élan à la fin de la courbe, décolle, s'offre ventre au ciel, et dans le secret de sa joie, les yeux grands ouverts, il passe bien au-dessus de la barre.

ACHEVÉ D'IMPRIMER
EN DÉCEMBRE DEUX MILLE DIX-HUIT
PAR L'IMPRIMERIE FLOCH À MAYENNE.